不敗劍仙

이기헌 신무협 장편 소설

目次

제1화
등장, 혈운마제(血雲魔帝)!

"거, 거짓말……. 왜 농담을 하시오. 하, 하, 하, 하."

채노룡이 억지로 웃었다. 하지만 조무재는 전혀 웃지 못했다.

"거짓말이 아니오. 어제 비무를 벌일 때 내 두 눈으로 똑똑히 봤소."

"말도 안 돼!"

'저자가 장황이라니! 내가 속을 것 같아? 그게 사실이면 난 어쩌라고!'

채노룡은 갑자기 조무재와 미리를 손가락질하며 말했다.

그때 갑자기 청창이 앞으로 나서며 백상운에게 포권을

취했다.

"무, 무명소졸 청홍쌍창이 장황님을 뵈옵니다."

청창의 목소리가 떨리고 있다. 그의 등은 벌써 식은땀으로 축축해져 있었다.

천무팔황 그리고 신진육대초인.

현 무림의 정점에 있는 이들이다.

무공을 배운 이라면 누구나 꿈꾸는 절대경지. 그것을 이룩한 고수들이다.

혼자 힘으로 군단과 맞서며 시간을 역행하여 반로환동한…….

추위도 더위도, 물 위든 물 아래든 그 어떤 자연현상도 초월한 절대강자들이다.

'그런 이의 앞에 한낱 낭인인 내가 서 있다! 한데, 한데… 저 망할 자식 때문에 매우 좋지 않은 상황이구나.'

분명 장황은 손자라고 했다. 자신과 의형제인 홍창이 겁도 없이 공격하려고 했던 젊은 고수가 장황의 손자였다.

까마득하도록 무서운 일이다.

장황이 히죽 웃으며 청창에게 걸어갔다. 청창은 감히 허리를 펴지도 못하고 직각이 되도록 허리를 숙이고 있었다.

백상운은 손도 안 대고 청창의 허리를 세우고는 그의 상의를 두 손으로 잡아 흐트러진 옷매무새를 정돈해 주며 말했다.

"어깨가 왼쪽으로 살짝 기울어져 있네. 평소 무공을 펼칠 때에 균형이 흐트러져서 본래보다 약한 위력으로 나왔을 거야. 그걸 고친다면… 잘하면 일류급까지 올라갈 수 있겠어. 낭인이라. 나도 한때는 낭인이었지."

친절하게 옷을 정리해 주고 금과옥조 같은 조언까지 해 주고 있지만 이상하게 식은땀이 나고 숨이 답답해졌다.

청창의 옷을 아주 단정하게 만들어 준 백상운, 그의 어깨를 붙잡았다.

"그래. 내 손자가 너한테 폐를 좀 끼쳤다면서?"

청창은 목이 터져라 소리쳤다.

"아닙니다!"

한데 이상하게 그 목소리는 그리 크지 않게 흘러나왔다. 장황이 청창의 입에 내기를 씌워 그의 몸에서만 소리가 울리게 만들었기 때문이다.

"내 귀가 좀 예민해서 말이야. 너무 큰소리 내지 말라고. 그래? 아니라고? ……흐음. 아쉽군, 오늘이 오랜만에 딸을 만나러 출발하는 날이라 기쁜 마음으로 상이라도 주려고 했는데 말이야."

"괘, 괜찮습니다. 전 그저 장황님의 존안을 본 것만으로도 영광입니다!"

"정말 괜찮아?"

"옙!"

"하하! 호탕한 친구군. 어서 꺼지게."

청창은 인사를 꾸벅하더니 품에서 아까 채노룡에게서 받은 두 개의 전낭 중 하나를 던졌다.

"하나는 내 동생의 치료비요!"

'너 때문에 죽을 뻔했어! 죽고 싶으냐?' 하는 말까지 덧붙이고 싶은 게 청창의 속마음이었으나, 장황의 앞이기에 경거망동하지 못하고 뛰어갔다. 발바닥에 땀이 나도록, 백상운에게서 최대한 멀리 떨어지기 위해.

평생 누군가를 부리고 위해를 가하는 쪽이었지 자신이 그 반대의 상황에 처한 적은 별로 없던 채노룡이었다.

그렇기에 지금 그는 공황 상태에 빠져 있었다.

'이제 내 차례인가? 안 돼, 안 돼.'

조여 오는 공포와 압박감.

'장황'이라 불리는 자가 자신을 바라봤다. 단지 쳐다보는 것뿐인데 다리가 후들거렸다. 이대로 죽을 것만 같다. 아니, 죽고 싶다. 너무 두렵다.

"자, 잘못했습니다!"

백상운이 뭐라 말을 하지도 않았는데 채노룡은 알아서 땅바닥에 엎드리며 소리쳤다.

"용서해 주십시오! 장황님이시란 걸 모르고 그랬습니다. 부, 부디 살려 주십시오! 다시는 나쁜 짓 안 하겠습니다. 제발, 제발 살려주세요. 엉엉."

말을 하면서 점점 울먹이더니 결국 울음을 터뜨렸다.

그러자 백상운이 머리를 긁적이며 송우문을 쳐다봤다.

"야, 손자야. 내가 얘한테 뭐라고 했냐?"

"음, 무형지기라도 쏘신 것이 아닙니까?"

"아니다. 내가 저런 대가리에 피도 안 마른 하룻강아지한테 무슨 무형지기씩이나."

"저번에는 그러셨잖습니까. 공동파 제자에게는 엄청난 내상까지 입히셨으면서."

그러자 장황이 손자를 보며 히죽 웃었다.

"맞다. 그때 너도 보고 있었지? 재밌잖아, 그치? 근데 이번에는 나 정말 아무 짓도 안 했어."

그들의 대화도 듣지 못하고 채노룡은 눈물 콧물 범벅이 되어서 손이 발이 되도록 빌고 있었다.

"살려 주세요, 장황님!"

"이거 왠지, 내가 장황이 아니라 엄청난 마두나 산적이라도 된 느낌인데? 흠… 그리 좋은 기분은 아니야. 야, 일어나!"

하지만 반쯤 정신이 나간 채노룡은 듣지 않았다. 결국 백상운이 내기를 움직였다.

"으어어, 으아아아! 내 몸이, 내 몸이!"

채노룡의 몸이 공중으로 떠올랐다.

"좀 자라."

한마디와 함께 백상운은 격공섭물을 이용하여서 채노룡의 혼혈을 짚었다. 앞으로 하루는 꼬박 기절해 있을 것이다.

"쩝. 혼 좀 내 주려 했더니만 사내 녀석이 심지가 약해서. 조금만 더 건드리면 정신이 다 깨져 버릴 것 같더구나."

송우문을 보며 한 말이었다.

"괜찮습니다. 오늘 당한 일에 대해서는 제가 나중에 직접 갚을 테니까요."

그 대답이 백상운은 마음에 쏙 들었다.

사람이 착하기만 해서 어떻게 살아가는가? 당한 게 있으면 보복할 줄도 알아야 하고 누가 건드리면 반응도 해야한다. 장황 본인도 여태껏 그렇게 살아왔다.

뭐, 그게 좀 심해서 정사 중간의 인물이라 평가 받지만 말이다.

'그나저나… 나중에 곤륜파 놈들이 뭐라고 하겠구나.'

워낙 사소한 일이라 잊고 있었는데 송우문이 말함으로 기억났다. 곤륜파 제자라고 거들먹거리던 유문광이란 녀석에게 평생 치유 못할 내상을 심어 줬던 것이 말이다.

'뭐, 그놈이 먼저 잘못한 거였으니까. 그럴 리 없겠지만, 만약 곤륜파가 뭐라고 하면 깽판을 좀 쳐야겠구나.'

엉뚱한 생각이 들었다.

'가만, 그때쯤이면 내 손자 녀석들도 많이 강해져 있겠지? 내가 직접 가면 재미없으니까. 우문이를 시킬까?'

백상운이 홀로 계략을 꾸미며 킬킬거릴 때 가만히 상황을 지켜보고 있던 미리가 앞으로 나서며 말했다.

"사해에 그 이름이 진동하는 장황님을 뵈니 정말 영광입니다. 저는 연가상단의 상주, 연미리라고 하옵니다."

다른 모두가 장황이란 이름이 주는 압박감과 경외심에 움직이지 못할 때, 연미리는 전혀 당황도 떨지도 않는 모습으로 인사를 했다.

물론 그녀도 다른 이들과 같이 장황이란 인물에게 압박과 놀람을 느꼈지만 말이다.

'호오, 여자아이가 제법이로구나.'

거기다 외모도 극히 뛰어나다. 장황은 내심 감탄하며 말했다.

"그래, 네가 행수로구나. 이 상행은 운한까지 가겠지?"

"예, 저희 상단의 장원이 그곳에 있습니다. 장황님께서 저희와 함께 가 주신다면 크나큰 영광일 것입니다."

눈치도 좋고 판단력도 좋았다.

백상운이 말하지 않았음에도 그의 목적을 간파하여 먼저 말을 함으로 명성이 높은 그를 배려한 것이었다.

장황은 첫인상부터 미리가 마음에 들었다.

'이번에 손자라고 거둔 녀석들은 남자뿐이라 칙칙한데,

이 아이를 양손녀로 받으면 어떨까?'

눈빛이 맑고 풍겨 나오는 기도가 올바르다. 분명, 상단의 딸로 떠받듦 받으며 자라 왔음에도 누구보다 똑바로 살아왔을 것이다.

거기다 나름 영악하기도 하니, 장황이 첫 대면에서 마음에 들어 하는 것도 무리는 아니었다.

"그래. 네가 그리 말하지 않는다고 해도 내 손자가 여기에 신세를 지고 있다고 하니 신세도 갚을 겸 함께 가려고 했단다."

"감사합니다!"

미리는 고개를 숙이며 자신도 모르게 웃음이 터져 나오려 하는 것을 억지로 참았다.

너무나 기뻤다.

'이것만으로도 이번 상행은 대성공이야! 장황과 인연을 만들다니, 대성공도 아니라 기적이야! ……한데.'

그녀의 눈이 송우문으로 향했다.

'송우문……. 장황의 손자였다니.'

본래도 그리 친한 사이는 아니었지만 갑자기 더 멀어지는 느낌과 동시에 왠지 모를 서운함과 배신감이 들었다.

장황의 손자에다가 아까 본 바로는 무공도 뛰어난 것 같았다. 알고 보니 소규모 상단주의 딸인 자신과 비교할 수도 없을 만큼 높은 사람이었다.

'그래도 가족과 백부님을 제외하고는 처음으로 마음을 연 사람이었는데……'

총명한 미리도 지금 한 가지는 간과하고 있었다.

송우문이 여태까지 운한에 살아왔던 것도 사실이고 그가 얼마 전까지 바보라는 호칭으로 불려왔었단 사실 말이다.

"언제까지 여기에 죽치고 있을 거야? 자, 이제 출발하자고 운한으로!"

장황의 발랄한 외침이었다.

"아, 어서 상행을 출발시키세요."

연미리가 조무재에게 말하자 조무재가 큰소리로 출발을 외쳤다.

흥분한 연가상단 전체가 들썩였다.

무려, 살아 있는 전설로 불리는 천무팔황의 장황과 함께하는 상행이었다.

하지만 얼굴이 상기되어서 시끄럽게 수다를 떠는 사람들 사이에서 그들처럼 마냥 웃을 수 없는 사람이 있었다.

우는 표정을 지은 그는 상행을 따라온 숙수였다.

"어이쿠 난 이제 죽었다, 죽었어. 밥 때문에 그런 거니까. 앞으로 밥을 다른 사람보다 열 배씩 더 주면 용서해 주실까?"

본인은 터무니없는 생각이라 여겼지만 사실 그렇게 터

무늬없지는 않았다.

"어허. 나는 그냥 걸어가면 된다니까."

"아닙니다. 대협께서 장황이신 것을 떠나서 뭇 사람들에게 존경 받는 어르신을 걷게 하고, 한참 어린 저 혼자 마차를 타고 간다는 것은 어불성설이기 때문입니다."

"흠… 좋다. 네가 그렇게 말한다면 염치를 무릅쓰고 마차에 타마."

백상운이 마차에 올라타며 송우문과 송우영에게 말했다.

"너희들은 계속해서 걸어가거라. 젊은 놈들이 고생해야지."

"……예."

"네!"

살짝 못마땅한 기색의 송우문이 대답을 하고 송우영은 큰소리로 대답했다.

백상운과의 이야기를 끝낸 미리가 송우문을 바라봤다.

"공자님은 왜 아직까지 짐을 등에 지고 계십니까?"

공자님.

송우문은 그런 호칭을 들어본 적이 없었다. 그런데 미리에게서 그렇게 불리니 왠지 어색했다.

"전 상단에 고용된 짐꾼이니 당연히 짐을 들어야지요.

아니면 설마… 아까 늦게 온 것 때문에 제가 해고된 것인지요?"

"아……."

그의 말에 미리가 자신도 모르게 미소를 지었다.

무공을 익혔고 또 장황의 손자라는 사실도 밝혀졌지만 송우문은 조금도 변하지 않았다.

또한 지금 송우문의 대답을 살펴본다면.

"그럼, 저희 상단의 짐꾼으로서 계속 있고 싶다는 말씀이신가요?"

"예."

기분은 좋았지만 미리는 고개를 저었다.

"하지만 안 될 말입니다. 장황의 손자에게 짐꾼을 시킨다니요."

뒤에서 백상운이 말했다.

"그냥 내비 둬, 난 괜찮으니까. 제가 원하는 대로 하게 해 줘야지. 태어나서 처음으로 다른 곳에서 일을 하고 있는데 그것은 제대로 끝을 내야지."

"알겠습니다."

상단의 짐꾼 중에 장황의 손자가 있다!

엄청난 일이었다. 그 사실 하나만으로도 상단은 엄청난 성장을 할 수 있을 것이다. 하지만 그녀는 그것을 바라지 않았다. 이 자그마한 상단이 어떻게 장황의 손자라는 거물을 포용할 수 있겠는가?

'장황과 친분이 있는 상단, 장황과 함께 상행을 한 상단, 장황의 손자를 짐꾼으로 부린 상단… 이것만으로도 충분해. 여태까지와는 달라질 것이야.'

두 사람이 걸어가는 주변에는 아무도 있지 않았다.

자그마치 장황의 손자다. 거기다 송우영의 경우에는 화산파의 매화검수라고 했다. 사람들이 어려워하는 것이 당연했다.

하지만 상행 중에는 철부지들이 몇 있었다.

"저, 저기. 안녕하세요, 화산검협님!"

"누구신지……?"

"아! 저는, 연가상단 총관의 딸, 유미령이라고 해요."

용기 있는 그녀가 먼저 말을 걸자, 뒤따라서 두 명이 다가와서 인사했다.

"아아, 네… 하하하."

송우영은 지금 가장 유명한 후기지수들 중 한 명이다. 거기다, 소녀들의 선망의 대상인 화산파의 제자이니 더욱 주목을 끄는 것은 당연했다.

하지만 송우영은 그저 가식적인 웃음으로 대할 뿐이었다.

비록 속가와 도가가 혼재하는 문파, 화산파의 제자이고 또 도적을 올리지 않았다고는 하나, 엄격한 도가문파의 가르침을 받았기에 행실에 항상 주의하는 편이었다.

물론, 아무리 엄격한 문파라고 해도 항상 망나니는 존재할 수 있었다. 그러니까 곤륜파의 유문광처럼 말이다.

송우영이 생각보다 대답도 잘해 주고 어렵지 않자 그것을 보고 더 많은 사람들이 주변으로 몰려들었다. 모두 화산파의 후기지수와 연을 맺고 싶어 하는 사람들이었다.

반면 송우문의 주변에는 그 어느 누구도 얼씬하지 않았다.

물론 아까 청홍쌍창을 격파하는 모습을 보여 줬다 하지만 어쨌든 그들은 낭인이며 그것 자체가 송우영보다 송우문을 더 무섭게 만든 요인도 있었다. 다른 무엇보다 그저 일개 짐꾼이었던 그가 갑자기 무림인이며 장황의 손자로 탈바꿈하니 그를 자신보다 낮게 보던 이들은 모두 다가설 생각을 하지 않았다.

마차 앞에서 송우영과 함께 걷던 송우문은 자연스레 속도를 늦추며 마차 뒤로 이동했다.

그러니 송우영 주변에서 일어났던 소란스러움과 시끄러움에서 좀 멀어진 느낌이었다.

'좋군.'

송우문은 천천히 걸으며 광풍장과 폭우권에 대하여 생각했다. 신법을 만들까 생각도 들었지만, 일단은 아직 불완전한 장과 권을 끝맺는 게 먼저라고 생각되었다.

등장, 혈운마제(血雲魔帝)! 21

머릿속에서 광풍과 폭우의 심상을 떠올리던 송우문, 어느 순간부터 그의 손이 움직이더니 광풍과 폭우의 움직임을 장과 권으로 천천히 재연했다.

'확실히 그때 광풍장을 한 번 사용한 것 때문인지. 폭우권보다는 광풍장이 훨씬 익숙하고 자연스러워.'

그때, 송우문의 품에서 은검이 깨어난 듯 몸을 뒤척였다.

생각해 보니 요 근래 밖에다 내어 놓고 마음껏 뛰어놀게 해 준 적이 없던 것 같았다.

'많이 답답했겠구나.'

이제는 내놔도 될 듯싶었다.

송우문은 그새 좀 묵직해진 은검을 들어 땅에 내려놓았다.

캬웅?

잠깐 어리둥절하던 은검은 졸린 눈으로 주변을 살펴보더니 곧 송우문의 주변을 방방 뛰며 좋아했다.

캬앙— 캬앙! 캉! 캉!

괜스레 들꽃을 밟아 보기도 하고 풀을 씹어 보았다가 쓴맛에 캑캑대기도 하고, 여태까지 놀지도 못하고 송우문의 품속에서만 있었던 것을 풀고 싶은지 한시도 가만히 있지를 못했다.

자연스레 사람들의 시선이 은검으로 향했다.

"저거, 저거… 호랑이 아닌가?"

"그러게 말일세. 백호 새끼인가 본데?"

"허! 그 회귀하다는 백호의 새끼라니. 귀엽구만."

"귀엽기는! 일 년만 시간이 지나도 자네를 못 잡아먹어서 안달이 날걸?"

뭐 그거야 시간이 지난 후의 이야기고 일단 지금 은검은 새끼이기에 모두들 귀엽게 보는 편이었다.

저렇게 어린 백호 새끼라면 아마 부잣집에 갖다 팔았을 때 부르는 것이 값일 터였다. 하지만, 송우문이 무림인인데다가 장황의 외손자라는 것이 밝혀진 지금에서 그것을 무릅쓰고 은검을 탐내는 사람은 아무도 없었다.

송우문은 은검이 자신의 주위 일 장 밖으로 나가지만 않게 하며 계속하여서 머릿속으로 무공을 생각하였다.

좀 더 시간이 지나고 상행은 점심때를 맞아 멈춰 섰다.

미리와 장황이 탄 마차에는 숙수가 직접 음식을 하여 배달을 해 주었고 숙수가 송우문과 송우영에게도 그렇게 해 주겠다 했으나, 형제는 똑같이 거절했다.

"엄청 많이 줬네?"

송우문이 밥을 받으러 가니 숙수는 어쩐지 매우 비굴해 보이는 웃음을 지으며 다른 이보다 배는 더 퍼 주었다.

그 절반의 절반가량을 은검에게 주고 송우문도 식사를 하고 있는데 그와 같은 조였던 짐꾼들이 쭈뼛거리며 다가

왔다.

"서가야, 네가 먼저 가서 말을 걸어 봐라."

"뭐? 왜 내가 가야 하느냐?"

"그래도 서가 네가 좀 더 친하지 않았더냐."

"친하기는 반가 네가 더 친했지!"

딴에는 조용히 소곤대겠다고 한 말이었지만 송우문에게는 똑똑히 들렸다.

송우문은 그들이 하는 말을 하나도 못 들은 척, 우연히 그들을 발견한 척하며 반갑게 인사했다.

"아! 서씨 아저씨, 반씨 아저씨 그리고 다른 아저씨들도! 안녕하세요."

그러자 그들이 일순 깜짝 놀라며 서로의 얼굴을 보더니.

'역시 우문이의 성격은 변한 게 없구나!' 하는 생각을 하며 밝게 인사를 받았다.

"어허허, 우문아! 먼저 인사를 해 주니 고맙구나."

"떼끼! 이놈 반가야, 우문이가 뭐야 우문이가. 장황님의 손자되시는 분에게."

송우문이 미소 지으며 고개를 내저었다.

"아니에요! 괜찮아요, 아저씨. 외조부님의 별호도 그저 별호일 뿐 아저씨들과 신분의 차이가 나는 것도 아닌데 그냥 편히 불러주세요. 전 그냥 송우문일 뿐이에요. 편하게 대해 주세요."

송우문이 이렇게 얘기하니 그들은 곧 긴장을 풀고 송우문과 전처럼 대화를 나누기 시작했다.

"하하하! 역시 우문이야. 우리가 사람 보는 눈은 확실히 있어."

"그럼. 우문이처럼 착하고 견실한 청년이 또 어디 있다고! 거들먹거리지도 않고 장황님의 손자라고 우리 같은 놈들을 멀리하지도 않으니… 정말, 정말 좋은 청년이야."

"그래, 어떻게 된 거냐 우문아. 넌 본래부터 네 외조부가 장황님이시란 걸 알고 있었던 거야?"

송우문은 그들과 스스럼없이 어울리며 웃고 떠들었다.

마차에서 그리 멀지 않은 곳이기에 미리 역시 그들의 대화에 남몰래 귀를 기울이고 있었는데… 송우문의 대답이 본래는 알지 못했다가 이번에 고량평에 가서야 알게 되었다. 무공도 숨기려고 한 것이 아니라, 마치 자랑하려는 것 같아 먼저 말하기가 민망했다. 라고 대답하는 것을 듣고 자신도 모르게 소리 없는 웃음을 지었다.

하지만 바로 옆에 있던 장황이 미리의 그러한 표정 변화를 눈치 못 챘을 리가 만무했고 장황 역시 의미심장한 미소를 지으며 생각했다.

'허, 아무래도 양손녀는 좀 그렇고 제자로 받아 버릴까?'

그리고 상단의 고위직들과 송우영의 주변에 몰려 있던

고위직의 자제들은 이번 상행에서 가장 말단이라고 할 수 있는 짐꾼들과 송우문이 너무나 친근히 지내며 얘기 나누는 모습을 보고 인상을 찡그렸다.

'역시, 태생이 미천해서 그런지 장황님의 손자라 해도……'

'그에 반해서 이분, 송우영 님은 얼마나 품격 있고 교양 있는가? 장황님의 손자라는 것을 빼고서라도 저 화산파의 제자이시고 말이야.'

시간이 흘러 점심을 맞은 짧은 휴식 시간이 끝나고 상행은 다시 출발을 하였다.

그때까지도 은검은 송우문의 주변을 폴짝폴짝 뛰어다니며 지칠 줄 모르는 체력을 과시했다.

캬앙—

정말 즐거운 듯했다.

이동을 시작한 지 반 시진이 좀 지났을까?

배도 고프고 많이 놀아서 그런지 은검이 갑자기 졸린 눈을 하며 송우문의 품속으로 뛰어올랐다.

"졸린가 보구나?"

캬……

은검은 이제 송우문이 굳이 넣어 주지 않아도 자기가 알아서 그의 품속으로 들어가 가장 따뜻하고 안락한 곳에 몸을 동그랗게 말았다. 그러면서 갈고리 같은 발톱으로 송우문의 옷을 꽉 집어 놓으니, 옷이 찢어지거나 하지 않는 한 은 송우문이 그 어떤 격렬한 움직임을 해도 떨어지지 않을 것이다.

운한에서 고량평으로 갈 때보다는 전체적으로 짐이 줄 어 속도가 빨랐다. 아마도 하루 야숙을 하고 다음 날 점심 때쯤이면 도착을 할 것 같았다.

슬슬 황혼이 밀려오고 있을 때, 마차 안에서 눈을 감고 있었던 장황이 지나가는 식으로 말했다.

"손님이 오고 있구나."

미리가 그의 말을 이해하지 못했다.

얼마 지나지 않아 송우문도 장황이 느낀 것을 느낄 수 있었다.

'뭐지? 저 앞에서 많은 숫자의 사람들이 다가오고 있어. 느낌으로 봐서… 모두 무림인 같은데.'

"외조부님. 저 앞에 누가 있습니다."

"그래, 우문이 너도 이제 알았나 보구나."

장황과 송우문보다 앞서서 걷고 있던 송우영. 그도 외조 부와 형의 얘기 소리를 들은 후 청각과 기감을 동시에 끌 어 올렸다.

과연, 그들의 진행 방향에서부터 다가오고 있는 다수의 무림인이 느껴졌다. 하나하나의 기운이 상당한 자들이었 고 그들 중 일부는 매우 강한 듯 보였다.

송우영의 얼굴이 약간 일그러졌다.

'이럴 수가… 나도 느끼지 못하고 있었는데, 나보다 뒤에 있던 형이 먼저 알았다고? 말도 안 돼!'

송우문이 무공을 익혔다는 사실은 그도 알고 있었다. 청홍쌍창이라는 이름의 낭인을 격파했다는 것도 들었다.

하지만 그뿐이었다. 낭인을 격파한 것이야 별것도 아닌 일이고 자신은 구파일방 중의 하나인 화산파에서 그 어린 날부터 무공을 배워 최고의 후기지수 중 한 명이 될 수 있었다.

그렇기에 내심 형이 무공을 배워 봤자 별거 아니라 생각했고 자신보다 뛰어날 것이란 생각은 손톱만큼도 하지 않았었다.

'근데 어찌… 아니, 아니다. 형이 나보다 내공이 심후할 리가 없지 않은가? 분명, 무공 자체가 기감으로 많이 특화된 무공이라서 먼저 알아차린 것이겠지.'

송우영이 그리 생각하고 있을 때, 장황 백상운이 마차에서 내려오며 말했다.

"우문아, 우영아."

"예!"

"우리 때문에 이 상행에 민폐를 끼칠 수야 없지. 먼저 앞으로 나서서 해결하자꾸나."

그건 송우문 역시 바라던 바였다. 아마 백상운이 먼저

말하지 않았다면 그가 말했을 일이다.

"알겠습니다, 외조부님."

백상운이 미리와 조무재를 쳐다보며 말했다.

"저 앞에 나를 노리는 놈들이 있다. 우리가 나서서 그들을 격파할 것이니, 여기서 잠시 쥐 죽은 듯이 기다리고 있어야 할 것이다. 알겠느냐?"

"예, 알겠습니다."

생각보다 담담한 표정의 미리와 잔뜩 긴장한 얼굴의 조무재가 대답을 했다.

장황은 굳이 이들을 걱정하진 않았다. 상대는 자신을 노리고 온 것이 분명하고, 그렇다면 자신들이 숨지 않는 한은 이들을 공격하지 않을 것이다.

'감히 나, 장황을 노리고 왔다니.'

아주 오랜만이었다.

누군가가 혹은 어떤 집단이 자신을 향해 이를 드러내는 것이 말이다.

장황은 반가움과 분노, 오만함이 동시에 섞인 미소를 지으며 앞으로 걸어갔다.

"가자, 애들아."

천천히 걸어가던 중 백상운이 갑자기 코를 틀어막으며 말했다.

"허, 이 무슨 고약한 냄새야? 누가 여기다 똥을 싸 놨나.

똥냄새가 아주 진동을 하는구나, 진동을 해."

"킥킥킥킥킥!"

장황의 말에 화답이라도 하듯 음산하고 괴이한 웃음소리가 방향을 알 수 없는 천지 사방에서 울려 퍼졌다. 남자의 목소리 같으면서도 여자처럼 교태가 묻어나는 웃음소리였다.

'엄청난 고수!'

송우영이 깜짝 놀라며 주변을 살펴볼 때, 장황과 송우문은 차분한 기색으로 앞을 쳐다보고 있었다.

그런 송우문의 모습을 보며 장황은 내심 기분이 좋았다.

'내가 손자 복이 좀 있구나.'

"악취가 이리도 심한 것을 보니. 분명 천지 분간도 제대로 못하고 매일같이 피를 뒤집어썼다가 무림공적으로 선포된 혈운마제(血雲魔帝)인가 분운뇨제(糞雲尿除)인가 하는 아해인가 보구나?"

피의 구름을 뿌리는 마귀의 황제[血雲魔帝]라는 무시무시한 별호를 한순간에 똥의 구름을 뿌리는 오줌의 황제[糞雲尿除]로 만들어 버린 장황의 말에 송우문이 참지 못하고 웃음을 터뜨렸다.

"푸핫! 하하하하."

하지만 송우영은 형처럼 웃지 못했다.

혈운마제!

그 별호가 지닌 엄청난 무게감 때문이었다.

신진육대초인, 현재 천무팔황의 뒤를 이어 무림의 최강 자로 등극한 이들이었다.

강호에 알려진 천무팔황과 신진육대초인의 평가는 동급이다.

갑자기 송우문의 코를 아주 진한 피비린내가 찔렀다. 더불어 알 수 없는 음습함과 오한이 온몸을 덮쳤다.

'이건?'

이상 징후를 느낀 순간, 그의 전신을 소리 없이 돌고 있던 무단천사신공이 그 기운을 더욱 강하게 했다. 그러자 잠시 찾아왔던 음습함과 오한이 눈 녹듯이 사라졌다.

숲속에서 핏빛 안개에 뒤덮인 사람이 걸어 나왔다.

검붉은색 피풍의를 걸친 미녀와 같이 생긴 남자. 그가 걸음을 옮길 때마다 그의 주변에 있던 모든 식물과 동물이 생기를 잃고 피로 물들었다.

나무가… 풀이 피 흘리는 것을 본 적이 있는가? 혈운마제와 마주친다면 그것을 볼 수 있을 것이었다.

무단천사신공은 도가 무공의 정통(正統)이며 본 뿌리이다.

도사 중에는 그저 도를 수련하는 이도 있고 무공으로서 도를 깨우치려 하는 자들도 있고 그릇된 것을 바로잡고자 와 귀신과 마귀를 퇴치하는 것으로 도를 추구하는 자들도 있다.

무단천사신공은 그 모든 도의 갈래를 포괄할 수 있는 신공이다. 그러니 송우문 역시 다른 이에 비하여서 영안이 뜨여 있다 할 수 있었다.

물론 그와 관련한 것을 배운 적도 없고 무단천사신공의 그러한 부분을 개발시킨 상태가 아니기에 형편없는 수준이긴 하지만 그런 그의 눈에도 보였다.

혈운마제의 등 뒤 그리고 어깨 위로 보이는 절규를 내지르는 수없이 많은 영혼들이…….

피를 뒤집어쓴 이들, 갓난아기서부터 나이가 지긋한 노파까지, 웃으면서 사람을 죽이고 아무 이유 없이 지나가는 이를 살해할 정도로 악에 찌들었던 자도, 한평생 의와 협을 행하며 다른 이를 위해 살아왔던 인의대협도, 창창한 앞날이 남아 있던 밝은 성격의 소년과 소녀도…….

모두 혈운마제라는 절대악에 사로잡혀 고통스러운 죽음을 겪은 후에도 그를 벗어나지 못하고 절규를 내지르고 있었다.

그 모습을 지켜보며 송우문의 몸이 부들부들 떨렸다.

공포? 공포를 느끼는 것일까?

아니다. 그는 지금 자신의 몸에서 무섭게 끓어오르는 무단천사신공과 함께 스스로도 주체 못할 분노를 느끼고 있었다.

처음이었다. 무단천사신공이 이렇게 패도적인 기운으로 전신에 치달렸던 적은, 자신이 이렇게 영혼이 불탈 정도의 강한 분노를 느껴본 적은.

"너어어어어!"

"헛!"

절대고수인 장황과 혈운마제 역시 송우문의 이상한 기색을 느끼고 있었다.

하지만 그들도 이것은 미처 예상치 못했다. 송우문이 이렇듯 갑자기 뛰쳐나갈 줄은 말이다.

발이 땅을 박참과 동시에 송우문의 손이 검파를 잡았다.

샤악!

비교적 어두웠던 숲속에 은빛 선이 그어졌다.

무단천사신공이 폭발하듯 송우문의 전신을 치달렸다. 무한에 가까운 잠력이 온몸의 혈도를 비좁아 하며 돌았다. 아니, 정말로 좁았다.

제한적 환골탈태를 이뤄 다른 이에 비하여 훨씬 넓어진 혈도이건만, 그것으로도 지금 분노하여 이빨을 드러낸 무단천사신공의 본 모습에는 손색이 있었다. 송우문의 혈도가 다시 한 번 넓어졌다.

하지만 이번엔 전과 같은 부작용은 없었다. 이미 그의 몸이 이 정도의 변화는 감당할 수 있을 만큼 강해진 탓이다.

콰콰콰콰!

홍수에 의해 제방을 부수고 쏟아지는 광포한 물처럼 무단천사신공의 기운이 송우문의 검으로 집중되었다.

기운이 폭사되고 검기나 검사의 과정이 생략된 채 황금색의 검강이 생성된다.

송우문의 검 끝이 신묘한 움직임을 보인다.

천라한검법의 심상이 송우문의 뇌리에 새겨지듯 강렬히 떠올랐다.

모든 것을 파괴할 듯 패도적이었던 무단천사신공의 분노가 하나로 모아졌다.

조용해졌지만 오히려 아까보다 더욱 무서웠다.

차가운 불꽃.

북풍처럼 매서운 검세가 송우문의 검에 실렸다.

뼈를 에일 듯한 냉기가 그의 검에서부터 뿜어져 나오고, 검은 무엇이든 다 빛살로 갈라 버릴 듯 엄청난 속도로 혈운마제를 향해 날아갔다.

'뭐, 이런 초식이!'

하지만 혈운마제는 어렴풋이 알 수 있었다.

단순한 쾌검으로 보이는 송우문의 검 끝에서 피어나는 눈송이가… 북풍한설(北風寒雪)!

송우문의 검 끝에서 되살아난 천라한검법의 또 다른 초식이었다.

광풍폭우와 큰 맥에서는 비슷해 보이나 전혀 다른…….

광풍폭우가 패도적인 초식으로 모든 것을 드러내고 상대를 친다면 북풍한설은 음습함의 극치이다.

무엇보다 빠른 쾌검이며 암검이고 그 변화를 꽁꽁 숨긴 절정의 변검이다.

혈운마제 정도의 절대고수가 온 정신을 집중했기에 볼 수 있었을 정도로 가려진 변화다.

암검(暗劍)의 정화가 혈운마제의 목을 노렸다.

"이 하룻강아지가!"

그렇게 외치며 혈운마제가 허리에 달아 놨던 광마혈선(狂魔血煽)을 꺼내어 부채살을 쫙 펼쳤다.

그리고 자신의 무공 중 가장 광범위하게 공격하는 초식 중 하나를 펼쳤다.

그의 부채 끝에서 혈기가 뭉클뭉클 솟아나와 강기의 형태가 되어서 혈운마제의 전신을 가리며 앞으로 쏘아져 나갔다.

쫘아아앙!

숲을 송두리째 뒤흔드는 굉음과 함께 송우문의 몸이 홍이포에서 쏘아진 탄환처럼 반대편으로 날아갔다.

우지끈, 우지끈!

"혀엉!"

그 광경을 목도한 송우영이 고함과 함께 송우문을 향하

여 날아가듯 신법을 펼쳤다.

백상운이 미소 지으며 말했다.

"어떤가, 혈운마제. 내 손자의 무공이 꽤나 훌륭하지 않은가?"

장황의 이죽거림 속에서 혈운마제는 손으로 자신의 이마를 훔쳤다.

진득한 피가 흘러나오고 있었다.

"이, 이……!"

그의 눈에서 광기에 가까운 살기가 번뜩였다. 그와 동시에 이마의 상처에서 흘러나온 피들이 허공을 날아 그의 이마로 되돌아갔다.

모든 피가 회수된 순간, 이마의 상처도 모두 나아 버렸다.

"과연 혈마의 무공은 대단하군. 이미 인간의 범주를 넘어갔어. 어이, 대가리에 피도 안 마른 하룻강아지."

여전히 혈운마제는 송우문이 날아간 방향을 노려보며 살기를 폭사하고 있었다.

장황만을 생각하며 왔는데 난데없이 송우문에게 당하여 상처를 입으니 자존심에 상처를 받은 모양이다.

"무림공적이 되더니 결국 그놈들의 개가 되었나 보구나. 혈운마제, 더는 추해지지 말고 나랑 한바탕 놀아 보자!"

그렇게 외치며 백상운이 혈운마제를 향해 달려들었다.

"이노오옴!"

혈운마제 역시 송우문에게 당한 것을 그 외조부인 장황에게 쏟겠다는 듯 고함을 내지르며 맞섰다.

하나, 둘, 셋…….

우직, 우지끈!

송우문은 몸으로 나무를 부러뜨리며 뒤로 날아갔다. 속도가 무시무시했기에 짧은 순간 날아간 거리도 엄청났다.

"혀엉!" 송우영의 외침을 듣고 정신을 차린 송우문이 공중에서 몸을 한 바퀴 회전하더니 무학총해에서 봤던 대로 천근추를 펼쳐 땅으로 떨어졌다.

"큭!"

혈운마제와 겨룬 한 수에서 얻은 내상 때문일까?

송우문은 쉬이 몸을 멈춰 세우지 못하고 길게 땅을 긁으며 미끄러졌다.

그의 입에서 피가 한 줄기 흘러내린 순간, 완전히 멈춰 설 수 있었다.

신진육대초인의 혈운마제조차 적잖이 놀랄 정도의 엄청난 공세를 퍼부은 대가는 생각보다 컸다. 내부가 완전히 진탕되었고 검을 잡았던 손이 심하게 저려 왔다.

초식에 있어서는 앞섰다 할 수 있지만 아직 젊은 송우문의 내력으로는 혈운마제의 무지막지한 내력을 감당할 수가 없었다. 어쨌든 한차례 공격을 하고나니 머리를 점령했던 분노가 상당 부분 사라진 느낌이었다.

그렇지만 무단천사신공은 아직도 폭주하여 전신을 치닫고 있었다.

그때서야 송우문을 뒤따라온 송우영이 송우문의 어깨를 양손으로 잡고 급히 말했다.

"형, 괜찮아?"

그래도 형제는 형제인가 보다. 송우문은 동생에게 화가났던 것이 살짝 풀림을 느끼며 말했다.

"괜찮아."

그렇게 말하자 거짓말 같은 일이 일어났다.

아직도 분노한 상태에서 온몸을 돌아다니던 무단천사신공의 기운이 갑자기 송우문이 입은 내상을 치료하며 온화해졌다.

"후우……."

짧은 숨을 내쉼과 동시에 살짝 혼탁했던 송우문의 눈이 전처럼 밝아졌다.

송우문이 괜찮은 것을 확인한 송우영은 뒤늦게 자신의 실태를 깨닫고 얼굴을 살짝 붉히며 헛기침을 터뜨렸다.

바로 그때, 둘에게로 외조부의 전음이 들렸다.

"혈운마제는 내가 상대할 테니, 너희는 어서 가서 남은 떨거지들을 막아라! 늦으면 상단이 전멸할 것이야."

급한 마음에 송우문은 땅을 박차며 상단이 있는 곳으로 향했다.

그의 몸이 쏜살같이 앞으로 나아가는데 그 모습이 마치 장황의 신법인 독보강호(獨步江湖) 같으면서도 또 괴야창마의 수류신법(水流身法) 같아 보였다.

송우영은 화산파의 신행백변(神行百變)을 펼쳐 송우문의 뒤를 쫓아가며 생각했다.

'형이 벌써 외조부님에게 가르침을 받았다는 건가? 아니, 근데 어째 괴야창마의 신법과도 비슷해 보인단 말이지?'

사실 지금 송우문은 신법을 의식하고 쓰는 중이 아니었다.

그저 상단이 위험하단 사실과 빨리 가고 싶은 마음에 그가 알고 있던 가장 훌륭한 두 개의 신법이 심상으로 떠올랐고, 자신도 모르게 두 개의 신법을 섞어서 흉내 낸 것이다.

"장황은 혈운마제님이 상대하고 있고 남은 두 녀석은 어디로 도망친 것이지?"

상단의 무사 한 명을 검으로 베어 죽이며 혈운마제와 함께 왔던 갈의복장의 무사가 말했다.

"글쎄, 어쨌든 이 녀석들을 모두 죽이고 찾아보지."

미리를 지키기 위해 나섰던 조무재는 단 일수도 버티지 못하고 극심한 내상을 당해 쓰러져 있었다.

"하, 이 여자 엄청난 절색인데? 이런 촌구석 상단에 말이야, 놀라운데?"

한 갈의무사가 미리를 향해 접근하며 그리 말하자, 옆에 있던 다른 이도 미리를 향해 걸어가며 말했다.

"그러게, 대단한 걸. 이거 다 죽이고 나서 이년만 잠시 살려 두었다가 죽여도 되지 않을까? 크크크."

"그럴까? 아마 단주님도 좋아하실 것 같은데 말이야."

그들의 말을 들으며 미리가 입술을 깨물었다.

"우선, 몸에 상처가 나면 안 되지. 혈도부터 제압해 놓을까."

갈의무사의 손이 다가왔다.

미리는 눈을 질끈 감으며 몰래 쥐고 있던 품속의 비수를 꺼내려 했다.

바로 그 순간.

"개새끼야, 더러운 손 안 치워!"

분노한 외침과 함께 일진광풍이 날아와 미리를 향해 다가가던 손을 잘라 버렸다.

"으억!"

음탕한 웃음을 짓던 갈의무사들이 깜짝 놀라며 뒤로 물

러나고 송우문은 안간힘을 써서 당당히 서 있던 미리의 앞을 가로막고 섰다.

미리의 눈에 듬직하고 넓어 보이는 등과 어깨가 보였다.

송우문은 화가 난 표정으로 주변을 살폈다.

땅바닥에 피를 뿌리며 쓰러져 있는 연가상단의 무사들과 몇몇 짐꾼들.

무사들 중에는 비록 어렸을 때 자신을 괴롭혔지만, 그래도 같은 동네의 친구라 할 수 있는 몇몇도 죽어 있었다.

송우문이 갈의무사를 향해 광풍을 펼쳤다.

"헛!"

갈의무사 역시 검을 움직여 보았지만 헛수고였다. 그의 경지로는 광풍의 움직임을 제대로 포착하기조차 힘들었다.

서걱!

송우문의 검이 갈의무사의 목을 베었다.

피시싯!

피가 솟구치며 갈의무사가 목숨을 잃고 쓰러졌다.

송우문으로서는 이것이 첫 살인이었다. 며칠 전의 요독마랑이야 송우문이 직접적으로 죽였다 하기에는 무리가 있었다. 그는 사람들을 구하기 위해 독운을 날려 버리려 했고, 마침 그 위치에 요독마랑이 있었던 것뿐이다.

하지만 송우문은 괘념치 않았다. 어차피 적들은 아무렇

지 않게, 아무 상관도 없는 사람들을 잔인하게 죽이는 이들이다.

자신이 살인을 저지른다고 스스로의 양심에 찔려할 필요도 없었다. 그것조차 저들에 의해 이제껏 죽은 사람들에 대한 모독이라 생각했다.

"뭐야, 이 새끼!"

주변에 있던 두 명의 갈의무사가 송우문을 향해 달려들었다.

타닷!

송우문의 발이 신행미종보의 변화를 밟는다.

'없어졌다?!'

갑자기 상대의 모습이 흐릿해지며 사라지자 두 명의 갈의무사가 깜짝 놀랐다. 하지만 그 놀람도 그리 오래가지 않았다.

검이 소리도 없이 날아가 두 사람의 심장을 동시에 꿰뚫었다.

"껙."

비명도 제대로 질러 보지 못하고 그들이 송우문의 북풍(北風)에 의해 목숨을 잃었다.

과연 송우문의 생각대로 북풍한설은 펼치지 못하나, 개별로 이루어진 북풍과 한설(寒雪)은 펼칠 수가 있었다.

이로써 이제 송우문이 펼칠 수 있는 천라한검법의 초식

은 총 네 개가 되었다.

"저놈은 대체……."

백 명으로 이루어진 갈의무사들을 이끌고 온 갈색 화복의 남자가 중얼거리자, 옆에 있던 흑의무사가 말했다.

"분명, 장황을 제외하면 남는 것은 송우영뿐이라 하지 않았소? 한데 저놈은 대체 누구란 말이요?"

그러는 사이 송우문은 본격적으로 갈의무사들과 싸우기 시작하며 두 명을 더 죽였다.

더불어 바로 그때 송우영도 장내에 등장했다.

"매화검수 송 소협이 오셨다!"

위기에서 벗어났다 생각했는지 구경하던 사람들이 환호를 내질렀다.

한편 송우영은 내심 놀라고 있었다.

'이들은 대체 누구란 말인가?'

개개인의 무위가 결코 낮은 수준이 아니었다.

이 정도라면 능히 이류고수를 넘어서는 실력에 숫자가 백에 가깝다.

거기다가 한쪽에서 싸움에 개입하지 않고 지켜보고 있는 두 사람은 자신으로서도 쉽게 승리를 장담할 수 없을 정도의 강자들로 보였다.

'혈운마제도 이들과 함께 온 것이라 할 수 있고……. 혈운마제는 분명 홀로 움직이는 자. 대체 어느 단체이지? 흑우방(黑牛幇)이나 패도무문(覇道武門)의 무리가 정체를 숨기고 나타난 것인가?

송우영이 세 명의 갈의무사를 베어 넘길 때, 동 시간에 송우문은 다섯 명을 행동불능으로 만들어 버렸다.

그의 모습을 본 송우영은 이들의 정체에 대한 고민보다 경쟁의식이 더욱 커짐을 느꼈다.

'제, 제법인데? 바보가! 내가 질 줄 알아. 난 매화검수 야!'

공세를 위한 내력을 더욱 높이며 송우영은 평소의 그답지 않게 살기를 강하게 내보이며 갈의무사들을 공격했다.

허공에 매화 문양이 하나 생길 때마다 피의 꽃도 하나씩 개화하였다.

한편 송우문도 그러한 송우영의 기색을 알아차릴 수 있었다.

'어쭈! 이 건방진 동생 놈이.'

지기는 싫으니 더 빠르게 활약해야 했다.

송우문은 신행미종보를 극성으로 펼치며 광풍과 북풍을 번갈아 사용했다.

똑같이 '풍'이란 단어가 들어가는 두 초식은 특유의 섬 전 같은 빠름으로 끊임없이 상대를 격살하였다.

쾌도난마가 따로 없었다.

광풍을 맞이한 적들은 허둥지둥 대다가 검을 맞았고 북

풍을 맞이한 적들은 눈치도 못 챈 채 검을 맞았다.

송우문이 좌우를 번갈아 이동하며 공격을 하니, 자연스레 적들 중 다섯이 가운데로 몰려갔다.

그러자 송우문이 검을 위로 뻗었다.

'걸려들었구나, 폭우!'

하늘을 가득 메운 검의 비가 쏟아진다.

푸푸푸푹!

손으로 하늘을 가려도 비는 맞는다. 그와 마찬가지로 다섯 명이 기를 쓰고 막아 보려 했지만 검우는 그들의 방어를 너무나 쉽게 뚫고 들어가 구멍을 내 버렸다.

삽시간에 백 명의 인원이 칠십 정도로 줄어 버렸다. 그들 중 상당수는 송우문에게 당한 것이다.

"더는 두고 보면 안 되겠소. 너희는 물러서라! 우리가 나서겠다!"

외침과 함께 갈색 화복사내와 흑의사내가 동시에 신형을 튕겼다.

동시에 송우문과 송우영은 검을 허공에 휘둘러 피를 털어 내고 상대를 노려봤다.

서로를 보며 한 행동은 아니었지만 형제라 그런지 놀라울 정도로 비슷했다.

"네가 그, 바보였다고 하던 장황의 첫째 손자인가 보구나. 이상하군, 네놈은 무공이 있어도 별거 아니라고 하더니만."

흑의사내가 음산한 목소리로 말했다.

"송우영! 과연 매화검수답구나. 하지만 재롱을 보는 것도 여기까지다."

송우영의 상대는 갈의 화복사내였다.

'하, 진짜. 이젠 처음 보는 놈도 나한테 바보라고 하네.'

누구는 매화검수답다는데 누구는 바보라고 한다. 송우문은 배알이 아주 심하게 꼬임을 느꼈다.

반면에 송우영은 웃음을 참지 못하고 있었다.

"큭… 킥."

아니, 저건 분명 못 참는 척하면서 웃을 대로 다 웃는 거다.

송우문의 이마에 힘줄이 불끈 돋았다.

'송우영… 너, 이따가 두고 보자.'

송우문은 새끼손가락으로 귀를 후벼 파며 말했다.

"어디에서 개가 짖나? 왜 자꾸 멍멍거려."

그러자 흑의사내가 비릿하게 웃었다.

"바보 새끼가 간이 배 밖으로 나왔나 보구나. 감히 나, 유명수(幽冥手)를 자극하다니."

"이젠 개새끼한테도 별호를 지어 주나? 야 검은 개, 긴 말하지 말고 덤벼. 원래 작은 개가 더 시끄럽다더라."

흑의사내가 당당하게 자신이 누구인지 밝히자 송우영이

놀랐다.

'유명수라고? 운남삼악(雲南三惡) 중 일인이란 말인가? 저자가 왜 여기에……'

운남삼악.

운남에서 가장 유명한 세 명의 악인을 가리키는 말이다.

그중에서도 유명수는 흑도 출신으로 우연히 유마검법(幽魔劍法)을 얻어 일약 절정고수가 된 후 갖은 악행을 저지른 이였다.

본래 혈운마제와 마찬가지로 어느 단체에도 속하지 않던 자였다.

송우영은 자신의 앞에 다가온 화복사내도 유명수에 못지않은 고수일 것임을 깨닫고 마음을 굳게 다잡았다.

'지면 안 된다.'

그의 검이 움직여 매화 문양의 검화를 피워 냈다.

"안 덤벼? 덤비라고, 이 개야. 아 미안, 초면이니까 말을 높여 드려야지. 덤비세요, 이 개님아."

결국 유명수가 욕설과 함께 송우문을 향해 달려들었다.

나이도 한참 어린 무명소졸의 말에 흥분하는 모습을 보이기 싫었지만 결국 참을 수가 없었다.

이죽거리는 모습이 아주 재수 없어 보였다. 하긴 그것도 그럴 수밖에 없는 것이 지금 송우문이 상대를 긁는 모습은 외조부인 장황을 쏙 빼닮아 있었다.

"죽여 버릴 테다!" 지금 유명수의 마음을 나타내듯 유명수의 검이 폭급함을 그대로 나타내며 날아갔다.

유명수의 검초 역시 북풍과 같은 암검의 일종으로 어둠 속에서 악마의 이빨이 송우문을 덮쳐 갔다.

"흥!"

낮은 코웃음과 함께 송우문은 폭우를 펼쳤다.

사사사사삭!

귀를 가득 메우는 파공음과 함께 거대한 검의 비가 일어나 유명수에게 향하였다.

암검이든 뭐든 아까 혈운마제가 북풍한설을 맞받아친 것처럼 광범위한 공격으로 한 번에 날려 버리면 상관없다.

폭우가 유명수의 검세를 일거에 막아 버리고 그것으로도 모자라 그의 전신으로 날아갔다.

하지만 과연 절정고수라는 걸까?

유명수는 놀랐지만 당황하지 않고 뒤로 한 걸음 물러나며 검을 빠르게 놀렸다.

따다다다당!

그가 폭우를 막음과 동시에 송우문은 유명수가 물러난 만큼 다가서며 북풍을 펼쳤다.

'암검엔 암검으로!'

유명수의 시야에 닿지 않는 사각.

거기에서 송우문의 검이 귀신처럼 갑작스레 모습을 드

러내며 소리 없이 휘둘러졌다.

"헛!"

폭우만 해도 정신이 아찔할 정도였다.

한데 이제는 자신과 같은 암검이 날아오고 있는데 그 초식의 완성도가 무시무시했다.

송우문 본인의 숙련도가 문제일 뿐 초식 자체는 암검의 완성형이라 불러도 과언이 아닐 정도였다.

'어디서 이런 검법이!'

한계까지 내력을 쥐어짜 가까스로 피해 냈지만 뼛속까지 시린 서늘함과 함께 가슴이 살짝 베였다.

온몸에 소름으로 인해 닭살이 좍 돋았다.

"너, 넌 뭐냐? 뭐 이런 괴물 같은 놈이……!"

유명수의 나이가 마흔이다.

십대 중반에 유마검법이라는 기연을 만난 뒤, 뼈를 깎는 노력을 하여 유명수라는 별호를 얻었고 절정고수가 될 수 있었다.

한데 송우문은…….

일단 나이가 한참 어렸고 게다가 위에서 내려온 정보에 의하면 어릴 때부터 동네에서 바보라 불리며 자랐으며 무공을 익히는 모습도 없었다고 한다.

한데 자신이 밀리고 있다. 송우영이야 이해한다. 화산파니까!

근데 송우문이라니, 유명수의 입에서 괴물이란 말이 나올 법도 했다.

하지만 괴물 소리에 기분이 좋을 리는 없다.

"닥쳐!"

한마디와 함께 송우문의 검은 한설을 펼쳐 냈다.

갑자기 느려진 송우문의 검.

'아니, 느려 보이는 건 겉으로만 그리 보이는 것이다!'

겉보기에는 천천히 움직이는 것 같았지만 안력을 돋우고 정신을 집중하고 보니 송우문의 검 끝이 무시무시한 속도로 진동을 일으키는 것이다. 그 속에 숨은 엄청난 변화와 부드러움이…….

이런 초식이 대체 몇 개나 있는 것일까?

두려운 마음과 함께 유명수가 검을 휘둘러 유마검법을 펼쳐 냈다.

쳐 낼 수 있다고 생각한 때, 유명수가 휘두른 검이 일으킨 바람을 타고 송우문의 한설이 미끄러져 내려갔다.

"헙!"

당황한 유명수가 얼른 검을 회수하고 다시 한 번 휘둘렀지만 이번에도 한설은 바람을, 기운을 타고 미끄러져 유명수의 목을 향하였다.

'안 돼!'

유명수 절체절명의 때.

송우문의 뒤로 놀라운 신법을 펼치며 달려든 이가 권을 내질렀다.

맞으면 척추가 부러질 법한 기세.

하지만 송우문의 몸이 흐릿해짐과 동시에 그의 신형은 유명수와 새로 나타난 이의 반 장 옆에서 나타났다.

그리고 다시 그의 신형이 흐릿해지고 당황한 유명수의 뒤에 나타났다.

"위험해!"

새로 나타난 이가 소리쳤으나 이미 늦었다.

신행미종보와 궁합이 너무 잘 맞는 북풍이, 보이지 않는 검날로 유명수의 목을 그었다.

푸시시싯!

피가 뿜어지며 유명수가 생기를 잃고 쓰러졌다.

멀리서 살펴보고 있다가 송우문의 예상 밖의 강한 무공에 상황이 틀어지자 힘을 보태러 달려왔던 이는 지금 이 상황이 이해가 되지 않았다.

'나와 유명수가 합공하였음에도 이렇게 쉽게 무너지다니!'

그와 유명수는 동급, 절정고수 이 인의 합공이었다. 그런데 송우문은 너무나 간단히 유명수를 죽여 버렸다.

'상부에서 잘못 판단하였구나. 장황과 송우영을 제외하면 별거 없을 것이라 생각하고 우리를 보냈는데 그것이 아

니었어! 너무 큰 변수가 있었어.'

"넌 또 뭐야. 저 개의 친구인가?"

송우문이 이죽거렸다.

평소 때와 적을 대할 때의 송우문은 완전히 달라졌다.

그 한마디와 함께 송우문은 굳이 시간을 끌지 않고 달려들었다.

이번엔 처음부터 신행미종보를 펼쳤다.

그의 모습이 안개에 싸인 것처럼 희미해졌을 때, 그의 발이 신묘한 변화를 밟았다.

그제야 지금 새로 나타난 사내가 깨달았다.

'이것은 곤륜의 신행미종보였구나! 장황의 손자가 어째서 곤륜파의 무공을?!'

하지만 생각을 오래할 수 없었다.

송우문의 폭우가 하늘을 가득 메우며 검의 비를 내렸기 때문이다.

"우아아앗!"

사내는 권에 자신이 담을 수 있는 최대의 권경을 담아, 좌측 하늘을 공격하여 폭우에 구멍을 뚫더니 그곳으로 이동하여 남은 공격을 피했다.

하지만 송우문의 공격은 멈추지 않고 몰아쳤다. 처음 유명수를 공격할 때처럼 설렁설렁하지 않았다.

어느새 바로 앞까지 다가선 광풍.

그 패도적이고도 종잡을 수 없는 검세에 사내가 당황하며 권을 내뻗었다.

하지만 검은 사내가 전혀 상상할 수 없는 방향으로 속도가 조금도 줄지 않은 채 선회하더니, 이마를 검배로 강타해 버렸다.

머리가 울리며 멍해졌다.

그리고 송우문이 자신의 혈도를 짚으려 하는 것이 보였다.

'사로잡히면 안 된다!'

콰득!

사내의 입속으로 알싸한 향이 퍼지고 그의 혀부터 시작해서 입안 전체가 마비가 되었다.

검은색 액체가 마비된 사내의 입을 지나서 식도 안으로 흘러들었다.

삽시간에 사내의 얼굴이 검은빛으로 변했다.

"어?"

일단 생포해 두려고 했던 송우문의 마음과 달리, 사내는 독단을 깨물어 자결해 버렸다.

"젠장! 죽었네."

송우문이 사내의 맥을 확인한 순간.

"커억!"

낮은 비명과 함께 송우영과 싸우던 화복사내가 가슴을

길게 베이며 쓰러졌다.

"하아, 하아."

송우영은 몸 곳곳에 상처가 나 피로 물든 상태였다.

어려운 자를 상대로 승리하였지만 송우영은 조금도 기쁘지 않았다. 오히려 심사가 복잡했다.

'형의 무공이 나보다 강하다니, 그것도 훨씬……. 저 정도라면 능히 초절정이라고 할 수 있지 않겠는가?'

화복사내와 처음 송우문이 상대한 유명수 그리고 나중에 난입한 자까지, 모두 그 무공 수준이 비등비등한 인물들이었다.

하지만 송우영 자신이 한 명을 상대로 대결을 길게 끌고 있을 때 송우문은 두 명을 동시에 상대하여 수월하게 이겨 버렸다.

그것을 곁눈질로 지켜보던 송우영은 조급함에 무리했고 그 덕에 본래의 예상보다 시간을 단축시킬 순 있었지만 여러 군데 상처를 입고야 말았다.

남은 것은 칠십 명 정도의 졸개들이었다.

"멈춰! 너희 둘 다 들고 있던 검을 버려라."

돌아봤을 때 송우문과 송우영은 아차 싶었다.

상대의 수뇌들과 싸우고 있을 때 남은 자들 중 일부가 크게 돌아서 연가상단의 인물들에게로 간 것을 보지 못했다.

인질을 잡으러 간 자들이 칠십 명의 인물 중에서도 가장 무공이 강했기 때문에 조무재는 별다른 반항도 하지 못하고 제압 당하였고 그들은 송우문과 송우영이 전투를 끝냈을 때에 미리와 그 주변에 있던 이들을 인질로 잡을 수 있었다.

미리의 하얀 목에 칼을 들이댄 채로 갈의무사가 말했다.

"어서 검을 버려! 이 여자가 죽는 것을 바라는 건가?"

송우영이 입술을 깨물었다. 어찌 행동해야 할지 판단이 서지 않았다.

하지만 결국 화산파 제자로서의 가르침들이 떠올랐다.

"무기를 버립시다."

송우영이 그렇게 말했을 때, 송우문은 죽일 듯이 갈의무사를 노려보며 말했다.

"우리가 무기를 버리면 저놈들이 우리를 죽이고 연가상단의 사람들을 살려 줄까? 우리가 무기를 버려서 포로가 되면 놈들은 우리를 이용하여서 또 누구를 협박할까?"

비록 송우영과 마찬가지로 송우문 역시 경험이 일천했지만 객점 일을 하면서 비굴하고 야비한 자들의 속성이 무엇인지 정도는 알고 있었다.

그렇기에 겪어 본 적은 없어도 상대의 행동 양식을 정확히 파악했다.

송우영 역시 그때야 깨달았다.

자신들이 검을 버리면 연가상단 사람들의 목숨이 도리어 위험해지는 것은 물론 그들의 외조부인 장황마저 위험해질 것을 말이다.

한데 바로 그때였다.

"하하! 역시 똑똑하구나, 그러나!"

백상운의 목소리와 함께 뒤쪽에서 다섯 개의 빛줄기가 날아와 인질을 잡고 있던 다섯 명의 이마를 동시에 꿰뚫었다.

털썩, 털썩!

"까아아악!"

인질로 잡혀 있던 상행의 철부지 중 하나가 피를 보고 비명을 질렀다.

인질을 잡고 있던 자들을 단번에 끝장낸 백상운이 장내로 나타났다.

"네 외할아버지의 능력을 너는 아직 잘 모르는가 보구나. 인질을 잡든 안 잡든. 이놈들은 날 어찌할 수 없다."

그 말이 끝남과 동시에 백상운의 몸에서 무시무시한 기세가 피어올랐다.

"날 조금이라도 안다면 감히 내 앞에서 인질을 잡는 일 따위 하지 않았을 텐데!"

분노한 목소리와 함께 장황 백상운의 손바닥이 적들을 향한 허공을 격타했다.

뻐어어엉!

이게 진정 손바닥으로 허공을 쳐서 나올 수 있는 소리인가?

가공할 강기가 생성되어 지면을 뒤집고 부수며 앞으로 나아갔다.

"크아아아악!"

모여 있던 오십여 명의 무사가 동시에 강기에 휘말렸다.

백상운이 나타나니 저런 이들은 그 숫자의 문제가 아니었다.

조금 전 송우문의 일격에 당한 혈운마제의 내기가 흔들린 것은 아주 약간이었다. 그러나 그 백지 한 장 정도의 차이도 절대고수 간에서는 크게 작용할 수 있었다. 결국 장황의 공세를 이겨 내지 못하고 혈운마제가 도망쳤을 때, 상황은 이미 끝난 것과 다름없었다.

제2화
야명주, 부녀, 공청석유

　적들의 시체는 송우문과 송우영이 한곳에 모으고 백상
운이 직접 삼매진화를 일으켜 불태워 버렸다.

　그리고 연가상단은 동료 중 죽은 이들의 시체를 마차에
싣고 길을 재촉하였다. 이미 밤이 깊은 상황이었지만 이런
일을 겪으니 모두가 한 마음으로, 그저 운한에 빨리 돌아
가고 싶은 마음뿐이었기에 불만은 나오지 않았다.

　"놈들은 누구였을까요?"

　송우문이 말에 탄 백상운을 향하여 물어본 말이다.

　"글쎄다. 나도 잘 모르겠는걸? 남은 놈들이 모두 독단을
깨물고 자결한 탓에 말이야. 하지만 그렇게까지 비밀을 유
지하는 것으로 보아 나의 보복을 두려워할 기존에 있던 단

체 중 하나이거나 정체가 드러나면 공적이 될 확률이 높은, 마도의 맥을 이은 비밀 단체이겠지."

"마도라… 그럼 혹시 천마신교일까요?"

그 말에 백상운이 피식 웃었다.

"아니, 절대 그렇지는 않을 거다."

"왜죠?"

백상운이 갑자기 주먹을 보여줬다.

"힘!"

"힘이요?"

"그래, 힘. 천마신교가 궁극으로 추구하는 것은 바로 극한의 힘이다. 무엇이든 때려 부수는 패도! 그런 그들이 이렇게 몰래 나를 제거하려고 물밑 작업을 한다? 정체가 발각될까 두려워 독단을 깨물게 한다? 아서라."

장황은 시선을 먼 곳으로 두며 말했다.

"놈들은 마도이지만 또 어찌 보면 가장 순수한 놈들이다. 방금의 그놈들처럼 지저분하게 인질을 잡거나 비밀리에 무엇인가를 하던가 하지 않아. 밖에 나오고 싶다면, 깨어져 부서지는 옥쇄를 각오할지라도 당당하게 행한다. 그것이 바로 마도의 근본인 천마신교요, 천마다."

어쩐지 장황 백상운은 천마신교에 향수라도 느끼는 듯한 모습이었다.

어찌 보면 저들을 천마신교라 생각하는 자신의 말에 살

짝 화를 내는 것 같기도 했다.

'그만큼 인정할 수 있는 상대란 거구나.'

천마신교가 마지막으로 등장한 것은 오십 년 전이다.

그리고 그때에 폭풍을 일으키며 나타나 천마신교를 막고, 힘을 합쳐 천마를 물리친 이들이 바로 천무팔황이다.

장황, 그의 인생에서 가장 강한 무인이 바로 천마였으니만큼 천마와 천마신교에 대한 기억은 아직도 뚜렷이 남아 있었다.

"그럼 대체 어디일까요? 혈운마제까지 끌어들인 곳이라니."

혈운마제를 떠올리니 또다시 무단천사신공이 폭급해지며 분노가 치밀어 오르는 송우문이었다. 하지만 이내 그 대상이 눈앞에 없기에 마음을 가라앉혔다.

"모르지 인마. 난 이제 그런 놈들 막기 귀찮아. 내가 평생 몇 번이나 뛰어다녔는데 그것도 하기 싫은데 존장들이 애걸복걸해서 말이야. 그러니 이제부터는 내가 안 하고 너나 괴야창마가 해결해야지."

괴야창마와 자신을 동시에 부르다니, 그만큼 자신을 인정해 준다는 의미일 것이다. 천무팔황 중 장황인 자신의 외조부가 말이다.

송우문은 은연중에 기분이 좋아짐을 느꼈다.

하지만 그만큼 부담스럽기도 했다.

'강호… 무림. 이렇게 점점 얽히는 건가.'

자신은 그저 부모님 호강시켜 드리고 싶고, 산수화 속의 무공을 완전히 깨닫고 자신의 것으로 만들고 싶었다.

그것이 현재의 가장 큰 꿈이요 목표다.

협객? 물론 어릴 때의 꿈이긴 했지만 화산파의 도사들이 자신을 놔두고 갔을 때부터 그 꿈은 가슴 한켠에 묻었다.

물론 이제 협객이 될 수 있는 상태가 되었지만 아직도 협객은 먼지에 쌓여서 빛이 나지 않는 오래된 꿈이기에 그다지 이루고 싶은 마음이 생기지 않았다.

그렇게 말하고 백상운은 흘깃 외손자를 바라봤다.

'녀석……'

성격이 자신과 비슷한 부분이 있었다.

그저 자기가 하고 싶은 것만 하면서 유유자적 살아가기를 원하나 분명, 남이 간절히 부탁하거나 눈앞에서 마음에 안 드는 일이 벌어지면 자신도 모르는 새 나서게 될 것이다. 장황 본인 역시 그러한 점 때문에 악의 무리들과 수도 없이 맞서지 않았는가?

상행의 분위기는 전체적으로 가라앉아 있었다.

그도 그럴 것이 갑작스런 습격에 의해 동료들이 목숨을 잃었기 때문이다. 이로써 그들은 아주 일반적인 상식 하나를 새삼스레 깨달을 수 있었다.

무림인과 엮여서는 좋은 결과가 나오기 힘들다. 그리고 명성이 높고 강한 무림일수록 그만큼 더 위험할 따름이다.

*   *   *

"돌아왔다!"

연가상단의 장원에 도착하자마자 한 무사가 소리쳤다.

무사들의 얼굴에 화색이 돌았다. 그도 그럴 것이, 무공을 익혔다고는 하나 누군가와 싸우는 일이 드물었으며 특히 목숨을 건 대결 같은 것과는 거리가 멀었다.

그런 이들이 이번에 죽고 죽이는 진짜 강호를 경험하고 돌아왔으니 다른 이들보다 더욱 기뻐할 수밖에 없었다.

"이번 상행에 대한 보수는 내일 일괄적으로 지급하겠습니다. 오늘은 일단 돌아가셔서 푹 쉬세요."

미리가 그렇게 말하는데, 장황이 조용히 그녀를 불렀다.

"잠깐, 할 얘기가 있는데 이리 와 보거라."

"예? 예!"

그녀를 데리고 사람들이 없는 뒤편으로 간 장황이 품에서 구슬 하나를 꺼냈다.

"우리와 여기까지 동행하여 주고 또 우리 때문에 받은 피해도 이만저만이 아니니, 거기에 대한 보상이라고 생각하거라."

장황이 주는 구슬을 살펴보던 미리의 눈이 커졌다.

　"이, 이건 설마 야명주인가요?"

　"내 이것을 주긴 하겠으나 약속해 주었으면 하는 게 있구나."

　잠시 야명주를 내려다보던 미리는 천천히 고개를 내저었다.

　"야명주 한 알의 가격이 한 성과도 같다고 하는 고가의 물품, 이런 것을 받을 수는 없습니다."

　이 야명주만 있어도 연가상단이 부활하는 것은 물론, 훨씬 크게 성장할 수 있을 것이다.

　미리가 야명주 받기를 거부할 때 장황이 말했다.

　"부담스러워하지는 말아라. 차후 이에 합당한 것을 네게 요구할 때가 올 테니 말이다. 내가 약속을 받고자 하는 것은… 첫째, 이 마을에 나의 정체를 알리지 말라는 것이다. 이것은 이따가 다른 이들을 다 모아서 함께 얘기하자꾸나. 둘째는, 야명주를 처리할 때, 네가 믿을 수 있는 사람을 골라서 하라는 것이다. 지킬 수 있겠느냐?"

　첫 번째는 자신이 이 마을과 연관 있다는 것이 강호에 알려지면 생길 후폭풍을 염려해서였고, 두 번째는 감당할 수 없는 보물을 지닌 자가 조심해야 할 것을 장황이 미리에게 일러 준 것이다.

　잠시 생각하던 미리가 결국 고개를 끄덕였다.

"알겠습니다, 장황님."

"하하! 말이 잘 통하니 좋구나. 하면, 일단 내 정체를 아는 사람들을 모두 모아 주렴."

잠시 후, 미리가 상행을 함께 나섰던 모든 이들을 모았고 장황의 존재를 다른 사람들에게 알리지 말라고 단단히 일러 두었다.

"자, 우문아, 우영아 가자꾸나, 너희 어미에게로."

"예, 외조부님."

등평객점으로 가는 길에 장황 백상운은 그 심사가 너무나 복잡하였다.

이제야 딸 앞에 나서게 되어 인사를 나누기 위해 간다.

그 사실에 가슴이 벅차오르는 한편 또 한쪽으로는 너무나 걱정이 되었다.

딸아이의 차가운 표정을 보게 될 것 같아서… 딸아이에게 괜히 나타나서 그녀의 마음에 고통만 안겨 줄 것 같아서.

'하지만 이미 마음먹은 일 아닌가? 이제 어쩔 수 없다, 가자.'

등평객점 앞에서는 이미 운한으로 상행이 도착했다는 소식을 받은 송대웅이 송우문을 기다리고 있었다.

"어? 아들! 앗! 우리 작은 아들도 있잖아! 어쩐 일이야 둘이 같이 오고."

송대웅이 달려와 송우문과 송우영을 동시에 껴안았다.

"아버지!"

"아이고, 이놈아. 잘 갔다 왔어? 밥은 잘 챙겨 먹었고?"

속만 썩히던 첫째 아들이다 보니 밖에 나가 혼자 있다는 생각에 더욱 걱정되었던 송대웅이었다.

"괜찮아, 내가 앤가?"

씩 웃으며 말하는 송우문이 대견한 송대웅이었다.

"그래, 우영이 너도 잘 지냈고? 어디 아픈 데는 없지?"

"예, 아버지."

그때서야 송대웅은 자신을 뚫어져라 관찰하고 있는 삼십대 중반의 백의사내를 발견할 수 있었다.

'뭐야, 저 재수 없는 눈빛은. 누굴 훑어보고 있는 거야? 나이도 어려 보이는 시끼가.'

확실히 사십대 초반의 송대웅에 비해 장인인 백상운의 나이가 더 젊어 보였다.

송대웅은 인상을 구기며 말했다.

"큼. 저 형씨는 누구냐? 너희와 아는 사람이야?"

"헉! 아버지, 그러면 안 돼. 저분이 바로 엄마의……."

말을 끊으며 백상운이 말했다.

"우문아, 가서 네 어미에게 기별을 좀 넣어다오."

"예!"

송대웅을 말리던 송우문이 외조부의 명을 따라 안으로

들어가고 송대웅은 눈을 부라리며 말했다.

"뭐요, 형씨. 뭔데 우리 마누라를 불러오라 마라야!"

송대웅은 백상운이 마음에 들지 않았다.

자신을 탐색하듯 본 것도 기분 나쁜데 아이들이 백상운의 말을 잘 따르는 것 같아서 더 기분이 나빴고, 이번에는 선녀 같은 자기 부인까지 알고 있는 듯하였다.

'뭐야, 이 자식. 마누라가 젊었을 때 아는 사람인가?'

송대웅이 계속 막 나가자 송우영이 그의 팔을 잡으며 말했다.

"아버지! 말 조심하셔야 합니다. 이분이 바로 저희 외조부되세요."

"뭐?"

난데없는 말에 아들의 얼굴을 뻔히 쳐다보던 송대웅은 갑자기 얼굴로 울상을 변하더니 아들의 이마를 짚어 봤다.

"이, 이상하다. 열은 없는데… 안 돼, 형이 정상으로 되돌아오니까. 이제 동생이 바보가 되는 것이냐? 으헝, 그러면 안 되는데."

"아니, 그게 아니에요! 전 멀쩡해요. 이분이 바로 제 외조부되신다니까요. 그러니까 아버지한테는 장인어른이 되는 분이에요. 인사부터 하세요!"

"아니, 이놈아! 네가 지금 멀쩡하긴 뭐가 멀쩡해. 나보다 한참 어린 형씨가 어떻게 네 어미의 부친이 될 수가 있어! 안 되겠다. 너 지금 나랑 의원부터 가자!"

가뜩이나 송우문 때문에 이런 문제에 민감한 송대웅이었다.

'이제 가문에 더 이상의 바보는 있으면 안 돼!'

그러자 답답해지는 건 송우영이었다.

"아, 물론 겉으로야 아버지보다 젊어 보이죠. 근데 그게 아니에요, 이분이 바로 장황이에요. 절대고수의 외모는 나이를 초월한다는 건 아시죠?"

"아니, 무슨 귀신 씻나락 까먹는 소리야! 장황이 어떤 사람인데 여기에를 와. 어여 아버지 따라와, 의원한테 가자!"

송우영이 답답해 죽겠든 말든 장황 백상운은 조용히 딸을 기다렸다.

이런 일에 대한 경험이 많기에 딸이 와서 사실을 말해 줘야 송대웅도 믿을 것이다.

사실, 백상운은 일 년 전부터 운한 근처의 마을에 와서 지내며 딸과 그 가족을 지켜보고 있었다. 하나 쉽사리 앞에 나설 수가 없었다.

용기가 없었기 때문이다.

그러며 외손자가 무공을 익히고 있단 사실도 알게 되었고 또 그가 진원명과 만나는 것도 지켜보았다.

나중에 송우문이 상행을 떠났을 때에 기회다 싶어 우연

을 가장해 손자의 앞에 나타나 도움을 준 것이다.

한편 아까 백상운의 명을 듣고 객점 안으로 들어간 송우문은 바로 백진진의 방으로 향했다.

밤이 늦었지만 방은 아직도 불이 켜져 있었다.

"어머니, 우문이 왔습니다."

놀라지 않게 먼저 말을 하고 방문을 열었다.

"우문아, 다녀왔구나. 어디 아픈 데는 없느냐?"

백진진은 힘없는 모습으로 벽에 등을 기대고 앉아 바느질을 하고 있었다.

"그게 무엇이에요, 엄마?"

그러자 그녀는 급히 바느질하던 것을 뒤로 숨기며 말했다.

"아무것도 아니란다. 어디, 좀 들어와 보거라. 우리 장한 아들 좀 만져 보게."

백진진은 급히 숨긴다고 숨겼지만 무공을 익혀 안력이 좋아진 송우문은 그새 다 볼 수 있었다.

몸도 약하여 제대로 운신하기도 힘든 어머니가 만들고 있던 것은 바로 자신의 옷이었다.

송우문은 눈물이 핑 돌려고 하는 것을 부드럽게 웃음으로 떨쳐 내며 고개를 저었다.

"아니에요, 어머니. 손님이 오셨으니 나와 보세요. 제가 부축할게요."

"손님? 누구 말이더냐?"

백진진이 어리둥절해했다.

몸이 아픈 자신이 부축을 받고 나가서 맞을 손님은 기억에 아무도 없었다.

"어서 나와 보세요. 분명 어머니도 크게 반가워하실 거예요."

"아니, 대체 누가 왔기에……."

말은 그렇게 하면서도 아들인 송우문이 부축을 하자 백진진은 못이기는 척 발걸음을 떼었다.

문득, 왜인지도 모르는데 가슴이 두근거렸다.

'누가 왔기에 이 아이가 이럴까.'

한편 송우문은 어머니의 몸을 부축하며 조심스레 자신의 내공을 불어 넣었다.

전에는 할 수 없었으나 지금은 외조부가 주었던 무학총해에서 타인에게 기운을 불어 넣어 돕는 것에 대하여 배웠기에 능숙하게 행할 수 있었다.

무단천사신공은 도가의 뿌리가 되는 내공이다.

다른 어떤 내공보다도 몸을 보호하고 허함을 채워 주는 것에 능했다.

백진진의 손목에서부터 뜨겁고도 포근한 기운이 들어가 전신으로 치달렸다. 전에 없던 활력이 몸에 생겨나는 듯했다.

그 느낌에 백진진이 깜짝 놀라며 송우문을 봤다.

"우문이 너! 무공을 익힌 것이냐?"

"예, 어머니."

송우문은 속으로 생각했다.

'외조부의 말이 틀림이 없구나, 어머니도 무공을 익히셨어.'

무공을 모르는 이라면 자신의 몸에 들어간 기운이 무공으로 인한 것임도 알아차릴 수 없었다.

"허… 이럴 수가, 자식들은 무림인으로 키우기를 원치 않았는데 결국 작은 아이에 이어서 너까지……."

어딘가 착잡하게 느껴지는 어머니의 말이었다.

하지만 장황이 외조부임을 더욱 확신하게 된 송우문은 그녀를 계속하여 이끌었다.

"어머니, 그 얘기는 나중에 하고 우선 손님부터 뵈어야죠. 어서요."

"대체 누구기에 이러느냐……."

말을 하던 중 무공에 대한 생각이 나니 또 한 사람이 떠오르는 백진진이었다.

'설마……?'

하지만 백진진은 곧 내심 고개를 저었다.

'아니, 그럴 리가 없지. 아버지가 어찌 내가 여기 있는

것을 알겠어.'

한데 아까부터 이상히 뛰고 있던 가슴이 더욱 크게 뛰었다.

왜 그런 것일까.

한편 장황 백상운은 가만히 딸아이가 걸어 나올 곳을 바라보고 있었다.

딸의 모습은 보이지 않지만 익숙한 발걸음과 가쁜 숨소리는 느낄 수 있었다.

'아이야……'

어린 딸의 모습이 떠올랐다.

그때는 참 해맑게 웃었는데, 세상 누구와도 비교할 수 없을 만큼 행복한 웃음을 지을 수 있던 아이였는데…….

이윽고 장황의 앞으로 딸의 모습이 보였다.

그리고 백진진에게도 객점 문 앞에서 자신을 기다리고 있는 아버지의 모습이 보였다.

"자, 보라고 형씨. 내 부인이 몇 살인데 당신 딸이 될 수가 있겠어!"

송대웅의 외침은 두 사람에게 들리지도 않았다.

오랜만에 어머니를 봤다고 인사를 하는 송우영의 모습도 백진진에게 보이지 않았다.

"오랜만이구나, 진진아."

담담함을 가장한 백상운의 말.

눈앞에 뿌연 물막이 서려 오던 백진진은 결국 눈물을 참지 못하고 터뜨리며 말했다.

"아빠……!"

백상운은 심장이 저릿저릿함을 느꼈다. 그녀가 어릴 때 불렀던 '아빠'라는 그 호칭을 지금 들으니 감회가 너무나 새롭고 또 감동적이었다.

백진진은 아버지인 장황이 미웠다. 하지만 막상 이렇게 마주하고 보니 도무지 화를 낼 수가 없었다. 그저 반가움에 눈물만이 폭포수처럼 흘러나왔다.

"아빠, 아버지… 아버지!"

"그래, 내 딸아!"

앞으로 걸어가 딸을 꼭 껴안았다.

딸을 만난 기쁨과 동시에 가슴이 찢어지는 듯한 고통도 느껴졌다.

'미안하구나, 나 때문에…….'

딸의 몸이 너무 앙상했다.

마치 바람 불면 날아갈 듯 비정상적으로 가벼웠다.

그녀의 몸에 골수와 심장에까지 스며들어 있는 내상의 기운이 느껴졌다.

"나쁜… 나쁩니다. 그렇게도 다른 일이 중요했던 건가요. 그렇게도 아버지 자신의 자유가 찾고 싶었던 건가요. 그래서 어머니가 돌아가실 때에도 곁을 지키지 않으시고 저까지 그리 방치해 두신 건가요!"

울먹이며 백진진이 소리쳤다.

"미안하구나, 미안하구나. 아가야. 내 정말… 미안하단 말 하나밖에는 할 말이 없구나."

할 말이 있기는 했다. 하나 지금 딸에게는 변명으로 느껴질 말을 하기는 싫었다.

그저, 딸의 등을 토닥여 주며 진정시키는 데에 힘썼다.

"내상을 입어 몸이 좋지 않다. 화를 다스려라. 흥분하면 건강에 좋지 않아."

자신을 걱정하는 아버지의 말에 그나마 백진진은 줄어들고 있던 눈물이 더 쏟아져 나옴을 느꼈다.

"아버지……."

한편 뒤에서 지켜보던 송대웅은 넋이 빠진 얼굴이었다.

"어? 어어……."

머리가 복잡해졌다.

지금 백진진의 말이라면 자신이 여태껏 '형씨' 라고 부르며 오만불손하게 말했던 상대가 바로 장인이란 뜻이다.

'이, 이거 큰일 났네. 어이쿠! 진진이가 고아라고 해서 그렇게만 믿고 있었는데.'

정말 백상운이 자신의 장인이 맞았다.

사위인 송대웅 본인보다 더 젊어 보이는 장인이라니. 그제야 조금 전 송우영의 말이 떠올랐다.

'자, 장황? 장황이라고? 내 장인어른이 바로 장황이란 말이야?'

송대웅이 공황 상태에 빠져 있을 때 백상운이 말했다.

"좀 더 이야기를 나누고 싶지만 그럴 수가 없구나. 네 내상이 생각보다 심해 우선 치료부터 해야겠다."

그가 먼저 송대웅에게 말했다.

"사위, 오늘부터 삼 일간은 객점 문을 닫고 영업하지 말게. 자네 부인의 치료를 위해 조용해야 해서 그런 것이니 이해할 수 있겠지?"

"예? 옙! 장인어른!"

송대웅이 군기가 아주 바짝 든 모습으로 대답하고 백상운은 이번엔 송우문과 송우영을 보며 말했다.

"너희는 내가 치료를 하는 동안 둘이서 번갈아 호법을 서거라. 절대 그 누구도 접근하게 해서는 안 돼, 알겠지?"

"예! 외조부님."

백상운이 딸을 업고 조심스레 안으로 들어가는데 좋지 않은 몸으로 너무 큰 격정에 휩싸이고 울음까지 터뜨렸던 백진진이 전보다 더욱 기운 없는 목소리로 말했다.

"그러지… 마세요, 아버지. 전 괜찮으니까……. 제 내상이 너무 심하여 혹여 아버지에게……."

"시끄럽구나! 네 아비가 누구인지 벌써 잊은 것이냐, 나 장황이다. 천무팔황으로 불리는 사람이다. 사랑스러운 딸

아이의 내상을 고치는 일 따위는 식은 죽 먹기보다 더 쉽다."

딸의 걱정을 달래며 백상운은 객점 안으로 향하려다 갑자기 뒤를 돌아보며 말했다.

"야, 손자. 너 저번에 괴야창마에게서 뭐 받지 않았냐?"

평소의 말투로 변한 백상운의 말은 아마도 송우문에게 하는 말이기에 그런 듯했다.

"아! 맞다."

그때 괴야창마에게서 받은 후, 품에 넣고 여태껏 깜빡 잊고 있었다. 중간에 충격적인 일이 너무나 많이 일어났기 때문이다.

송우문이 품에서 괴야창마에게서 받은 주머니를 꺼냈다.

"킁킁, 냄새가 난다, 냄새가. 냄새가 나! 이리 줘 봐라."

"무슨 냄새가요?"

의아한 표정으로 송우문이 백상운에게 주머니를 건넸다.

방금 전까지 아주 급한 모습으로, 진중하게 백진진의 치료를 하려 하더니 갑자기 왜 이러는지 이해가 안 되는 그였다.

백상운은 한 손으로 딸의 다리를 받치고 남은 한 손으로 능숙하게 주머니를 풀었다. 손이 닿기 어려운 부분은 격공

섭물을 사용하면 편리했다.

주머니 속에서 옅은 우윳빛의 액체가 들어 있는 약병이 나왔다.

"오호! 역시. 경흥, 이 녀석은 이럴 줄 알았어. 분명 자기 아들 목숨을 구해 줬다고 지가 갖고 있던 것 중에 가장 귀한 것을 줬던 거겠지. 아들 목숨이 무엇보다 귀하다고 생각하는 그 녀석이니 말이야. 껄껄껄."

백상운이 크게 기뻐하자, 송우문 역시 호기심을 크게 드러내며 말했다.

"그게 무엇인데 그러십니까?"

대답은 백진진에게서 나왔다.

"공청석유(空淸石乳), 공청석유로구나. 이 귀한 것이……."

송우문은 알지 못했지만, 공청석유는 한 방울만 먹어도 삼십 년 이상의 내공을 증진시킬 수가 있고 몸에 펴서 바른다면 금강불괴(金剛不壞)에 만독불침도 가능하게 되는 최고의 영약 중 하나였다.

백상운은 약병의 뚜껑을 열어 냄새를 킁킁 맡아 보고 적잖이 실망한 표정으로 말했다.

"이런, 순수한 공청석유가 아니구나. 영기가 부족한데다 불순물까지 섞인 공청석유를 복용할 수 있게 만들기 위해 다른 약재를 섞어서 만들어 낸 것이야. 쯧, 그 과정에서

조화가 깨졌기 때문에 한 명이 평생에 한 방울 정도만 먹을 수 있게 된 상태야."

"공청석유가 뭔데요? 그렇게 좋은 거예요? 두 방울을 먹으면 어떻게 되는데요?"

"한 방울까지는 몸이 견뎌 낼 수 있는 수준이지만 두 방울 이상을 먹게 되면 몸의 균형이 무너져서 내공이 흩어지고 온몸이 비틀려 죽음을 맞이하게 될 것이다."

"으!"

끔찍한 설명에 송우문이 낮게 비명을 질렀다.

"윤석아. 그래도 이거 한 방울만 먹어도 어디냐. 무려 삼십 년의 적공을 한 번에 쌓을 수 있게 해 주는데 말이다. 뭐 나야 이런 영약에 기댈 때는 지났지만, 너나 다른 아이들에게는 아주 큰 도움이 될 것이다. 어쨌든 이것 덕분에 진진이의 치료가 성공할 확률이 크게 올라갔구나."

그 말을 마지막으로 백상운은 방 안으로 들어갔다.

안고 오면서 느낀 것인데 백진진의 상태는 생각보다 더욱 심각했다.

'이럴 줄 알았으면 내 망설이지 말고 좀 더 일찍 나타날 것을 그랬구나. 그랬으면 지금보다 조금이라도 더 나았을 텐데……'

송대웅이 숙수에게 말을 하고 삼 일간 영업을 안 한다는 방을 객점 문에 붙이고 있을 때, 백상운은 가부좌를 틀고 앉아 자신의 장심을 백진진의 등에 대고 조심스럽게 치료를 시작했다.

송우문이 먼저 점심때까지 호법을 서고 송우영이 자정까지 호법을 선 뒤에 교대를 하기로 했다.

초조한 기색으로 또 다른 어느 때보다 진지한 마음으로 호법을 서던 송우문은 점심때가 되어 송우영과 교대를 한 뒤 연가상단으로 향했다.

가는 길에 그와 친했던 짐꾼들 몇몇이 송우문을 발견하고 반갑게 인사했다.

"우문아! 간밤에 잠은 잘 잤느냐?"

"겨우 하루 떨어져 있었는데 한 일 년은 못 본 것 같구나. 하하하."

그들에 대해 송우문도 밝게 웃으며 인사를 했다. 농을 몇 마디 건네는 것도 잊지 않았다. 아마 모두 송우문처럼 삯을 받으러 연가상단에 왔다가 돌아가는 길인 듯했다.

연가상단에 들어서기 전 송우문은 문지기에게 먼저 물어봤다.

"이번 상행에 대한 삯을 받으러 왔는데 어디로 가면 됩니까?"

"아, 송 소협! 대리 상단주님께서 송 소협이 오시면 집무실을 찾아와 달라고 하셨습니다. 아마도 거기서 직접 주시려고 하시는가 봅니다."

문지기 역시 무공을 조금이나마 배운 이였다.

그렇기에 송우문이 장황의 손자라는 점을 떠나서 그가 전날의 갈의무사들과 싸우던 모습이 각인되어 있었다. 그렇기에 진심을 담아 너무나 자연스럽게 '소협'이란 호칭이 나올 수 있었다.

송우문은 '송 소협'이란 말이 듣기 좋았다.

평생 남들에게 바보만 듣고 살았는데, 이 문지기도 자신을 그렇게 부르던 사람 중의 한 명이었는데 말이다.

그렇기에 송우문은 미소를 지으며 고개를 끄덕이고 안으로 들어섰다.

하지만 좋았던 기분이 갑자기 확 나빠졌다.

안에 들어서자마자 가장 먼저 보인 것이 상단 주요 인사들의 자제들이 모여 있었기 때문이다.

'남을 깔아뭉개는 데에만 혈안이 되어 있는 철부지들.'

그렇게 생각하며 송우문은 그들의 앞을 지나갔다.

"어? 어어……."

평소라면 송우문을 내려다보듯 무시하며 보았을 그들이었지만 그것이 완전히 달라졌다.

잠시 당황하더니 쭈뼛거리며 송우문에게 인사를 했다.

"아, 안녕하십니까."

하지만 송우문은 그들에게는 밝게 웃어 주지 않았다. 인사도 건성으로 받아 주고 지나가려고 했다.

저들의 그 태도가 싫기 때문이다. 상대 그 자체를 보는 것이 아니라, 상대의 능력과 위치를 먼저 보고 거기에 맞춰서 떠받들거나 무시하는 그것이 보기 싫었다.

하룻밤 새에 얼굴이 눈에 띄게 수척해진 채노룡.

그가 송우문을 보더니 급히 달려와서 손을 맞잡으며 말했다.

"송 소협, 오셨군요! 잘 오셨습니다. 마침 할 얘기가 좀 있었는데 같이 차라도 한 잔……."

같은 '송 소협'이란 말인데 기분이 좋지 않았다.

"놓으시오."

차가운 한마디와 함께 송우문이 손을 뿌리쳤다.

채노룡의 안색에 잠시 악독한 빛이 났으나 곧 그가 얼굴을 비굴하게 바꾸며 말했다.

"하하, 옷깃만 스쳐도 인연이라던데, 왜 이리 매몰차게 대하십니까. 귀하의 외조부이신 장황님에 대해 할 얘기…… 껵!"

송우문이 채노룡의 멱살을 잡고 밑으로 내리 끌었다. 그리고 그의 귓가에 입을 대고 과격하게 소곤댔다.

"분명 외조부님의 말을 들었을 텐데, 장황이란 걸 숨기고 있으라고. 네놈이 입을 함부로 놀리는구나. 혼쭐이 나고 싶으냐?"

게다가 무슨 얼어 죽을 인연이란 말인가, 그건 악연이라고 불러야지 인연이라고 부를 수 없는 것이다.

숨이 막힌 채노룡은 제대로 대답도 하지 못하였다.

"그 입 조심해라. 알겠냐?"

채노룡이 급히 고개를 끄덕였다. 그제서야 송우문은 채노룡의 멱살을 놔주었다.

차갑게 그를 노려본 뒤 송우문은 미리의 집무실 쪽으로 향했다.

"캑, 캐캑."

시뻘게진 얼굴로 기침을 해 대던 채노룡은 송우문이 사라진 방향 쪽을 번들거리는 눈빛으로 노려봤다.

'이 새끼. 네가 감히 나를! 내가 이렇게까지 했는데도 날 모멸해? 오냐, 두고 봐라. 후회하게 만들어 주마!'

그게 채노룡의 한계였다.

자신이 남에게 한 일, 자신이 잘못한 일은 생각지 못하고 그저 상대방의 행동이 안 좋은 것에만 앙심을 품는… 그것이 채노룡이란 인간이 지닌 한계였다.

하지만 채노룡은 미처 알지 못했다.

왜 강호 경험이 많은 장황이 그를 확실하게 밟아서 다시는 이빨을 드러내지 못하게 만들지 않았는지 말이다.

어쨌든 그 때문에 채노룡은 마음속으로 더욱 악독한 일을 꾸미기 시작했다.

"대리 상단주님. 저 우문이입니다."

"아! 예, 들어오세요. 송 소협."

미리의 대답에 송우문이 집무실 안으로 들어섰다.

어쩐 일인지 그의 얼굴은 웃음을 참지 못하고 있었다.

'송 소협, 연미리 상단주님께서도 날 송 소협이라고 불러 주시는군.'

물론 미리는 전부터 송우문을 정중하게 대했다. 하지만 '소협'이라는 호칭을 듣는 것은 지금이 처음이기에 송우문은 입이 귀에까지 찢어지는 듯했다.

"자, 여기 이번 상행에 대한 보수입니다."

미리가 은자 한 냥을 꺼내어 송우문에게 건넸다. 아직 그가 한 달을 채운 것은 아니기에 월봉은 지급하지 않고 상행에 대한 특별 수당만 준 것이다.

"감사합니다."

은자를 받으니 뿌듯함이 느껴졌다.

생전 처음으로 자신이 일을 해서 스스로 번 돈이다. 부모님의 손을 빌린 것이 아니라, 순수하게 자신의 힘만으로 말이다.

"그리고 이건… 편의상 감사금이라고 할게요. 받으세요."

"예?"

무슨 말인지 모르면서도 일단 미리가 건네는 전낭을 받아 들었다.

묵직함이 느껴졌다.

안을 살펴보니 은자가 무려 삼십 냥가량이 들어 있었다.

결코 적은 돈이 아니었다.

"어째서 이런 큰돈을 저에게……?"

미리가 면사 속에서 환히 웃으며 말했다.

"말 그대로 감사금이에요. 송 소협이 저희 상행에 함께 하여 줌으로 저희 상단은 큰 도움을 받게 되었거든요. 장황과 친분이 있는 상단, 장황의 손자가 짐꾼으로서 일을 하였던 상단. 이러한 것들은 지금 제가 드린 은자 삼십 냥과는 비교도 안 될 큰 가치예요."

그것은 송우문도 짐작할 수 있었다. 하지만…….

"저희로 인해 목숨을 잃은 분들도 계시지 않습니까. 저는 오히려 그게 죄송스러운데 어찌 이런 돈을……."

야명주에 대한 이야기를 할 수는 없었다. 백상운이 비밀로 해 달라 하였음으로 말이다. 아무리 그의 손자라고는 하나 송우문이 그 사실을 아는지 모르는지에 대해서도 모르는 상황에서 야명주 얘기를 할 수야 없었다.

"그건 괜찮아요. 자세한 사정은 밝힐 수 없음을 이해해 주세요. 그러니 걱정 말고 받으세요."

"그럼, 알겠습니다."

송우문은 전낭을 품속으로 집어넣었다. 묵직한 것이 가슴에서 느껴지니 기분이 매우 좋았다.

캬앙?

갑자기 전낭이 들어와서 자리가 비좁아지자 은검이 신경질을 부리며 낮게 울었다.

"어머! 은검인가요?"

미리의 눈이 반짝거렸다.

"아! 예. 야, 나와 봐."

캬!

전낭 때문에 잠을 깬 은검이 송우문의 품속에서 튀어나왔다.

그러고는 공중에서 몇 바퀴를 돌며 땅바닥으로 내려앉는다. 그 사이 아무 소리도 나지 않았다. 푹신한 발바닥과 털이 소리를 모두 잡아 주었기 때문이다.

땅으로 내려온 은검은 잠시 어리둥절한 표정이었다.

처음 보는 곳에 왔기 때문이다. 은검은 쭈뼛거리며 주변을 돌아다니며 냄새를 맡았다.

그 모습이 어찌나 귀여운지 미리가 저도 모르게 '킥!' 하고 웃으며 말했다.

"은검아! 이리 오렴."

캬?

진수 주제에 어찌나 둔한지 이제야 미리를 발견한 은검

이 그녀를 향해 뛰어올랐다.

제 몸의 몇십 배가 넘는 높이를 사뿐히 올라간 은검이 미리의 품에 안겼다.

"아이, 귀여워라."

미리는 또 은검에게 푹 빠져 장난치고 쓰다듬어 주는데 여념이 없었다.

그 모습이 보기 좋아 송우문도 방해하지 않고 조용히 웃으며 지켜봤다.

집무실 탁자 위에 있던 땅콩을 꺼내 은검에게 먹게 하며 미리가 송우문을 쳐다봤다.

"궁금한 것이 있어요."

"예, 말씀하세요."

"어째서 숨기신 건가요? 무공을 익히고 있단 것과 장황님의 손자란 사실을 말이에요."

일전에 다른 이들과 대화하던 것을 엿들어서 대략적인 것은 알고 있었다. 하지만 왠지 송우문에게 자신이 직접 이야기를 듣고 싶은 마음이 있었다.

그래서 미리는 천연덕스럽게, 마치 조금 서운한 것처럼 연기하며 물어봤다.

"아, 그건……."

송우문은 천천히 자신의 이야기를 풀어 놓았다.

어렸을 때는 바보가 아니었는데 산수화의 무공을 익히

게 되면서 바보가 되었던 사연, 그리고 몸이 편찮았던 어머니에 대한 이야기와 상행 중 장황을 만나 어떻게 외조부임을 깨닫게 되었는지까지.

처음엔 이렇게까지 자세하게 이야기해 줄 마음은 아니었는데 얘기를 하다 보니 그렇게 되었다.

그렇기에 다시 듣는 미리도 흥미진진하게 들을 수 있었다.

"무공을 익혔다는 것을 말하지 않은 건, 누가 물어보지도 않았고 또 무공을 보일 기회도 없었으니까요. 딱히 숨기고 싶은 마음은 없었어요. 그렇다고 남들에게 '난 무공을 익혔어요!' 하고 자랑하고 다닐 수도 없는 노릇이니까요."

"풋! 하긴 그렇죠. 네… 역시 그랬군요."

사실 그때 짐꾼들과의 이야기를 엿듣기 전에도 그녀 역시 송우문의 성격이라면 지금 송우문이 한 말과 같이 되었을 것이라 짐작은 하고 있었다. 또한 장황이 외조부란 사실 역시 그의 가족들이 오래전부터 운한에서 평범하게 살아왔음을 감안해 보면 이번 상행에서 알게 된 것 같다고 예상도 했었다.

"한데 송 소협의 동생분이 화산파의 제자란 것은 왜 마을에 알려지지 않았던 거죠?"

"그건 어머님이 무림을, 무공 익히는 것을 좋아하지 않으셨거든요. 그리고 그런 것이 알려지면 결국엔 좋을 것이 없다고 해서 그러기도 했고 동생 역시, 화산파의 일을 하다 보면 많은 은원을 맺게 되는데 무공도 모르는 가족들이 연루되면 오히려 위험해질 수 있다는 생각에 비밀로 했어요."

"과연 그렇겠군요."

화산파는 구파일방 중의 하나이다.

구파일방이 어디인가? 정도를 지탱하는 기둥이며 협을 지향하는 곳이다. 그러니만큼 구파일방의 제자들은 강호에서 협을 행하며 악한 자를 벌한다.

거기다 화산파라면 다른 문파들에 비해서 더욱 악을 제거하고 협의를 드날리는 데에 열성인 곳이다. 그런 곳의 제자이니만큼 악한 자들의 보복 대상이 될 확률도 높을 것이다.

아웅.

배 터지게 땅콩을 먹은 은검이 탁자 위에 눕더니 몸을 한 바퀴 돌려 등을 바닥에 대고 볼록 솟은 배가 하늘을 향하게 하고 있었다.

어느 누가 이 미련한 놈을 전설의 은모백호라 생각할까?

그런 생각을 하며 송우문은 혼자 소리 없는 웃음을 터뜨렸다.

잠시 하고 싶던 말을 주저하던 미리가 말을 꺼냈다.

"그럼 이제 송 소협의 가족은 어떻게 할 건가요?"

"저희 가족이요?"

"어머님의 치료가 끝나면… 철검백가로 들어가게 되는 건가요?"

"아, 그건 아직 잘 모르겠어요. 부모님이 어떻게 결정하실지."

"그렇군요."

잠시 어색한 침묵이 흘렀다.

먼저 말을 꺼낸 것은 해야 할 말이 있던 송우문이었다.

"어머니의 치료 때문에 저와 동생이 교대로 호법을 서야 해요. 그래서 이제 연가상단의 짐꾼 일을 하지 못할 것 같아요."

붙잡고 싶은 마음도 생겼지만 어쩔 수 없었다.

마치 장황의 손자이기 때문에 붙잡는 것처럼 보일까 두려워서였다. 그건 싫었다.

"네, 그럼 어쩔 수 없죠. 괜찮아요, 송 소협."

미리는 밝게 웃었다.

쓰러진 아버지를 대신해 상단주를 맡으며 이제 이런 일은 누구보다 자신 있었다. 마음을 숨기고 미소를 짓는 것 말이다.

밖에 나와 있으니 자꾸만 집이 신경 쓰였다. 동생이 호법을 잘 서고 있을까 걱정이 된 송우문은 미리에게 작별 인사를 했다.

"그럼, 어머니가 걱정되어서 빨리 돌아가 봐야겠어요. 이만 물러나겠습니다."

"아, 그렇겠네요, 오래 붙잡아 두어서 죄송해요. 어서 가세요."

"가자, 은검아."

컁!

눈을 반쯤 감고 있던 은검은 볼록해진 배를 주체 못하고 잠시 뒤뚱거리다가 송우문을 향해 뛰어서 품속으로 들어갔다.

"그럼, 다음에 뵙겠습니다. 상단주님."

"예, 조심히 가세요."

송우문이 집무실을 나갔다.

잠시 우문이 나간 문을 바라보던 미리의 작은 입술을 비집고 나지막한 한숨이 흘러나왔다.

"후……."

뒤돌아서 나가던 송우문의 등은 자신을 지키기 위해 앞을 막아서던 그때와 똑같이 넓고 듬직해 보였다.

그날 밤.

채노룡은 연가상단의 부상단주인 아버지를 찾아갔다.

"가만 있으실 겁니까, 아버지?"

"무엇을 말이냐."

"이대로 가면 결국 연미리 그년이 아버지의 뒤를 이어서 상단주를 이어받을 겁니다. 그걸 두 눈 뜨고 지켜보실 겁니까?"

장황이 나타나며 모든 것이 망쳤다.

그가 미리와 아주 조금이나마 친분이 생겼다는 것만으로 상단을 통째로 꿀꺽하려던 이들의 계획은 그저 꿈으로 변했다. 거기다 그저 짐꾼인 줄 알아서 미리와 친하게 지내는 듯해도 그냥 내버려 뒀던 송우문이 장황의 손자였을 줄이야.

"그럼 어쩌겠느냐? 우리가 종전처럼 계획을 진행시킨다 한들, 장황이 그 사실을 알면 크게 경을 칠 텐데."

채노룡의 아버지, 채영철은 장황에 대한 소식을 듣자마자 그에 대하여 정보를 모았다.

결과는? 망나니도 이런 망나니가 없었다.

자신은 자기 마음대로 행하고 돌아다니면서—물론 어느 정도를 넘어서는 일은 저지르지 않긴 했다—정사지간의 인물이라는 평까지 받고 있으면서 남이 악행을 저지르는 꼴은 절대 그냥 두지 않았다. 오히려 협을 행한다는 이유로 누구보다 악랄하게 악인을 처단했다. 정말 제멋대로 사는 위인이었다.

그런 이라면 분명 자신과 조금이라도 연관이 있는 자가

위해를 당하면 가만히 있지 않을 것이다.

"그러니까 장황과 송우문, 송우영 그놈들만 처리하면 된단 말 아닙니까."

"그래, 그거야 그렇지. 하지만 대체 누가 장황을 처리한단 말이냐? 다른 이들 아무도 하지 못하는 일을 우리가 무슨 수로?"

"홍, 놈도 결국은 사람입니다. 지도 독을 먹으면 중독되는 건 매한가지겠지요."

이게 문제였다. 절대지경에 대해 자세히 아는 무림인이라면 결코 이런 생각도 하지 않을 텐데 말이다. 그저 상단의 상인인 그들로서는 절대지경이 왜 절대지경인지 잘 모르고 있었다.

"하나 그것은 너무 위험한 일 아니냐? 만에 하나 그들 가족 모두를 죽일 수 있다고 쳐도 후에 화산파나 철검백가에서 이 사실을 알게 되면……."

화산파와 철검백가 모두, 너무나 거대한 곳이었다.

"아버지, 그래서 평생 이렇게 사실 것입니까? 사내대장부가 이제는 계집년의 뒤나 닦아 주면서요? 인생은 어차피 도박입니다. 완벽하게 일을 처리해서 화산파나 철검백가가 절대 모르게 하면 될 것 아닙니까."

번들거리는 눈으로 너무나 자신 있게 말하는 아들의 모습이기에 결국 체영찰은 고개를 끄덕였다.

'그래, 인생은 결국 도박이다. 역사의 성공한 위인들을 봐도 모두 목숨을 건 도박을 하여서 성공했기 때문에 그리된 것 아닌가.'

아들의 목소리가 들렸다.

"아버지의 형님이 묵연당주(墨煙黨主)의 오른팔이지 않습니까. 묵연당에 실력이 뛰어난 독객이 있다던데 그에게……."

장황 백상운에게 있어서 백진진은 늦둥이였다.

칠십을 넘은 나이에 얻은 딸이었으니 그것이 늦둥이가 아니면 무엇이 늦둥이겠는가?

뭐 문제는 사십 년에 가까운 시간이 흐른 지금, 늦둥이 딸보다도 장황이 젊어 보인다는 것이지만 말이다.

딸의 내상을 치료하는 것이 벌써 하루가 넘었다.

중간중간 잠시 쉴 때마다 장황은 딸의 몸에 자신의 정심한 내력을 불어 넣어 몸을 보해 주고 물수건을 백진진의 입에 대어 갈증을 달래 주었다.

그러면서도 정작 막대한 내공을 치료에 쏟고 있는 장황 본인은 조금도 피곤한 기색이 없었다. 공청석유의 힘이 있기에 생각보다 수월한 치료가 이루어질 수 있어서 그랬다.

하늘 높이 매달린 해가 다시 밑으로 내려오기 시작하여 서서히 그 모습을 감추고 있을 때, 송우문은 주방에서 숙수가 미음을 쑤고 있는 것을 보고 있었다.

"그래, 그럼 이제 저 치료가 끝나면 네 어머니는 괜찮아지시는 것이냐?"

"예, 나을 수 있다고 하더라고요. 다행이죠."

"그러게 말이다. 네 할아버지가 정말 재주가 뛰어나시구나. 허허."

숙수는 송우문이 무공을 익힌 것도 또 난데없이 나타난 송우문의 외조부가 장황이란 사실도 알지 못하였다.

"참, 우문아. 간이 조금 안 맞는구나. 소금이 떨어져서 그러는데 저 뒤에서 소금 좀 꺼내다 주렴."

"네, 아저씨."

송우문이 소금을 갖고 돌아왔을 때.

숙수는 어느새 미음을 그릇들에 나눠서 담고 있었다.

"방금 먹어 봤는데 맛있게 되었구나. 너도 맛을 좀 봐라."

달콤한 향이 콧가를 간질였다.

'맛있겠는데?'

한데 그 순간, 이상하게 무단천사신공이 불같이 일어났다.

'왜 이래 갑자기?'

그와 동시에 갑자기 품속에서 은검이 으르렁댔다.

크르르르르.

은검은 새끼라고는 믿을 수 없을 만큼 날카롭고 단단해 보이는 이빨을 그대로 드러내며 고개를 밖으로 내밀었다.

그와 동시에 무단천사신공의 탓일까, 송우문의 머릿속으로 경종이 울림과 동시에 이 미음이 뭔가 이상하다하는 느낌이 일어났다. 은검 역시 미음을 노려보고 있었다.

"이상한데……."

문득 숙수를 쳐다봤다.

그의 얼굴이 흙빛으로 변해 있었다.

'왜 그러지?'

순간 외조부의 전음이 귓가로 들렸다.

"은모백호는 냄새만으로 그 어떤 독도 감지할 수 있지. 그 미음에 독이 들어 있구나. 그것도 은검이 저렇게 반응하는 것을 보니, 목숨이 위험할 정도의 극독이 들어가 있을 것이다."

순간 소름이 머리끝에서 발끝까지 돋았다.

만약 이 미음을 외조부와 어머니가 먹었다면?

절대고수인 외조부가 독에 영향을 받을 것 같진 않았지만 내상을 치료 중인 어머니가 먹었다면 분명 돌이킬 수 없을 것이다.

소름에 이은 것은 격심한 분노였다.

"안에 독을 넣었어?"

싸늘한 송우문의 말에 놀란 숙수가 뒷걸음질 치더니, 곧 악독한 마음을 품고 옆에 있던 식칼을 집어 들었다.

"죽어!"

탓! 꽈드득.

송우문의 손이 숙수가 들고 있던 식칼을 쳐 냄과 동시에 그의 손이 숙수의 어깨를 잡고 부서뜨렸다.

"아아아악!"

숙수가 비명을 터뜨리자 송우문은 급히 그의 목을 잡아 소리가 크게 퍼지지 않게 했다.

어느새 송우문은 이를 꽉 깨물고 있었다.

객점에서 함께 지내 온 지가 벌써 오 년이 넘어가는 사람이었다. 아저씨라고 부르며 따르기도 잘 따랐다.

한데, 한데…….

"왜 독을 탔지?"

하지만 송우문이 목을 잡고 있기에 숙수는 대답할 수 없었다.

다시 외조부의 전음이 들려왔다.

"숙수가 꾸민 일은 아닐 것이다. 필시 연가상단에 있는 주인을 노리는 승냥이들이 숙수를 매수하여 시킨 것이겠지."

화가 치밀어 올랐다.

"돈 때문에 그런 건가? 그런 거야?"

송우문이 숙수의 목을 잡은 것을 조금 풀어 주었다.

"캐캑, 미, 미안하구나……. 하나, 나도 사정이……."

그때 숙수의 품에서 두둑한 전낭이 흘러나와 땅바닥으로 떨어졌다.

"개자식, 그깟 돈 때문에 그간의 정도 잊고 우리 가족 전부를 죽이려 들어?"

송우문은 숙수의 성한 다른 쪽 어깨를 손으로 잡고 똑같이 으스러뜨려 버렸다.

"흡!"

그와 동시에 아혈까지 점하여 버렸기에 숙수는 극도의 고통 속에서 제대로 비명조차 내지르지 못하며 혼절해 버렸다.

분노는 또 다른 목표를 기억해 냈다.

'연가상단의 승냥이들!'

가장 먼저 떠오른 것은 채노룡의 얼굴이다.

외조부의 전음이 또 들려왔다.

"사람이란 넘지 않아야 할 선을 한 번만 넘으면 그 후에는 너무나 쉽게 그 선을 넘을 수 있지. 확실하게 처리해라. 그런 이들이라면 나중에 우리가 아닌 다른 누구에게도 똑같은 짓을 저지를 것이다. 그것이 바로 악인이다."

다른 누구도 아니다.

비록 실패했지만 저들의 목표는 결국 송우문의 가족들 전부였다.

무슨 큰 원한을 진 것도 아닌데 저들은 일가족 전체를 몰살시키려 한 것이다.

'사람의 마음이 이토록 악할 수 있구나.'

단지 화가 난다는 이유로 수도 없이 많은 사람을 죽이던 요독마랑이 떠올랐다. 무고하던 연가상단의 인물들을 죽이던 갈의무사들도…….

바로 그때, 송우영의 전음이 들려왔다.

"무슨 일이야?"

치료를 받고 있는 어머니 때문에 의사소통으로 전음을 많이 사용했다.

송우문은 동생에게 짧게 전음을 보내며 신형을 날렸다.

"개자식들이 숙수를 매수해서 우리가 먹을 미음에 극독을 탔다!"

깜짝 놀란 표정을 지었던 송우영의 표정이 곧 차갑게 굳어졌다. 그 눈빛에 깃든 것은 불같은 분노였다.

송우문은 연가상단을 향해 몸을 날리며 숙수를 주변 길가에 아무렇게나 내던져 버렸다. 돈에 영혼을 팔고 사람을 죽이려 했지만 이제 어깨가 모두 부서진 이상 예전과 같은 생활도 할 수 없을 것이다.

오 년에 가까운 세월 동안 객점에서 함께 일하며 웃고 울었던 숙수가 이런 일을 저지르다니, 그 긴 인연만큼 배신감도 너무나 컸다.

그 분노가 고스란히 연가상단에 있을 흉수들에게로 향했다.

송우문이 신법을 펼쳤다.

그의 몸이 뒤로 쭈욱 늘어났다. 엄청난 속도로 달려가는 데도 발걸음 소리가 울리지 않았다. 그저, 싸늘한 파공음이 희미하게 날 뿐이었다.

그것은 바로 집에 온 이후로 송우문이 시간이 날 때마다 생각하여 만들어 낸 북풍신법(北風身法)이었다.

장황과 괴야창마가 펼쳤던 신법, 그들의 장점에 천라한 검법상의 초식, 북풍을 접목시켜서 만들어 낸 것이다. 물론 그가 홀로 신법을 만들어 낼 수 있었던 것엔 송우문이 배운 천라한검법이 만유의 이치를 담고 있기에 가능하였으며, 또 장황이 준 무학총해가 워낙에 뛰어나기에 가능했다.

북풍신법을 처음으로 펼쳐 달려가며 송우문은 분노 속에서도 내심 어이가 없었다.

'어떻게 우리 집에 독을 쓸 생각을 한 거지? 우리 외조부님이 누구라고, 절대고수인 외조부께서 독에 쉽게 당할 것이라 생각한 건가?'

무공을 익히고 내공이 강해지면 강해질수록 거기서 얻는 효과들을 알게 된 송우문의 입장에서는 어이가 없을 만도 했다.

하지만 채영철과 채노룡은 상인이었다. 그들을 따르는 이들 중 몇몇 자들을 무림인이라 할 수는 있으나 그 경지가 너무나 낮고, 제대로 된 내공심법 하나 익힌 이 역시 전무했다.

그렇기에 채영철과 채노룡은 장황의 가족을 독살하겠다는 야무진 생각을 할 수 있었던 것이다.

물론 절대고수라고 하여서 독살이 불가능한 것은 아니다. 절정을 넘어 절대의 경지를 지닌 독인이 진정한 절대독을 사용한다면 가능할 수도 있다.

저 멀리 연가상단의 장원이 송우문의 눈에 보였다.

'터무니없는 생각이었지만, 만약 우리 가족이 무공을 몰랐다면 모두 독살당하고 말았겠지. 결코 용서 못한다. 대가를 치르게 해 주겠어.'

제3화
운한의 삼 세력, 풍지박살!

일각 전.

"나쁜 자식들!"

내상을 입은 상태였던 조무재는 관운무관의 후계자인 곽운의 손에 너무나 쉽게 제압을 당하였다.

조무재를 수월하게 제압하기 위해 평소 미리에게 눈독 들이던 곽운을 장황에 대하여서는 비밀로 하고 끌어들인 채영철이 오히려 허무해 할 정도였다.

미리가 손에 비수를 들고 휘두르고 있었지만 곽운의 눈에는 어린아이 재롱처럼 보일 뿐이었다.

"자, 그 이쁜 입으로 험한 말하지 말라고."

느끼하게 말을 함과 동시에 곽운의 손이 미리의 비수를

빼앗고 마혈과 아혈까지 점하여 버렸다.

그때 채노룡은 미리의 집무실을 뒤지고 있었다. 상단주의 인장을 찾기 위해서였다. 그런데 그의 눈에 뭔가 띄는 것이 있었다.

'뭐야 이건?'

작은 주머니였다.

뭔가 심상치 않은 느낌에 채노룡이 조용히 아버지를 불렀다.

"왜 그러느냐?"

채영철이 주머니를 열어 보았다가 안을 확인하고는 급히 품속에 넣었다. 무의식적으로 곽운을 보았는데 다행히 그는 미리의 미색에 홀려 정신을 못 차리고 있었다.

하지만 그건 채영철이 잘못 판단한 것이었다.

곽운 역시 이상함을 느끼고 채영철이 열었던 주머니를 몰래 훔쳐본 상태였다.

'야명주다! 분명 야명주였어.'

곽운 역시 직접 본 것은 처음이었으나, 언뜻 본 것만으로도 야명주임을 확신할 수 있었다. 스스로 빛을 내는 구슬이 야명주가 아니면 무엇이겠는가?

주변이 온통 연가상단의 무사들이기에 급히 못 본 척한 것이다.

'흐흐, 야명주라.'

곽운은 일부러 더욱 노골적으로 미리의 몸을 훑으며 말했다.

"거참, 미치겠군. 이보시오. 상단에 있는 방 하나만 좀 빌려 주시오. 내 재미 좀 보게. 흐흐흐."

그 말을 듣는 미리는 역겨움에 까무라칠 지경이었다.

채영철은 내심 젊은 놈이 너무 색만 밝힌다고 곽운을 무시하며 말했다.

"알겠네. 저쪽에 있는 방들 중 아무 곳이나 들어가시게."

"좋소이다. 으흐흐, 가자!"

곽운은 미리를 어깨에 짊어지고 방으로 들어갔다.

그리고 그녀를 침상 위에 던지더니 그녀의 얼굴을 가리고 있던 면사를 거칠게 잡아 뜯었다.

잠시 곽운이 말을 잊고 미리의 얼굴을 쳐다봤다. 곧 그가 손으로 그녀의 뺨을 어루만지며 말했다.

"흐흐, 정말 생각대로 훌륭하구나. 여기서 잠시만 기다려라. 네놈을 배신한 놈들을 싸그리 죽이고 안아 주러 오마."

곽운은 몰래 주변을 살피다 창문을 통하여서 밖으로 나가 관운무관으로 달려갔다.

방 안에는 혈도를 짚여 움직이지도, 말을 하지도 못하는 미리만이 남았다.

채영철과 채노룡은 연가상단주인 미리의 아버지와 조무
재 그리고 몇 안 되는 연가의 인물들을 데리고 와 한곳에
모아 두었다.

어차피 그 인원은 연가상단 전체의 일 할도 되지 않았
다. 이미 채영철이 장악한 상태이기 때문이다.

"흐흐. 네놈들을 모두 죽여서 입을 봉하면 모든 것은 문
제가 없다 이 말이지."

채영철이 그렇게 말하며 손에 들고 있던 칼을 들었다.

그러자 제압당해 있던 조무재가 소리쳤다.

"네 이놈! 은혜도 모르는 자식! 어찌 이런 짓을 저지를
수 있다는 말이냐! 장황님이 두렵지도 않으냐!"

"장황? 푸하하하. 지금쯤 독에 당해 시체가 되었을 것인
데 내가 어찌 두려워한단 말이냐?"

"애석하구나, 네 바람대로 되지 못해서."

갑자기 뒤에서 들려온 목소리에 채영철이 깜짝 놀라며
뒤를 돌아봤다.

"누구냐?! ……헉?"

어느새 연가상단의 담을 넘어 이쪽으로 걸어오고 있는
이는 바로 송우문이었다.

연가상단 안에 들어오자마자 조무재와 다른 이들이 채
영철과 채노룡 일당들에 의해 사로잡혀 있는 모습을 보고
송우문은 어떻게 된 상황인지 제대로 파악할 수 있었다.

그가 채영철과 채노룡을 노려보며 말했다.

"감히 우리 가족을 독살하려고 해?"

채영철은 머릿속이 복잡했다. 갈의무사들과 송우문이 싸우던 것, 채영철 본인은 이번 상행에 함께하지 않아서 못 봤지만 아들의 얘기를 들어 보자면 송우문의 무공이 엄청 뛰어난 것 같았다.

'하지만 어쩔 수 없지 않은가! 기호지세다. 저놈을 어떻게든 죽여야 돼!'

하지만 이미 연가상단의 무사들과 채노룡은 안색이 창백해져 있었다.

갈의무사 개개인의 실력만 해도 연가상단의 무사들과는 비교가 안 되는 수준이었다. 한데 그런 이들을 짚단 베듯한 것이 바로 송우문이었다.

그런 송우문이 살기를 내보이며 오고 있는데 어찌 겁먹지 않겠는가?

무사들의 전의가 이미 땅바닥임을 안 채영철이 소리쳤다.

"무엇하느냐! 너희들 모두 이미 돌이킬 수 없다는 걸 몰라? 가만히 눈 뜨고 당할 생각이냐! 어쨌든 저놈도 사람이다! 장황도 아니지 않으냐! 공격해라! 저 새끼는 어차피 지금 혼자다! 저놈도 우리와 같이 찔리면 피 나오는 사람이다!"

'이미 돌이킬 수 없다.' 라는 말에 무사들의 눈에 독기가 실렸다. 그들이 쥐고 있던 칼을 더욱 세게 잡고 함성과 함께 송우문을 향하여 달려들었다.

하지만 그런 그들의 각오를 우습게 여긴 송우문은 차갑게 웃었다.

"글쎄, 과연……?"

그 한마디와 함께 송우문은 자신을 향해 달려오는 연가 상단의 무사들보다 더욱 빠르게 앞으로 달려 나갔다.

"한 번 해볼까!"

송우문이 외쳤다.

그가 자신의 앞에 있던 두 무사에게 검을 휘둘렀다.

소리도 기척도 없이 움직인 송우문의 북풍이 그 둘의 손목 힘줄을 일거에 끊었다.

"으아아악!"

비명이 터져 나오고 마침 뒤에서 굼뜨게 움직이던 이들의 손목을 송우문의 발이 가격했다.

빠드득!

끔찍한 소리와 함께 그들은 손목뼈가 산산조각 부서졌다.

꿀벌 떼에 뛰어든 말벌처럼 송우문은 절대 뚫리지 않는 외피와 상대를 통째로 두동강 내는 이빨로 연가상단의 무사들을 유린했다.

그의 검이 한 번 휘둘러질 때마다 한 명도 아닌 서너 명이 동시에 손목을 부여잡으며 고통에 나뒹굴었으며 단 한 번의 공격도 빗나가지 않고 모두 손목의 힘줄을 끊었다.

그리고 그들의 무사로서의 생명과 정상인으로서의 인생도 끝이 났다.

애초에 무공 수위의 차이가 너무나 심했다. 싸움이라고 보기에도 민망한 금강역사와 갓난아기의 싸움과도 같은 형국이었다.

순식간에 송우문은 자신에게 덤벼들던 연가상단 무사 모두를 제압했다. 물론, 한 명도 빠짐없이 손목의 힘줄을 자르거나 손목뼈를 부서뜨린 상태였다.

"어때, 아직도 내가 혼자서는 아무것도 못할 것만 같아?"

"미, 미친……!"

겨우 반각이나 지났을까? 아니, 반각의 반각도 안 된 것 같다. 그 짧은 시간에 송우문 한 명에 의해 서른 명의 무사가 깡그리 제압당했다.

비록 손목만 그었다고는 하나, 송우문의 검에서는 시뻘건 피가 뚝뚝 떨어지고 있었다.

그가 천천히 다가오자 채영철은 뒷걸음질을 쳤다.

"우리 가족을 죽이라고 명령을 내린 것이 너와 네 아들, 채노룡이겠지? 너희들은 손목만으로 끝낼 수가 없구나."

송우문은 이미 살심을 굳힌 상태였다.

한데 바로 그때였다.

"와아아아!"

난데없는 함성이 사방에서 울려 퍼지더니 정문과 담벼락을 타고 흑의에 복면을 한 이들 백여 명이 동시에 난입해 들어왔다.

그들 중 유난히 덩치가 큰 복면인이 삼절곤을 붕붕 휘두르며 소리쳤다.

"채영철! 야명주를 내놔라! 으잉?"

삼절곤을 든 복면인, 관운무관의 관주 곽부단은 장내의 상황을 둘러보고 어리둥절해했다.

"뭐야, 이게. 왜 다 이렇게 되어 있어?"

"곽 관주, 이게 무슨 일이오?"

아들인 곽운의 말을 들은 곽부단은 혼자서 연가상단을 몰살시키고 야명주를 차지한다는 것이 부담스러워 근처에 있던 철호무관의 관주인 엽구생에게 연락하여 함께 온 것이다. 역시 죄책감을 덜고 용기를 얻는 데에는 공범만 한 것이 없었다.

짧은 시간이었지만 야명주라는 엄청난 보물에 눈이 돌아간 그들은 평소 알고 지내던 낭인과 관주에 대한 충성심이 높은 무관생들을 추려내 정확히 백여섯 명을 데리고 연가상단을 치러 온 것이다.

갑자기 나타난 이들에 놀란 것은 송우문도 마찬가지였다.

"야명주? 무슨 말이지?"

그가 그렇게 중얼거리는데 갑자기 채영철이 송우문을 향해 손가락질하며 소리쳤다.

"이놈이 내게서 야명주를 뺏어 갔다!"

그러자 곽부단과 엽구생의 눈이 빛났다.

"저놈을 잡아라!"

"죽여도 되니까 못 도망치게 해라!"

채영철은 그렇게 외치자마자 꽁지가 빠지게 도망을 쳤다.

"어? 아버지!"

채노룡이 당황하며 아버지를 부를 때, 송우문은 인상을 확 구기며 검을 움직였다.

"어찌 아비가 아들을 버리고 간단 말이냐, 쯧."

구멍이 난 이마에서 피를 뿌리며 채노룡이 뒤로 넘어졌다.

스르릉!

송우문은 채노룡이 장식용으로 허리에 매달고 있던 패검을 잡아서 꺼내고는 그대로 채영철을 향해 집어던졌다.

"컥!"

어떻게든 목숨을 부지하려던 채영철은 자신의 가슴을

뚫고 나온 아들의 검을 마지막으로 보고 이승을 하직했다.

그 모습을 보고도 별반 느낀 것이 없는 곽부단과 엽구생이었다. 그저 송우문이 자신들과 똑같이 야명주를 노리는 강도라고만 생각했다.

'근데… 어딘가 낯이 익은 놈인데?'

누구인지 몰라 내심 의아해할 때, 역시 복면을 쓰고 무리에 섞여 있던 곽운이 소리쳤다.

"어? 등평객점의 바보잖아!"

'바보?'

그때야 곽부단과 엽구생이 동시에 기억을 되살렸다.

운한에 가면 가끔 만났던, 항상 멍하게 다니던 녀석이었다.

'근데 그놈이 왜 여기에 있는 거야? 바보가 채영철과 채노룡을 죽였다고? 이게 뭐 어떻게 돌아가는 거야.'

하지만 이미 송우문에게 달려들고 있는 상황이었기에 생각을 오래 지속할 수가 없었다.

지긋지긋한 '바보'라는 말에 송우문이 얼굴을 확 찌푸리며 소리쳤다.

"시끄러! 다 아는 척할 거면 복면은 뭐하러 했냐!"

캬웅!

같이 화를 내 주듯 품속의 은검이 울었다.

그와 동시에 송우문이 앞으로 나아가며 몸을 빠르게 회

전시켰다.

"으헉!"

"헉!"

그의 앞으로 달려들던 세 사람이 동시에 손목을 부여잡으며 양쪽으로 튕겨나가듯 쓰러졌다.

번뜩 뭔가를 생각한 송우문이 갑자기 뒤로 물러나 계단 난간 위로 올라가며 곽부단과 엽구생에게 물었다.

"근데 너희들은 여기에 왜 온 거야? 그, 야명주란 걸 뺏으러 온 건가? 연가상단 사람들은 모두 죽이려는 생각이었어?"

난데없는 송우문의 질문이었다. 하지만 자신이 아끼던 무관생이 셋이나 당해 화가 난 마당이었기에 곽부단은 신경질 내며 소리쳤다.

"이 미친놈아! 그래, 모두 죽이러 왔다! 그러니 너도 죽어라!"

그러자 왠지 홀가분해진 표정을 지은 송우문이 보법을 밟았다.

"그래? 그럼 너희 모두도 똑같이 해 주면 되겠구나."

"잉? 이놈 어디 갔어?"

갑자기 송우문의 모습이 흐릿해지며 사라져 버렸다.

엽구생이 뒤, 그들의 부하가 잔뜩 모인 곳을 보며 소리쳤다.

"저기!"

신행미종보를 펼쳐 적들의 가운데로 파고든 송우문이 주변으로 현란하게 검을 휘둘렀다.

광풍과 폭우, 북풍이 수도 없이 펼쳐졌다.

한설은 이렇게 다수의 하수와 싸울 때에 적합한 초식이 아니라 배제했다.

삽시간에 십여 명이 양쪽 손목에서 피를 뿌리며 쓰러졌다.

야명주!

하나의 가격이 천문학적인 희대의 보석이다. 그거 하나만 가지고 있어도 평생을 떵떵거리며 살 수 있었다.

지독한 탐욕이 머리를 둔하게 만든 와중에도 곽부단은 뭔가 상황이 이상해짐을 서서히 느끼고 있었다.

'느, 느낌이 안 좋은데?'

물론 곽부단과 엽구생이 데리고 온 이들은 연가상단의 무사들보다는 전체적인 수준이 높다.

하지만 그것은 송우문의 앞에선 결국 도토리 키 재기일 뿐이니, 반의 반각도 지나기 전에 사십 명이 불구가 되어 무기를 떨어뜨렸다. 아니, 연습용 짚단을 벤다고 해도 저런 속도는 나오지 못할 것이다.

'그, 그렇구나!'

송우문은 채영철과 채노룡 이후로는 아무도 죽이지 않

고 있었다. 그것을 곽부단과 엽구생은 뒤늦게 깨달았다.

아무 곳이나 찌르고 자르면서 죽이는 것보다 저렇게 손목만을 노리며 싸우는 것이 훨씬 어렵다. 근데… 그러면서도 저런 속도라고?

알고 있는 사람, 어느 동네에 가도 드물지 않게 볼 수 있는 그냥 그저 동네 바보. 그런 이가 상대였기에 더욱 판단이 흐려졌다.

'저, 저놈 대체 뭐야?! 그때로부터 한 달도 지나지 않았는데 어떻게 저리 변할 수가 있어?!'

얼마 전에도 마을에서 자신과 부딪혔던 바보 송우문을 거칠게 밀치며 땅바닥을 구르는 모습을 경멸의 눈동자로 보던, 유독 하얀 얼굴의 곽운이었기에 놀라는 마음이 클 수밖에 없었다.

"으아아악!"

"으헉!"

"안 돼애애애애!"

"끄악!"

다양한 비명 소리가 계속해서 울려 퍼졌다.

그리고 파공음과 파육음이 모두 멈췄을 때에는 신음을 흘리며 나뒹구는 사람들 사이에서 송우문 혼자 똑바로 서 있었다.

"이들은 시키니까 온 거고 결국 주모자는 너희지? 그러니까 내 대접이 좀 달라질 거야."

남은 세 사람.

곽부단과 엽구생, 곽운은 이제야 이해가 갔다.

'아~ 그래서 아까 연가상단의 무사들은 목숨을 잃지 않고 쓰러져 있었고 채영철과 채노룡만 목숨을 잃은 것이구나.'

곽부단이 엽구생, 곽운이 서로를 쳐다봤다.

'죽을 수는 없다!'

이미 죽기 아니면 까무러치기였다.

"죽는 건 네놈이 될 것이다!"

가장 먼저 곽부단의 삼절곤이 길이를 이용, 송우문에게 휘둘러졌다.

'한설!'

송우문의 검이 바람을 부유하는 눈꽃처럼 삼절곤을 타고 미끄러졌고 검이 삼절곤의 가장 끝마디에 당도했을 때, 송우문이 연결 고리에 검을 휘말고 크게 휘둘렀다.

따다다당!

송우문의 검에 의해 조종을 받은 삼절곤이 엽구생과 곽운의 검과 도를 동시에 쳐 냈다.

"윽!"

삼절곤을 놓치지 않고자 힘을 쓴 곽부단 그리고 삼절곤에 의해 무기를 강타당한 엽구생과 곽운 모두의 호구가 찢어지며 피가 흘러내렸다.

그것으로 끝이 아니었다. 그들 삼 인의 눈앞에서 송우문이 갑자기 흐릿해지며 사라졌다.

신행미종보를 펼친 것이다.

서걱서걱, 서걱서걱, 서걱서걱!

검이 살을 찢는 소리가 두 번씩 모두 세 번 울려 퍼졌다.

"으아악!"

하나 마음 놓고 비명을 내지를 수도 없이 곧이어 송우문의 발이 그들의 배를 걷어찼다.

"꺽!"

너무나 극심한 고통과 충격에 그들의 입에서는 더 이상 아무 소리도 흘러나오지 못했다.

단전부터 시작해서 오장육부 그리고 전신이 뒤틀리며 끔찍한 아픔이 전신을 치달렸다. 그리고 그것보다 더욱 큰 것은 평생을 쌓아 온 내공이 산산이 흩어지는 공포였다.

"아, 안 돼!"

평생의 모든 것이 사라지는 것은 한순간이었다.

"후~"

가볍게 숨을 한 차례 내쉬고 송우문은 장원 곳곳에 쓰러져서 비명을 지르고 있는 사람들을 피해 미리의 아버지와 조무재에게로 걸어갔다.

그의 검이 한차례 훑으니 그들의 몸을 결박하고 있던 밧

줄이 동시에 풀려졌다.

"고, 고맙소. 소협……."

병든 기색이 완연한 미리의 아버지가 고개를 숙였다.

"정말 감사합니다, 소협. 이 은혜 결코 잊지 않겠습니다."

조무재도 애써 포권을 취했다.

"해야 할 일을 했을 뿐입니다. 감사는 하지 않으셔도 됩니다."

말은 그렇게 했으나 내심 뿌듯한 마음이 없지는 않았다.

"한데, 연미리 대리상단주님께서는 어디 계십니까?"

"아! 저기, 저기에 계십니다."

조무재가 전각의 한 방을 가리켰다.

송우문이 그 방으로 향하자 조무재는 좋지 않은 몸을 움직여 구석에서 떨고 있던 하인들과 무사들에게 지시를 내려 장내를 정리하기 시작했다.

조무재가 가리킨 방 안으로 들어가니 침상 위에 미리가 혈도를 집힌 채로 있었다.

면사를 벗은 미리의 얼굴을 처음 본 송우문은 순간 정신이 아득해짐을 느꼈다.

면사를 썼을 때에도 그 미모가 뛰어남은 충분히 알 수 있었지만 맨 얼굴을 보니 정말 너무나 아름다웠다.

송우문이 여태껏 봐 온 사람들 중에서 그녀와 비교할 수 있는 사람은 오직 한 명일 것이다. 바로 객점에서 하룻밤을 묵고 갔던 북해빙궁의 제자, 하여설뿐이다.

하나, 그런 기색을 애써 속으로 눌러 담아 드러나지 않게 하고는 그녀에게 걸어가 혈도를 풀어 주었다.

혈도가 풀리자마자 미리는 가장 먼저 고개를 다른 쪽으로 돌렸다.

"보, 보지 마세요!"

어쩐 일일까, 미리의 옥용이 새빨개져 있었다.

항상 면사를 쓰고 송우문을 대해 왔던 미리였기에 막상 맨얼굴을 보이니 부끄러웠던 것이다. 하지만 송우문은 그런 그녀가 이해되지 않았다.

'어째서, 그렇게 예쁘면서 얼굴 보이는 것을 저리도 부끄러워할까?'

물론 그는 알지 못했다.

사실 미리가 곽운에게 얼굴을 드러냈을 때에는 이렇게 부끄러워하지 않았고 마찬가지로 간혹 다른 이들에게 얼굴을 보일 때에도 이렇게 부끄러워하던 적은 단 한 번도 없었다.

찌이익.

미리는 침상 위에 덮여 있던 얇은 이불을 찢어 복면처럼 얼굴을 감쌌다.

그녀가 조심스레 살펴보니 송우문은 여전히 시선을 다

른 곳으로 돌리고 서 있었다.

문득 아까 송우문이 방문을 열고 들어섰을 때의 떨림이 생각났다. 그는 또 한 번 자신이 위험에 빠졌을 때 나타나 구해 주었다.

미리는 그것이 영원히 잊혀지지 않을 것 같다는 생각이 들었다.

"이제 고개 돌리셔도 돼요. 정말 고마워요, 송 소협."

몇 번이나 들어도 미리가 해 주는 저 송 소협이란 말은 기분이 좋았다.

"아니에요. 사실 처음엔 이런 일이 벌어졌는지도 몰랐어요. 놈들이 우리 가족을 독살하려고 해서 찾아왔던 거였거든요."

혈도가 짚였다지만 소리는 들을 수 있었기에 미리도 그 사실은 알 수 있었다.

"죄송해요. 저희 상단 때문에……."

어쨌든 채영철과 다른 이들도 연가상단의 사람이었다. 비록 미리와 그녀의 아버지 역시 배신을 당했다지만 책임감이 느껴질 수밖에 없었다.

"아니, 아니에요. 왜 그런 말씀을 하세요. 나쁜 건 저놈들이지 대리상단주님이 아니에요. 그렇게 말씀하지 마세요."

그래, 이게 그녀가 아는 송우문이었다.

미리는 문득 눈물이 나려는 것을 느꼈지만 애써 참았다.

"나가서 얼굴을 보이셔야죠. 아마 아버님께서 많이 걱정하고 계실 거예요."

"아! 아버지."

그의 말에 미리가 급히 나가 아버지를 찾았다.

그녀의 부친, 연가상단주는 조무재에 의해 어느새 방 안으로 모셔져 있었다. 가뜩이나 몸이 편찮은 그이기에 밖에 더 오래 있다가는 큰일이 날지도 몰랐다.

미리가 아버지를 간병하기 위해 들어가고 송우문은 조무재를 향해 걸어갔다.

"어떻게 하실 겁니까?"

내상을 입어서 상태가 많이 안 좋았지만 조무재는 꿋꿋이 자리를 지키고 있었다. 그가 송우문을 향해 또 고개를 숙여 감사를 표하며 말했다.

"아, 송 소협. 모두 때려죽일 놈들이지만, 이미 병신이 되어 무공을 펼치기는커녕 제대로 생활할 수도 없는 상태기에 그냥 모두 장원 밖으로 내쫓을 작정입니다."

죽이고 싶어도 이렇게 많은 사람을 죽일 수야 없는 노릇이었다. 비록 운한 근처에서는 세를 떨친다고는 하나, 강호 전체적으로 보면 약소한 편인 연가상단이기에 관부에 대한 신경도 더욱 많이 쓸 수밖에 없었다.

그리고 사실 죽이는 것보다 저대로 살려 보내는 것이 더

욱 큰 고통을 안겨 주는 방법이 될 수가 있었기에 조무재
는 별 신경 쓰지 않았다.

혹시나 하는 마음에 송우문은 그들이 모두 연가상단에
서 멀리 떠날 때까지 지켜봤다. 비록 두 손을 사용하지 못
하게 된 자들이라지만 그 숫자가 압도적으로 많음으로 혹
시나 하는 마음이 들었기 때문이다.

조금 더 시간이 흐른 후, 송우문은 객점으로 돌아갔다.

다음날 아침.

백상운은 굳이 송우문에게 어제 어떤 일이 있었냐고 묻
지 않았다. 그가 알아서 잘 처리하고 돌아왔으리라 생각했
기 때문이다.

"어머니, 몸은 좀 어떠세요?"

조심스러운 송우문의 물음에 백진진은 따스한 미소를
지으며 말했다.

"예전과는 비교도 할 수 없을 만큼 좋아졌구나. 이제는
걱정 안 해도 된단다."

아닌 게 아니라, 백진진은 예전엔 단 한 번도 찾아볼 수
없었던 혈색을 되찾고 있었다. 항상 파리하게 창백했던 어
머니의 얼굴에 붉은 기가 감도니 송우문은 기쁨을 참을 수
가 없어 환히 웃었다.

"다행이에요, 정말 다행이에요. 어머니!"

"여보! 이제 다 낫게 되었다니 정말… 장인어른! 정말 감사합니다!"

송대웅이 벌떡 일어나 한쪽 구석에 벽을 기대고 앉아 있는 백상운에게 머리를 쿵쿵 바닥에 찧으며 절을 했다.

"됐다. 내 딸을 고친 것인데 그게 감사받을 것이라도 되겠냐. 그것보다, 배가 고픈데 네가 가서 밥이나 좀 지어 와라."

송대웅은 병이 나은 아내와 더 함께 있고 싶었다. 하지만 아내를 고쳐 준 장인의 말인데 어쩌랴.

"알겠습니다! 제가 최대한의 솜씨를 발휘하여 음식을 해 오겠습니다."

그때 음식 소리를 알아듣기라도 한 걸까? 송우문의 품 속에서 꼬로록 소리가 흘러나왔고 곧이어 은검이 고개를 삐죽 내밀었다.

"어머!"

"뭐, 뭐여. 백호 새끼잖아?"

백진진과 송대웅이 놀라 얘기했다.

은검을 키우고 있다는 것을 숨길 마음은 없었지만 굳이 어머니를 치료하고 있는 때에 드러내어 소란을 일으키는 것이 싫어 최대한 품속에 넣고 다니며 방 안에서만 풀어 놓고 밥을 주던 우문이었다. 이제 어머니의 병이 완쾌되어 은검에 대한 이야기도 해야겠다 싶었는데 때가 좋게도 은검이 스스로 모습을 드러낸 것이다.

어머니가 많이 놀라셨을 거란 송우문의 생각과는 다르게 백진진은 그렇지 않았다.

놀라기는 하였으나 은검의 모습을 뚫어져라 쳐다보던 백진진의 눈동자가 흔들리더니 이내 눈물이 가득 고이기 시작했다.

"어, 어머니?"

"우문이 이 멍청한 것아! 네 어머니가 몸이 약한 것도 생각하지 않고 호랑이를 앞에 보여서 놀라게 하면 어떡해! 너 이 자식 오늘 아빠한테 죽어 봐라!"

송대웅이 '이게 어디에서 여자를 데려오는 것도 아니고 웬 맹수를 집안에 데려와! 이제 아주 막 나가자는 것이냐!' 하고 외쳐 대며 난리를 필 때.

백진진이 결국 흘러내린 눈물을 닦아 냈다.

신기한 것은 그녀를 뚫어져라 쳐다보던 은검이, 갑자기 송우문의 품에서 빠져나와 백진진의 발치로 가서 그녀의 다리에 몸을 비비며 낮게 울고 있었다.

"그래, 이리오렴 아가야."

은검을 품에 안은 후 백진진이 백상운을 보며 말했다.

"이 아이가… 혹시 세 번째 아이인 건가요?"

백상운이 천천히 고개를 끄덕였다.

대답을 듣고 백진진이 또 한 번 눈물을 쏟아 냈다.

"그럼, 그럼… 유모는 벌써 죽었겠군요."

"그래. 그것이 바로 암컷 은모백호의 생이 아니겠느냐."

일평생 단 세 마리의 새끼만을 낳는 것이 은모백호였다. 한 번에 한 마리씩, 그리고 마지막 새끼를 낳을 때에는 모든 기력을 다하고 눈을 감는 것도 은모백호의 생이었다.

수컷 은모백호가 나이에 따라, 나이가 들고 천수를 다한다면 암컷 은모백호는 전성기 때의 모습에서 나이를 먹지 않고 백 년이 흐르고 이백 년이 흘러도 죽지 않고 세 번째 새끼를 낳을 때까지 천수를 다하지 않는다.

은모백호는 진수 중의 진수.

그렇기에 그 지능도 인간에 못지않을 만큼 좋았다. 또한 동물적인 본능도 갖고 있기에 자신의 수명이 세 번째 새끼를 낳으면 끝난다는 것 역시 자동적으로 알고 있었다.

하나, 그 어떤 암컷 은모백호도 자신의 생명을 위해 교미를 하지 않고 새끼를 낳지 않는 것이 없었다.

"유모요?"

송우문이 의아한 눈빛으로 어머니와 외조부를 쳐다봤다. 왠지 둘은 이 은모백호를, 정확히는 이 은모백호의 어미를 자세히 알고 있는 듯했다.

생각해 보니 외조부가 무명객으로서 자신과 함께 다녔을 때 너무나 쉽게 은모백호를 찾고 또 그 지식에도 아주 해박했던 것이 이상하게 느껴졌다. 그리고 일부러 자신에게 인연을 만들어 준 것도 말이다.

"나는 네 어미가 열 살이 될 때까지 만애곡(萬哀谷)이라는 절곡에서 살았다. 그때 내가 유모라 부르며 따랐던 은모백호가 있었다. 유모는… 날 정말 자신의 새끼처럼 돌봐주고 품어 주었다. 철검백가로 들어간 이후로 단 한 번도 만나 볼 수가 없었는데 이렇게… 이렇게……."

아까까지만 해도 왜 백호를 데려왔냐며 송우문을 들들 볶던 송대웅이 뒷머리를 벅벅 긁었다.

처음 듣는 어머니의 어린 시절 이야기에 송우영이 깊은 생각에 잠기며 멍하니 은검을 쳐다보았고 백진진은 은검의 몸을 연신 쓰다듬어 주며 송우문에게 말했다.

"태어나자마자 어미가 죽기 때문에 새끼 은모백호는 어미의 따뜻한 품을 아주 잠깐 동안만 느낄 수 있단다. 그렇지만 다른 첫 번째, 두 번째 새끼보다 더 어미를 그리워하고 사랑하며, 그렇기에 다른 어떤 은모백호보다 강하면서도 정에 굶주린 것이 바로 셋째 은모백호다. 잘 길러라. 내 장담하건데 이 말 못하는 짐승의 의리는 말하는 사람보다 더 나을 것이다."

송우문이 콧잔등을 긁적이며 은검을 쳐다봤다.

이제는 빼도 박도 못하고 정말 열심히 은검을 보살피고 키워야 할 것 같았다.

"킁! 그럼 이제부터는 저 백호의 몫까지 요리를 해야겠군! 요놈아, 영광으로 알아라. 이 송대웅의 요리를 먹는 호사를 누리게 해 줄 테니까!"

그렇게 말하며 송대웅이 두 팔을 걷어붙이고 방을 나갔다.

한편 아까부터 말없이 어머니의 손을 잡고 있던 송우영을 향해 백상운이 말했다.

"우영아, 너는 어찌할 생각이냐? 이제 곧 화산파로 돌아가야 하지 않겠느냐?"

"예, 밖에 너무 오래 있었으니 슬슬 돌아가야 할 때가 온 것 같습니다."

송우영의 표정에 아쉬움이 드러났다.

역시 언제나 집에 있다가 화산으로 돌아갈 때면 힘들었다. 하지만 어쩔 수는 없었다. 화산도 그의 집이기에…….

잠시 모두가 말을 잇지 못하고 있을 때, 슬며시 눈을 감고 있었던 백진진이 말했다.

"혈맥이 잘 뚫려 있어서 그런지 이제 운기도 잘 되는군요."

그러자 백상운이 피식 웃으며 말했다.

"그럼, 이 아비가 벌모세수까지 해 줬는데 어련하겠느냐. 그간 내상이 너무 오래되고 운기를 한 적도 너무 오래되어서 고생했다."

"감사해요, 아버지."

"한데, 다시 무공을 익힐 생각인 것이냐?"

백진진이 살짝 원망 섞인 눈동자로 두 아들을 쳐다보며 말했다.

"무공, 무림과는 연관 없이 살고자 하였지만, 이미 두 아들이 모두 무림인이 된 이상은 어쩔 수 없겠지요. 저도 무공을 되찾아야겠어요."

"잘 생각했다. 네 오성과 재능을 생각하면 아마 예전과 같은 기량을 되찾는 건 그리 오래 걸리지 않을 것이다."

그녀가 아주 어렸을 때, 강호에는 천봉삼화(天鳳三花)란 이름의 세 여성 후기지수가 유명했다. 아름다운 외모는 물론이고 높은 무공까지 동시에 갖췄다 하여 뭇 강호인 사이에서 선망의 대상이었다.

하나 그런 그들의 이야기를 들을 때마다 장황은 콧방귀를 뀌었다. 만약 자신의 딸이 강호에 알려지면 분명 천봉삼화 따위는 보름달 앞의 반딧불 같은 신세가 될 것이라 생각하며 말이다.

물론, 지금은 천봉삼화도 나이가 들어 애 딸린 유부녀가 되었고 그건 백진진도 마찬가지니, 모두 예전 이야기일 뿐이다.

'세월여류(歲月如流)로구나…….'

그 오랜 시간을 홀로만 멈춰진 시간 속에서 살아온 장황이니만큼 세월여류란 말을 누구보다 많이 느껴 온 것도 그였다.

가족 간에 좀 더 이야기를 나누고 있을 때 송대웅이 그들을 불렀다.

"다 차려 놨습니다! 어서 와서 드시지요, 장인어른! 여보, 애들아. 어서 나와서 먹어!" 송우문이 일어나서 백진진을 부축하려고 하는데 백상운이 말렸다.

"됐다. 너는 동생을 데리고 먼저 나가라. 네 어미는 내가 부축해 나가마."

"예, 외할아버지. 우⋯⋯."

동생을 부르려고 하는데 송우영은 찬바람이 쌩쌩 도는 얼굴로 형을 무시한 채 먼저 나가 버렸다.

'저놈이!'

"동생 버릇을 좀 고쳐 줘야겠구나."

"그럼, 확실하게 혼내 줘라. 그래야 정신을 차리지. 엄마도 동생이 형한테 저러는 꼴을 보기는 싫구나."

내상이 나으니 성격도 변화한 것일까? 백상운의 말이 끝나자마자 백진진이 맞장구를 치며 말했다.

"알겠습니다."

내심 웃음을 참지 못하며 송우문은 식당으로 향했다.

'좋아, 좋아. 이 자식, 넌 이제 행복 끝 불행 시작이다.'

내심 어른들의 시선이 껄끄러워 동생을 못 건드리고 있

었는데 이제 그것도 사라졌으니 송우문은 마음이 날아갈 듯 가벼워졌다.

한편 백상운은 백진진을 부축해 일으키며 말했다.

"네 남편이 아주 씩씩하구나."

그녀가 희미하게 웃었다.

"처음 저에게 관심을 보일 때는 저런 곰 같은 자가 어디서 감히 하고 생각하며 귀찮기만 했는데 어느 순간부터 그런 모습이 귀여워 보이고 고맙더라고요."

"그리고 또 어느 순간부터는 안 보이면 왠지 아쉽고 찾아오는 걸 기다리게 되고 말이다?"

"호호호. 뭐 그런 것이죠."

나이가 들어서일까… 이런 얘기를 하는데도 그녀는 얼굴을 붉히고 부끄러워하지 않았다.

'이 녀석. 소녀 때는 참 귀여웠는데.'

아쉬움을 숨기고 백상운이 본래 하고픈 말을 했다.

"한데, 네 남편이 뛰어난 무골인 것은 알고 있느냐?"

"예, 그건 알고 있었어요."

별로 대수롭지 않게 생각하는 백진진이었다. 어차피 자신은 무림과 동떨어져 살기로 마음먹었고 송대웅은 나이가 너무 많아 무공을 익히기엔 적합하지도 않았었기에…….

"역시 너도 모르고 있었나 보구나."

"예? 무엇을요?"

방문을 열지 않고 백상운이 멈춰 섰다.

그리고 딸을 빤히 쳐다보며 말했다.

"내 단언하건데, 네 남편은 필시 뛰어난 무가의 자식이
다."

그 말에 백진진의 눈이 커졌다. 많이 놀란 것이다.

"어째서 그리 생각하시지요?"

이렇게 되묻긴 했지만 절대고수인 아버지가 잘못 판단
했을 것이라 생각하지도 않았다.

"네 남편은 용력이 아주 뛰어나지 않더냐? 어쩔 때는 내
공을 익히지 않은 사람이라 생각하기도 힘들 정도로 말이
다."

"예? 예… 하지만, 이야기들을 들어 보면 간혹 천생신력
이란 것을 타고 태어나는 사람들도 있다고 하기에 그
저…….."

"그래, 물론 그런 이들도 있지. 하나, 네 남편은 그것이
아니다. 혈맥 속에 어릴 때 받은 벌모세수의 흔적이 있을
뿐더러, 단전 깊숙이에는 커다란 기운이 숨어 있기까지 하
구나."

백진진은 크게 혼란스러웠다.

"마, 말도 안 돼요. 어찌…….."

"내가 거짓을 말해서 무엇하겠느냐. 저번에 잠깐 사위

의 팔을 잡았을 때, 이상함이 느껴져서 몰래 내기를 침투해 살펴보니 그렇더구나. 하나, 무공을 익히지 않은 것은 확실하다. 분명 아주 어릴 때에, 대단한 영약을 먹었으나 내공심법을 익히지 못해 영약의 기운이 그저 천생신력의 형태 정도로만 나타난 것일 것이다. 영약을 먹고 제대로 써먹은 시간이 오래되면서 그 기운이 워낙 안으로 단단히 뭉쳐져서 숨었기 때문에 다른 이들도 그러한 사실을 전혀 몰랐던 것이고 말이다."

장황은 어제 점심, 송대웅이 밥을 가지고 왔을 때 아주 잠깐 그의 팔을 잡았던 것으로 이런 모든 것을 파악할 수가 있었다.

"이럴 수가……."

뜻밖의 사실에 백진진이 말도 제대로 잇지 못하고 있을 때 백상운이 다시 말을 이었다.

"네 남편이 어렸을 때 얘기를 해 줬더냐?"

"예. 하지만 그저 고아 시절의 얘기일 뿐… 그리고 보면 자신이 기억나는 때는 고아였던 시절뿐, 그 이전의 일들은 하나도 모른다고 했어요."

"분명 무언가 사연이 있나 보구나. 그것도 천천히 알아보도록 하자꾸나. 일단은……."

그렇게 말하고 장황이 방문을 열고 나가는데 뭔가를 생각하던 백진진이 뒤에서 말했다.

"하면, 아버님께서 남편에게 무공을 좀 가르쳐 주실 수 있으세요? 계실 동안만……."

딸은 이미 아비가 또 얼마 안 있으면 훌쩍 떠나 버릴 것이라 예상하고 있는 듯했다.

백상운은 쾌히 고개를 끄덕였다.

"그래, 그러마. 사위인데 어디 가서 맞고 다니게 할 수야 없지."

이미 송대웅을 제외한 모두가 무림인이 되었다.

그러니 백진진으로서도 어쩔 수 없었다. 벌써 반쯤은 무림인이 된 송대웅이니만큼 무공을 익히는 것이 더 좋은 방법이었다.

백상운과 백진진, 송씨 삼부자.

이렇게 다섯 명은 송대웅이 간만에 솜씨를 발휘한 요리를 맛있게 먹고 있었다.

"오! 아버지 실력 안 죽었는데요?"

"그럼 자식아! 아무리 오래 쉬었어도 쩝쩝… 이 손 끝의 감각은 언제나 남아 있는 거야."

송우문과 송대웅이 대화를 듣고 백진진이 인상을 찌푸리며 핀잔을 줬다.

"입안에 음식을 씹으면서 말을 하는 건 못 써요! 하여간 부자가 똑같이 말이야."

운한의 삼 세력, 풍지박살! 135

순식간에 두 사람의 입이 꽉 봉해졌다. 송우영이 저도 모르게 웃음을 짓고 송대웅은 송우문에게 귓속말을 했다.

"네 엄마, 병이 나으니까 어째 더 무서워진 것 같지 않아?"

"그러게요."

다시 한 번 백진진의 눈썹이 위로 올라갔다.

"당신 목소리는 원래 커서 귓속말이라도 다 들리거든요?"

"어? 와하하하. 들렸나? ……미안해. 잘못했어."

식사가 끝났을 때 조용히 송우문이 송우영에게 말했다.

"할 얘기가 있구나, 따라오너라."

송우영은 말을 듣자마자 그 할 말이 어떤 것인지 눈치를 챘다.

송우영이 콧방귀를 뀌며 말했다.

"좋아, 가자."

사람이 별로 다니지 않는 마을 뒤편의 공터에 도착한 송우문은 다짜고짜 송우영의 머리를 주먹으로 쥐어박았다.

"아!"

전혀 피할 수가 없었다.

아무 것도 아닌, 그저 평범한 움직임인 것 같았는데 도무지 피할 수가 없었다.

"보자보자 했는데, 오늘 내가 네 버릇을 고쳐 놔야겠

어."

그 말과 함께 송우문이 다시 한 번 주먹을 움직였고 송우문을 무섭게 노려보던 송우영은 '이번엔 안 맞는다!' 생각하며 피하려고 했다.

꽝!

처음보다 더 세진 것 같았다. 머리 위에서 별이 도는 것 같고 정신이 멍해져 왔다. 너무나 아파 눈물이 찔끔 나올 것 같기도 했다.

"그, 그만둬!"

송우영이 송우문을 노려보았고 송우문은 다시 한 번 주먹을 움직여 꿀밤을 먹이려 했다.

"어쭈?"

'이번엔 진짜 안 맞아!'

송우영은 만반의 준비를 했다. 온몸의 내기를 끌어 올리고 오직 꿀밤을 피하는 데에만 전념하려고 했다.

한데 송우문의 주먹 끝이 흔들린 순간 또 맞고야 말았다.

꽈앙!

이건 아까보다 더 충격이 커진 것 같았다.

끝내 송우영의 눈꼬리 끝에서 눈물이 찔끔 흘러나왔다.

어쩔 수 없는 것이었다. 그저 송우영의 육체가 제멋대로 반응해서 눈물이 나온 것이었다.

하지만 눈물이 나왔다는 사실 그 자체에 기분은 굉장히 나빴다.

"이게 진짜!"

송우영은 허리에 차고 있던 청강장검을 뽑으려 했다.

"윽?"

"이게? 내가 형이지 이게냐? 그리고 검을 뽑으려 그래? 어디 한 번 죽어 봐라."

손바닥으로 송우영의 검의 손잡이를 막아 검이 검집을 못 빠져나오게 한 뒤, 송우문이 또 송우영의 머리를 쥐어 박았다.

"악!"

이제야 비명 소리가 터져 나왔다.

너무나 아프고 아파서, 송우영은 단지 송우문의 저 주먹을 피하고만 싶었다.

오행매화보(五行梅花步)가 극성으로 펼쳐졌다. 은은한 매화향이 퍼짐과 동시에 송우영의 몸은 쭈욱 늘어나듯 뒤로 물러났다.

이제 되었을 것이라 생각한 때에 송우문의 신형이 갑자기 흐릿해지더니 송우영을 그대로 뒤쫓아 왔다. 송우문 역시 신행미종보를 펼침이었다.

물론 오행매화보와 신행미종보는 각기 공동과 화산이 자랑하는 보법, 그 우열은 쉽게 가릴 수 없다고는 하나 지금 중요한 것은 송우영보다 송우문의 성취가 훨씬 높다는 것이었다.

"어딜 도망가!"

꽝!

송우문의 주먹이 또 작렬했을 때 항상 침착한 면을 보이던 송우영은 분노로 눈을 뒤집으며 송우문에게 달려들었다.

"뭔데 때려! 네가 뭔데 날 때려!"

"네 형이니까 때린다, 이 빌어먹을 자식아!"

화산파의 복호권(伏虎拳)을 너무나 수월히 피한 송우문이 또 꿀밤을 때렸다.

"악!"

그리고 계속해서 때렸다.

한 대, 두 대, 세 대, 네 대, 다섯 대……

송우영은 자신이 매화검수란 사실을 끝없이 상기해 내며 더는 눈물을 보이지 말자 생각하였으나 머리를 뒤흔들고 엄청난 고통을 선사하는 송우문의 주먹과 그리고 자신이 항상 무시하던 형에게 자기보다 잘한 것 하나 없다고 생각되는 형에게 계속 얻어맞으니 억울함과 서러움이 복받쳐 올랐다.

결국 송우영의 눈에서 눈물이 주르륵 흘러내렸다.

"왜 때려! 네가 뭔데 날 때려! 내가 화산파에서 그렇게 엄마아빠가 보고 싶은데도 이를 악물고 수련을 할 때, 자기는 편하게 살았으면서 갑자기 바보가 되어서 집안 망신에 부모님 속만 잔뜩 썩인 주제에!"

화산파에서도 제자들에게 돈을 주기는 한다.

하지만 그 태생이 도가문파인 화산파에서 제자들에게 많은 돈을 줄 리도 없었다.

송우영은 그 돈을 아끼고 아껴서 사형제들에게 구두쇠라는 말을 듣는 것도 감수하면서 꼬박꼬박 집에 돈을 부치고 있었다.

어렸을 때 송우영은 송우문을 참 좋아했었다. 화산파로 들어가서도 한동안 그 마음은 바뀌지 않았었다.

그가 바보가 되었을 때는 형에 대한 걱정과 근심에 몇 날 며칠을 뜬눈으로 샜을 정도였다.

하나 시간이 점점 지나고 사형제이되 사형제의 정은 전혀 없는 사형들은 오히려 송우영을 촌놈이라 무시하며, 끝없이 견제하기만 했다. 화산파 장문인이 되는 길에 끼어들지 못하게 말이다.

사실 송우영은 그런 것에 관심이 없었지만 말이다.

그렇게 화산파에서의 생활이 힘들어지면 힘들어질수록 송우영의 마음속에는 형에 대한 안 좋은 감정이 생겨났다.

처음엔 '왜 바보가 되었을까? 좀 정신 차리면 좋을 텐데.'정도였다. 그러다 그것이 '나는 이렇게 힘든데, 형은 집에서 편하게 빌붙어 살며 저게 뭐하는 거지? 너무 한심하잖아! 쪽 팔려.' 로까지 점점 변해갔다.

"그래. 내가 잘못한 건 맞아."

송우문의 말했고 그 말은 들은 송우영은 그를 노려보며 대꾸했다.

"그건 알아?"

"당연히 알지. 그래서 정말 부모님께 죄송하고 너한테도 미안해. 근데 미안한 건 미안한 거고, 네 행동은 결코 용서할 수 없어."

말을 하다가 송우문은 손을 들어 송우영의 얼굴을 가리키며 말했다.

"너, 저번에 고량평에서 나와 마주쳤을 때 어떻게 했어?"

모른 척한 것을 말함이었다.

"그때는! 내가 잘못한 게 아니지! 네가 홍등가에서 나왔잖아! 바보에서 벗어나더니, 곧바로 할 게 계집질 밖에 없었어? 그걸 보고 내가 어떻게, 반갑게 인사를 할 수 있겠어!"

"그래서? 그래서 너는 형을 보고도 모른 척을 했구나. 일단 난 홍등가를 지나가긴 했지만 그곳이 어떤 곳인지 모르고 지나친 것이었고 홍등가에서 어떠한 것도 하지 않았어. 그래, 너는 그런 짓을 저지르면 가족이라도 모른 척해야 된단 뜻이구나?"

"아, 아니 그건……."

"요새 넌 나에게 형이라고도 잘 부르지 않더구나. 지금
도 계속 네가, 네가 하고 부르고 말이야."

송우영은 입을 꽉 다물고 대답하지 않았다. 무슨 말을
해야 좋을지 알 수가 없었다.

"홍등가를 다니는 부끄러운 형이니까. 그래서 다른 이
들에게는 비밀로 해야 하는 사람이니까. 또, 바보로 지내
와서 밉고 화가 나니까. 너는 이미 나를 형으로 생각하지
도 않는 모양이구나. 그래, 그렇게 하자. 네가 그렇게 생각
한다면 나도 어쩔 수 없다. 앞으로는 형과 동생으로서 지
내지 말자. 내가 부족해서 미안하구나."

"뭐, 뭐? 그게 무슨 소리야!"

송우문은 더는 송우영을 때리지 않고 그대로 몸을 돌려
객점으로 걸어갔다.

'형과 동생으로 지내지 말자.'

그 말이 송우영의 마음을 뒤흔들며 형의 뒷모습이 눈에
박혔다.

'난, 정말 그걸 원했던 건가? …아, 아니. 그렇지…… 않
아.'

송우문이 열 걸음 정도를 걸었을 때, 송우영의 눈에서
또다시 눈물이 흘러내렸다.

"아, 아니야. 그러지 마……."

송우문의 동생, 송우영이 눈가를 소매로 훔치며 말했다.

"가지마 형. 미안해, 내가 잘못했어. 나도 그런 뜻은 아니었어, 그렇게 말하지 마. 미안해……. 그러니까 가지마."

울먹거리는 동생의 말투에 송우문은 걸음을 멈추고 잠시 한숨을 쉬었다.

붉어진 눈으로 뒤를 돌아봤다.

"형, 가지 마?"

"응, 가지 마. 미안해. 다시는…… 형한테 그렇게 부르지 않을게… 모른 척 하지도 않을게. 내가 다 잘못했어……."

"후… 바보 같은 녀석."

송우문은 송우영에게 걸어가 그를 꽉 안아 주었다.

"짜식. 사내대장부가 울기는 왜 우냐. 울지 마, 뚝."

순간 송우영은 잊고 있던 어릴 시절이 떠올랐다.

어릴 적… 말썽꾸러기였던 자신이 잘못을 할 때면 형은 이렇게 자신을 혼냈었다.

물론 송우영이 송우문보다 힘은 더 셌었다. 하지만 형에게는 그런 것이 아닌 다른 무언가가 있었다. 그래서 송우영은 몸이 허약한 자신의 형이 그 누구보다도 크고 무서웠었다.

이렇게 혼나다 자신이 결국 울음을 터뜨리면 형은 더 이상 혼내지 않고 부드럽게 안아 주며 달래 주었었다.

그때와 똑같이, 다른 것이 하나도 없었다. 그것을 깨달은 순간 송우영은 어릴 적처럼 울음을 터뜨리고 말았다.

"미안해, 미안해…… 껵, 형 미안해."

"괜찮아, 괜찮다. 내 동생… 형은 벌써 다 잊었어."

너무 오랫동안 방치되어서 오히려 형에 대해 미움을 가질 정도로 아팠던 가슴이 낫는 것 같았다.

송우문은 동생의 등을 토닥여 주며 진정되기를 기다렸다.

좀 치사하긴 하지만 우영이가 빨리 정신을 차렸으면 하는 마음에 심한 방법을 써서 충격을 줬는데 그것이 잘 먹혀서 다행이었다.

이렇게 보니 동생이 어릴 때와 하나도 변하지 않은 것 같아 너무나 기뻤다. 코끝이 시큰했다.

진정이 된 후에 송우영이 물었다.

"근데 형, 어떻게 무공을 익히게 된 거야? 그 산수화에 무공이 숨어 있었다는 말은 들었는데, 자세한 얘기를 듣고 싶어."

그간 대화가 없었기에 송우영은 아직 모르는 게 많았다.

"그래. 말해 줄게."

송우문은 천천히 자신이 겪은 이야기들을 했다. 노신선

을 어떻게 만났는지와 왜 바보가 되었었는지 그리고 또 어떤 계기로 정신을 차리게 되었는지.

지금까지의 일들을 모두 동생에게 얘기해 줄 수밖에 없었다.

"그래. 형 얘기는 이만하면 됐고 난 네 얘기도 듣고 싶다. 화산파에서는 어떻게 지냈어?"

"아…… 그게."

천천히 송우영은 화산파에 처음 올라서 겪었던 일 그리고 그 후에 사형들과 어떤 관계가 되었는지에 대해 등등 모든 이야기를 했다.

'이런 개자식들이!'

동생의 이야기를 들으며 송우문은 화가 머리끝까지 치밀어 오름을 느꼈다.

그럴 것을 예상해서 송우영이 일부러 얘기 안 하려 했지만 송우문이 꼬치꼬치 캐물었기에 어쩔 수 없었다.

'유초 그리고 현무철. 네놈들 이름 결코 잊지 않으마.'

그들의 이름을 단단히 기억해 놓고 송우문이 자리를 털고 일어나 말했다.

"자, 이제 돌아가자. 어른들께서 걱정하시겠다.

"응, 형."

백상운과 송대웅, 백진진은 마침 우문과 우영을 기다리고 있었다.

"아, 마침 잘왔다. 너희 외할아버지께서 하실 말씀이 있다 하시는구나."

백상운은 딸 가족을 모아 놓고 이야기를 시작했다.

"내가 할 말은 다른 것이 아니라, 너희들 모두, 이사를 갔으면 어떨까 싶어서다."

"예? 이사요?"

송대웅이 어리둥절한 표정을 짓고. 송우문은 물었다.

"철검백가로 말씀이신가요?"

"그래, 그렇다. 강호의 소문이란 빠르기 때문에 언제고 분명히 이 운한에 장황의 가족들이 산다라는 사실이 밝혀질 것이다. 그리되면 여러모로 이곳은 살기에 불편하겠지. 악의를 갖고 찾아오는 놈, 그냥 구경삼아 오는 놈, 괜히 무공을 가르쳐 달라고 기웃거리는 놈. 별별 잡놈들이 다 올 테니까 말이야."

확실히 맞는 말이었다. 특하나 그것을 걱정하여 자신의 가족이 운한에 살고 있다는 사실을 최대한 숨기려 했던 송우영은 누구보다 빨리 이해할 수 있었다.

철검백가는 신주삼대검가(神州三大劍家)의 일원으로 오랜 기간 검가로서 명성을 떨쳐왔다. 현재 예전에 비하여서 하락세를 보여 주고 있다지만 그래도 운한에 있는 것보다야 철검백가에 있는 것이 훨씬 나을 것이었다.

"무엇보다 너는 내 딸이고 너는 내 사위이며, 너희들은 외손자가 아니더냐?"

송대웅은 눈만 깜박거리다가 아내를 쳐다봤다.

'어떻게 할 거야?'

남편의 눈빛에 백진진은 잠시 생각하다 대답했다.

"지금 결정하기에는 생각할 시간이 너무 없네요. 나중에 다시 말씀드릴게요."

"알았다. 어차피 한 보름간은 여기에서 머물러도 괜찮을 것 같으니, 그동안 생각해 보아라."

"예."

백진진의 결정에 필요한 시간은 그리 많지 않았다. 다음 날 아침, 송대웅과 간단한 상의를 한 후 그녀는 철검백가로 들어가는 것을 동의했다.

송우문은 객점 앞을 빗자루로 쓸며 생각했다.

'철검백가로 간다는 거지…….'

살짝 흥분과 기대가 생겨났다.

물론 세가로 불릴 수 있을 만한 정도로 큰 외가댁에 들어간다는 사실 때문은 아니었다. 그것보다 더 큰 것은 철검백가가 검가이고, 그곳엔 검을 익히는 사람들이 많을 것이란 사실이었다.

'외가 사람들의 검법은 어떨까? 기대되는데…….'

그때 송우문의 귓가로 우렁찬 기합 소리가 들려왔다.

"하압!"

그리고 들려오는 묵직한 타격음.

송우문은 그 소리가 들려오는 객점 뒤편의 자그마한 공터로 나갔다.

"이 무식한 녀석아. 힘만 쓰지 말고 내가 말한 것을 잘 생각하며 해."

"예, 예. 장인어른!"

백상운이 지켜보는 앞에서 송대웅이 주먹을 내질러 볏짚을 감은 커다란 나무 인형을 주먹으로 치고 있었다.

'권법수련이구나.'

"세상 모든 건 기초가 탄탄해야 하는 거야. 우영이도 그러했고 나도 그랬어. 뭐 우문이야 특별한 경우지만 말이야. 어쨌든, 야! 자세 똑바로 안 해?"

"고치겠습니다, 장인어른!"

무공에 늦게 입문한 송대웅이지만 그 성취에 대한 걱정은 들지 않았다. 이미 백상운이 어제 이야기를 해 줬기 때문이었다.

'아버지의 몸속 깊은 곳에 엄청난 영약의 기운이 숨어 있다고 했지? 게다가 지금은 많이 망가졌지만 어렸을 때 벌모세수를 받았기 때문에 혈맥도 빠르게 뚫릴 것이라 했고 말이야.'

겉으로 보기에는 둔해 보이지만 사실 송대웅이 머리가 나쁜 것도 아니었다. 단지 성급하고 덤벙대며 복잡한 걸

싫어하는 그의 성격이 그를 그렇게 보이게 할 뿐이었다. 그에 대한 증거로 송대웅은 장인어른이 내공심법을 외우라 하자 상당히 뛰어난 기억력을 보여 줬다.

물론 백진진이나 그녀의 피를 이은 송우영이나 송우문과 비교해서는 좀 떨어지겠지만 말이다.

이날부터 송대웅은 무려 장황인 장인으로부터 무공을 사사받기 시작했다.

내공심법은 이백삼십 년 전쯤의 절대고수였다는 파산초부(破山樵夫)의 대력일기공(大力一氣功)이었고, 권법은 백상운이 직접 만들었다는 삼십육로철쇄권(三十六路鐵碎拳)이었다.

두 무공. 대력일기공이나 삼십육로철쇄권이나 모두 뛰어난 것이었다. 능히 절대의 경지까지 넘볼 수 있는 최고의 무학 중 하나였다.

송우문과 송우영 역시 대력일기공과 철쇄권의 구결을 송대웅이 들을 때 함께 들었었다. 덕분에 둘이 얻은 심득은 작지 않았다.

잠시 아버지의 수련을 지켜보던 송우문은 백상운에게 전부터 궁금한 것을 물었다.

"근데 외조부님. 제 공청석유는 언제 돌려주실 거예요?"

그러자 백상운이 송우문을 흘깃 쳐다보고 말했다.

"이놈아! 벌써부터 영약으로 강해질 생각이나 하고 있더냐?"

"외조부님 정도의 실력까지 가면 어차피 필요 없다면서요? 그럼 저 같이 약할 때에 좀 써먹어야죠."

"하여간 말은 청산유수야, 청산유수. 안 된다면 안 되는 거다."

"에이. 알았어요, 그럼."

송우문은 생각보다 쉽게 물러났다.

사실 공청석유를 먹고 싶은 욕심이 아예 없다는 것은 거짓말일 것이나. 그렇다고 거기에 대해 크게 집착하지도 않았다.

'지금 내 무공들을 참오하는 것에도 바빠. 어쨌든. 나도 시작해 볼까?'

백상운이 송대웅을 가르치는 곳에서 벗어나.

송우문은 자신의 방으로 돌아가 가부좌를 틀고 앉았다.

그리고 천천히 무단천사신공을 의식적으로 운기하였다. 그의 전신을 부드럽게 돌고 있던 무단천사신공은 홀로 있다가 반가운 친구를 만나 기쁜 듯 더욱 강하고 활발하게 전신을 치달렸다.

드넓은 혈도를 비좁다는 듯 무단천사신공의 거대한 잠력이 치달렸다.

내공을 수치로 계산하는 것만큼 미련한 짓이 없다지만

강호인들이 일반적으로 말하는 것처럼 말한다면 이미 송우문의 무단천사신공은 일갑자에 가까워지고 있었다.

물론 근육이 크기만 하다고 좋은 것이 아닌 것처럼 내공역시 마찬가지다. 하급의 심법으로 일갑자의 양을 채운 내공이 뛰어난 심법으로 모은 정순한 십 년치 내공을 못 이기는 일은 놀랄 만큼 비일비재했다.

하지만 송우문의 내공은 그 정순함에 있어서 절대고수들조차 감탄할 수준이었으니 질에 있어서도 걱정은 없었다.

한참동안 무단천사신공을 운기한 뒤 송우문은 그대로 침상 위에 누워 여러 가지 심상을 만들어 냈다.

이제 북풍과 한설까지 사용할 수 있게 된 천라한검법에 대한 것이 주를 이루었고 그 다음으로는 광풍장과 폭우권, 북풍신법이었다.

송우문은 처음엔 외조부와 괴야창마가 싸우던 모습을 그리며 거기에서 얻은 심득을 토대로 천라한검법을 생각해 보려고 했다.

한데 그건 잘못 생각한 것이었다.

순서가 거꾸로 뒤집혀 있음을 한 시진동안 끙끙댄 후에야 송우문이 깨달았다.

뭔가 답답하고 잘 안 풀리던 것들이 천라한검법을 생각하며 외조부와 괴야창마의 대결을 풀어가니 너무나 수월해졌다.

'아……'

머릿속에서 끝없이 무언가가 터지고 새로운 것이 생겨났다.

처음 볼 때 그리고 여태껏 다시 생각해 낼 때마다 보지 못했던 것들 그런 것들이 지금 모두 보여 졌다. 외조부와 괴야창마가 나누었던 모든 공방, 그 속에 담긴 진의와 너무 높아 까마득할 정도인 무리가 느껴졌다.

새로운 깨달음을 얻으며 송우문의 몸은 자기 자신이 인지하지 못한 채 서서히 위로 떠올랐다.

천라한검법이 한 단계 성장하며 무단천사신공 역시 거기에 반응하고 있는 것이었다.

송대웅의 자세를 봐주고 있던 백상운은 갑자기 이 층에 있는 송우문의 방을 쳐다보며 중얼거렸다.

"괴물 같은 놈…… 아무리 이 몸의 손자라지만 저건 너무 괴물이잖아. 조금만 더 지나면 나랑 맞먹자고 그러겠네."

그가 중얼거리자 송대웅이 슬쩍 손을 늦추며 말했다.

"예?"

"네 아들 괴물이라고 근데 이게 어디서 농땡이를 부려! 빨리 안 해?"

가족이 다 모였을 때나 진지한 얘기를 해야 할 때 그리고 백진진이 있을 때. 이런 때와 보통 때의 백상운은 그 말투가 완전히 바뀐다.

"옙!"

대답을 하고 다시 주먹을 내지르며 송대웅은 죽을 맛이었다.

얼마나 세게 또 많이, 주먹을 내질렀는지 어느새 피부가다 까져 피가 흘러내리고 있었다. 하지만 장인어른은 무공을 익히면서 그 정도는 기본이라면서 멈추지 않았다.

'근데, 내 아들이 괴물이라고? 누구를 말하는 거지?'

밤이 되면 백상운은 송대웅이 아니라 송우영을 데리고 무공을 가르쳐 줬다.

물론 송우영은 화산파의 제자이니만큼 허락 받지 않고 타문파의 인물을 사부로 삼거나 할 수 없지만 백상운은 외조부이니만큼 예외가 될 수 있었다.

호기심이 많은 백상운이기에 자신이 모르는 무공에 대한 탐구욕도 엄청났다. 그렇기에 그는 동시대의 다른 절대고수들과 비교해서도 알고 있는 무공의 가짓수가 많은 편이었다.

그중에서도 문제가 생기지 않을 것들을 골라 백상운은 송우영에게 가르쳐 주었다.

송우문은 이미 다른 어떤 무공을 가르쳐 준다고 하여서 성취가 향상될 만한 때가 아니기에. 백상운은 혹시 궁금한 것이 있으면 와서 물어보라고 말을 해 놨다.

집안의 남자들이 열심히 무공 수련에 박차를 가할 때 백진진 역시 놀고 있는 것은 아니었다.

그녀의 상태 역시 이전의 송우문과 비슷한 상태였다. 백상운의 도움으로 내상이 치료되고 그동안 막혀 있던 혈도 역시 뚫리게 되었으나 항상 누워 있던 그동안의 세월이 누적된 육체는 내부의 힘을 따라가지 못했다.

내공으로 신체를 보호하고 힘을 발휘하는 것도 기본적인 조건이 맞을 때에야 가능한 것이었다. 지금 백진진은 그 조건도 못 맞출 정도로 육신이 허약했다.

백진진은 육체 단련을 하며 계속하여서 내공을 수련했다.

잃어버렸던 내공을 다시 되찾아야만 했다.

시작은 송대웅과 그녀가 비슷했으나 그녀는 이미 한 번 갔었던 길이기에 아주 빠르게 무공이 증진되어 나갔다.

더구나 공청석유의 기운은 내상을 치료하고도 남아, 그녀가 내공을 되찾는 것에 아주 큰 도움을 주었다.

십 일 후.

'……이제 오 일 정도가 남았구나.'

깨달음이 찾아와 무공을 수련하는 데에만 정신이 팔려 열흘이 지났다.

송우문은 그간 신경 쓸 수 없었던 연가상단의 일이 떠올라. 아침부터 집을 나서서 연가상단에 당도했다.

예전 같은 활기찬 모습은 보이지 않았다.

그도 그럴 것이 그날 채영철의 편으로 가담하여 배신을 한 이들이 상단 인물들의 거의 대부분이었기 때문이었다.

남은 것은 겨우 십여 명 정도가 전부였으니, 상단의 일을 할 수도 없을 뿐더러. 장원을 유지하는 것만 해도 벅찼다. 사실상 연가상단은 망한 것과 다름이 없었다.

그것보다 더 송우문이 놀란 것은 마당을 쓸고 있던 사람들이 상복을 입고 있음이었다.

'설마?'

아주 불길한 상상을 하며 송우문은 고개를 푹 숙이고 청소를 하느라 여태껏 자신을 발견하지 못한 하인에게 말을 걸었다.

"저기요."

"아? 앗! 송 소협."

송우문을 발견한 하인이 반가워하며 얼굴을 폈다. 그 모습을 보니 조금 안심이 되었다.

"왜 상복을 입고 있어요?"

하인의 얼굴이 다시 어두워졌다.

"장사 기간이라서 그렇습니다. 그 날의 일이 있은 후, 가뜩이나 몸이 좋지 않던 상단주님이 이틀 동안 시름시름 앓

으시다가 결국······."

하인의 말을 듣고 송우문은 안타까워하면서도 또 적잖이 안심했다. 자신이 생각한 최악의 상황—일가족 자살이라거나—이 아니었기 때문이었다.

"음. 혹시 괜찮으시면 제가 찾아왔다고 대리상단주님께 말씀을 드려 주실 수 있나요?"

"알겠습니다."

하인이 안채로 들어가서 잠시 얘기를 나누더니 나왔다.

"죄송합니다, 송 소협. 대리상단주님이 지금은 손님을 맞을 수가 없는 상황이라고 하셔서······."

부친이 돌아가신 그 충격이 생각보다 큰 모양이었다.

"어쩔 수 없죠, 알겠습니다. 대리상단주님께··· 저도 조의를 표한다고 전해 주시고 빨리 슬픔을 이겨 내시길 바란다고 전해 주세요."

"알겠습니다, 송 소협." 그렇게 말하고 하인이 다시 안채로 들어가려 했다.

"잠깐. 혹시 조무재 님은 어디에 계신가요?"

"아. 무사장님은 저쪽에 계십니다."

송우문은 하인이 가리킨 쪽으로 움직여 조무재를 만났다.

"송 소협!"

포권을 취해 예를 나누고 서로 간단한 인사를 나눈 후,

송우문이 그를 찾아온 이유를 말했다.

"제가 궁금한 것이 있어서 그러는데 채영철이 저희를 죽이고자 독을 쓰지 않았습니까. 그 독의 출처가 궁금합니다."

그간 송우문은 여러 가지를 생각했다. 분명 채영철 본인이 갖고 있던 독은 아닐 것 같았고 다른 누군가에게 받은 것이리라.

그렇다면 자신이 채영철을 죽인 이상, 그 누군가도 누구인지 알고 확실히 맺음을 해야 할 것 같았다.

그저 독을 파는 사람이 고객으로서 채영철에게 판 것이라면 얘기가 달라지겠지만 그게 아니라 어떤 관계를 가진 이라면 나중에 자신과 그 가족이, 혹은 연가상단이 곤란해질 수도 있었다.

"아, 그것 말이군요. 사실 저도 독의 출처에 대해 그동안 조사를 했었습니다. 한데 알고 보니 채영철의 고종사촌쯤 되는 이가 묵연당의 당주였더군요. 얼마 전에 그 자와 만났다는 이야기도 들었으니 확실합니다."

"묵연당……. 어떤 곳이죠?"

"묵연당은 광동성 내의 흑도세력들 중 중규모의 힘을 지닌 방파입니다. 흑도 녀석들이 다 그렇듯, 굉장히 지저분한 녀석들입니다."

근데 묵연당, 묵연당?

어딘가에서 들어본 기억이 났다.

'아! 맞다.'

송우문이 어렸을 때, 그 또래라 할 수 있는 아이들 중 가업을 잇지 않는 아이들의 대부분은 관운무관과 철호무관, 연가상단으로 들어갔고 그중에 다른 곳으로 떠난 아이들이 몇 있었다.

가장 유명하고 또 이곳 운한에서 가장 출세했다는 소리를 듣는 아이가 형산파의 제자로 들어간 추문위라면 철호무관주의 둘째 아들로 아버지와는 다르게 힘이 없어 비실비실하여 아이들 사이에서 은연중에 무시당하다가 마을을 떠난 아이가 엽지질이었다.

그 엽지질이 나중에 들어간 곳이 바로 묵연당이란 이름이었다.

'그 녀석과는 이제 완전히 악연이 되어 버렸네. 녀석의 아버지를 내가 폐인으로 만들었으니.'

하지만 후회는 조금도 되지 않았다. 엽구생은 재물에 눈이 멀어 연가상단의 사람들을 몰살시키려 했던 사람이었다.

더구나 엽지질은 어렸을 때 다른 아이들과 함께 바보 송우문을 괴롭혔었다.

어쨌든 무공을 익히느라 바보가 되었을 때 들었던 것이기에 엽지질을 생각해 내는데 시간이 좀 걸린 것이었다.

"알겠습니다. 말씀해 주셔서 감사했어요."

"별말씀을요, 소협."

말은 꺼내지 못하고 있었지만 조무재는 묵운방의 이야기를 하며 불안해하고 있었다.

그도 그럴 것이 분명 채영철의 고종사촌이라는 자에게도 채영철의 이야기가 들어갈 것이고 그렇게 되면 묵운방에서 보복을 해 올 수도 있었다.

그것 때문에 송우문이 조무재를 찾아온 것이었다.

그를 뒤로 하고 송우문은 연가상단을 나와 운한 내의 시장으로 가서 지나가는 사람에게 물었다.

묵연당이 있는 곳이 어디며 어떤 방향으로 어떻게 가면 되는지에 대해서 말이다.

모든 일을 마치고 송우문은 아직 새벽안개가 완전히 사라지기도 전에 운한을 나와 묵연당이 있는 광동성 절남으로 향했다.

제4화
묵연당도 사이좋게

북풍신법을 펼쳐서 가고 있던 중 송우문은 뒤쪽에서 누군가 쫓아오고 있음을 느꼈다.

'누구지?'

슬쩍 뒤를 돌아보니 뜻밖에도 일전에 고량평에서 봤던 화산파의 여검협 화산장문인의 금지옥엽인 현유연이었다.

'어디에 있다가 날 따라온 것이지?'

궁금했지만 굳이 멈춰서 말을 걸지는 않았다. 혹시 자신을 쫓아오는 게 아니라면 그게 더 난감한 상황일 테니 말이다. 더구나 친하지도 않은데 멈춰서 물어보는 것이 껄끄러웠다.

송우문은 현유연이 따라오는 것에 대한 생각을 깨끗이

지우고 북풍신법을 펼치는 데에만 주력했다.

'아! 내기를 이렇게 움직여서 분출하면 더 빨라지는구나. 그래, 이렇게… 발은 이렇게!'

북풍신법을 창안해 내기는 했지만 펼쳐 본 적은 별로 없었다. 더구나 지금처럼 여유롭게 펼쳐 본 적은 지금이 처음이었다. 항상 심상 속에서 수련하던 북풍신법을 실제로 펼쳐 보니 더 많은 것을 느낄 수가 있었다.

그의 속도가 처음에 비해서 점점 빨라지기 시작했다.

한편 송우영의 친가와 장황에 대한 호기심에 운한 근처에서 지내며 관찰하던 현유연은 송우문이 갑자기 묵연당에 대해 물어 보고는 밖으로 나가자 호기심에 그를 따라나섰다.

재밌어 보였기 때문이었다.

그가 신법을 펼쳐서 달려가고 있다지만 송우문을 놓친다거나 하는 걱정은 전혀 하지 않았다. 그녀가 가장 자신 있어 하는 것이 경공이기 때문이었다.

과연 그다지 힘들이지 않았다. 그저 천천히 청운신법(淸雲身法)을 펼치는 것만으로 따라갈 수 있었다.

한데 송우문의 속도가 갈수록 올라갔다.

점점 다른 사람이, 다른 신법이 되어가는 듯이, 처음에 비해서 신법을 펼치는 모습 자체가 점차 변해갔다.

현유연 역시 청운신법을 처음엔 일성으로 펼치다가 이

성으로 다시 삼성으로 계속해서 끌어 올렸다.

처음엔 아무리 장황의 손자라지만 그 나이 때까지 어떤 명성도 쌓지 못한 송우문을 무시했다. 더구나, 운한에서 들어 본 말에 의하면 얼마 전까지 바보로 불렸다지 않은가?

그래서 내심 송우문을 자신의 한참 밑으로 보며 따라갔다.

하지만 속도가 점점 올라감에 '호, 제법. 아까보다는 빨라졌구나.' 하고 생각했다.

그랬던 것이 청운신법을 칠성 이상까지 펼쳐서야 송우문을 따라갈 수 있게 되었을 때는 전의 생각이 확 바뀌어 버렸다.

'뭐, 뭐지 저 사람? 얼마 전까지 바보라 불렸다면서! 마을 사람 중에 저 사람이 무공을 익히는 것을 아는 사람도 거의 없던데? 근데 왜, 왜 저리 빨라!'

그리고 결국 십성을 넘어서서 십이성까지 청운신법을 펼쳐도 따라갈 수 없을 정도의 속도가 되자, 현유연은 결국 멈춰선 뒤에 심한 패배감과 허탈감, 거기에 배신감을 느꼈다.

배신감이 왜 들었냐고?

'저, 저 자식! 엄청난 고수였잖아. 분명 내가 뒤따라가는 것도 알고 있었을 거야. 재수 없는 자식! 근데도 모른

척하고 날 놀리듯 처음엔 느리게 가다가 점점 빠르게 해서
날 골탕 먹였겠다!'

너무 심하게 신법을 펼친 탓에 작은 내상까지 입고 말았
다.

평생 이렇게 기분이 나쁘기는 처음인 것 같았다. 현유연
은 이를 뽀득 갈며 말했다.

"나쁜 자식. 감히, 감히 날 가지고 놀아? 어디 두고 보
자!"

송우문이 향하는 곳이 흑연당이란 것은 이미 알고 있었
다. 그러니 송우문이 너무 빨라 쫓아가지 못한다 해도 걱
정할 것은 없었다.

엽지질은 운이 좋은 편이었다.

그가 바로 위에서 모시는 형님이 기루 담당이기 때문이
었다. 그렇기에 그는 기녀들에게 오라버니 소리를 들으며
매일 미녀들을 보며 지낼 수 있었다.

"햐~ 좋다."

집을 떠나서 묵연방에 들어온 것은 잘한 일이었다.

딱히 위험한 일도 없고 그저 무서운 표정 몇 번 지어 주
기만 해도 사람들이 떠받들어 줬으며 이렇게 기녀들과 지
낼 수도 있었다.

물론 들어온 지 삼 년이나 지났지만 무공도 약하고 하여

이제야 겨우 막내를 면한 현실이지만, 그런 건 아무래도
괜찮았다.

"너! 가서 물 좀 떠와."

"예? 제가요?"

"맞을래? 얼른 갔다 와."

버릇없지만 유일하게 있는 부하라 뭐라고 할 수도 없는
녀석이 인상을 구기며 물을 뜨러 가고 엽지질은 대낮부터
주루 이 층에 앉아 창밖을 보고 있었다.

"어? 저놈. 송가네 바보 아냐?"

타지에서 만난 고향사람이기에 반가운 것도 잠깐, 엽지
질은 버릇없는 부하 앞에서 송우문을 괴롭히며 권위를 세
울 수 있겠다 생각했다.

'저 바보 녀석을 몇 대 때리고 하면 내가 좀 무서워 보이
겠지?'

신난 엽지질이 얼른 일 층으로 내려갔는데 송우문은 그
새 사라지고 없었다.

"뭐, 뭐, 뭐야 이 자식. 그, 그새 어디 갔어?"

당황하거나 마음이 급해지면 말을 더듬는 엽지질의 버
릇이 나왔다.

"에, 에이씨."

머리를 벅벅 긁으며 털레털레 위층으로 올라가고 있을
때, 그가 놓친 송우문은 묵연당의 담장을 뛰어넘어 당원들

의 눈을 피해 가장 커다란 전각 안으로 숨어들어 갔다.

"당주님! 정말 이러시겁니까?"

채영철의 고종사촌.

묵연당주 방무심의 오른팔 채오철은 당장 가서 연가상단 놈들을 깡그리 묻어 버리자는 자신의 말에 대답을 안하는 방무심을 노려봤다.

"이 새끼가 어따가 눈을 부라려! 너 죽을래? 야, 까 놓고 말해 보자. 걔, 누구? 채영철? 걔가 네 아들이나 동생이냐 뭐냐. 고종사촌 하나 죽었다고 우리 묵연당이 움직이면 모양새가 이상하잖아!"

'개새끼, 내가 지한테 얼마나 충성했는데 이런 부탁하나 못 들어 줘?'

속으로 그렇게 생각하며 채오철이 말했다.

"연가상단의 여식이. 정말 엄청난 미녀랍디다. 면사를 쓰고 다니는데도 그렇게 소문이 날 정도면, 모르긴 몰라도 당주님의 지금 부인이나 첩들과는 비교도 안 될 만큼 예쁠 겁니다."

그 말에 평소 색을 몹시도 탐하던 방무심의 귀가 솔깃했다.

"그래? 그렇단 말이야?"

"예! 그러니까 지금 당장 가서 건방진 연가상단 놈들을 묻어 버리고 그 여자애를 데려와 넷째 마누라로 삼으시지요."

"크흠, 흠. …생각해 보니. 자네가 내 오른팔로 열심히 활동해 준 게 몇 년인데 그런 자네의 고종사촌을 죽인 녀석들 용서할 수야 없지. 일어나게 어서 운한으로 가세!"

속이 뻔히 보이는 말을 하고 방무심이 일어서려고 하는데 그들이 있던 대청으로 갑자기 한 청년이 들어왔다.

"아, 거참. 더는 역겨워서 못 들어 주겠네."

딱 보기에 고수처럼 보이지는 않았다.

방무심이 소리쳤다.

"넌 뭐하는 새끼야?! 여기까지는 어떻게 들어왔어? 그리고 뭐? 역겨워? 이 새끼, 대갈빡을 쪼개서 골수를 쪽쪽 빨아 먹을라!"

방무심도 전형적인 흑도인물이었다. 상대가 누구든, 걸쭉한 욕설로 먼저 기선제압을 하려는 습관은 지울 수가 없었다.

송우문이 싱긋 웃더니 자기 자신을 손가락질하며 말했다.

"나? 장황 외손자인데?"

"뭐, 뭐?"

"이 개새끼가 실성을 했나. 어디서 감히 염라대왕 앞에서 구라를 까!"

세상에 자신이 누구누구의 아들이다, 손자다 하며 뻥포

를 뻥뻥 쏘는 사람들이 한둘이겠는가.

방무심과 채오철은 어이가 없어서 아예 상실해 버릴 것만 같았다.

"이 호래자식! 사기를 칠 데가 없어서 우리한테 쳐?"

"뭐, 믿지 않는다면 내가 어떻게 해 줄 수는 없고."

방무심이 옆에 걸려 있는 자신의 대부로 송우문을 어떻게 반으로 쪼갤까 생각할 때. 송우문이 스르르 움직여 채오철의 앞에 서서 말했다.

"야, 너. 듣자하니까 네가 채영철한테 독을 줬다면서? 그 독이 우리 가족을 죽이는데 쓰이려고 했어. 어쩔 거야? 대가를 치러야겠지?"

송우문의 말에 채오철은 깜짝 놀랄 수밖에 없었다.

분명 자신이 채영철에게 독을 건넸었다. 채영철이 연가 상단을 꿀꺽하려는데 방해자가 있어서 처리해야겠다고 부탁했었기 때문이었다.

"너 이 새끼……!"

채오철이 더 말을 하려는 순간, 갑자기 송우문이 손을 뻗었다.

'엇?'

채영철과 다르게 채오철은 무공을 익혔다. 그리 뛰어난 것은 아니고 이제야 겨우 이류급이지만 말이다.

하지만 그 정도로도 이렇게 작은 지역에서는 거들먹거

릴 수 있었다.

정협맹(正俠盟), 패도무문(覇道武門), 흑우방(黑牛幇) 등이 노는 곳에서야 이류라고 하면 무림인 취급도 안 받고 그저 무시당하는 수준일 테지만 이런 곳에서는 상당히 강한 축이었다.

채오철은 송우문이 어떻게 움직이는지 제대로 볼 수도 없었다. 그리고 자신이 지금 목을 잡힌 것도 이해할 수가 없었다.

송우문이 채오철을 싸늘히 노려보며 말했다.

"너와 직접적인 원한도 없는 일가족을 몰살시키려 들어? 어떻게 하면 그렇게 악할 수가 있는 거지?"

송우문의 움직임을 제대로 알아볼 수 없었던 건, 묵연당이란 집단의 수장으로서는 어울리지 않게 높은 무공, 능히 일류고수란 말을 들을 수 있는 방무심 역시 마찬가지였다.

묵연당이 작은 것은 방무심의 무공이 약해서가 아니라 그의 우두머리로서의 자질이 부족하기 때문이었다.

'저놈, 뭐지?'

방무심이 다시 송우문을 제대로 훑어볼 때, 채오철은 양팔을 크게 휘둘러 송우문을 떨쳐 냈다.

그의 목을 잡을 때와는 다르게 너무나 간단히 손을 놓고 뒤로 물러난 송우문의 모습에 채오철과 방무심이 똑같이 의아해할 때, 소란을 감지하고 뒤늦게 달려온 묵연당의 수하들이 달려왔다.

"무슨 일이십니까, 당주님!"

모두 백이십 명 정도였는데 그중에는 어느새 묵연당의 장원으로 돌아온 엽지질도 껴 있었다.

"어? 뭐야. 바보 여기 있었네? 너 뭐하냐?"

그 말을 듣고 엽지질의 얼굴을 확인한 송우문이 인상을 확 찡그렸다.

'근데. 아직 자기 아버지가 나한테 폐인이 된 건 모르는 건가?'

맞다.

엽구생은 엽지질과 거의 의절을 한 상태기에 아직 그 소식이 엽지질에게 당도하지도 못한 상태였다.

"뭐야. 야, 말더듬이. 너 쟤 아냐?"

말더듬이라고 불린 엽지질이 방무심의 물음에 대답했다.

"예! 제가 어렸을 때 갖고 놀던 애인데요?"

방무심도 엽지질은 대충 알고 있었다.

자신이 어쩌다 실수로 당원으로 받아들인 찌질이 중의 찌질이. 아버지가 무관의 관주라면서 자신은 무공 하나 제대로 펼치는 것이 없어서 그냥 기루 관리나 시키고 있는 녀석이었다.

'근데. 그런 말더듬이한테 당하고 살던 녀석이라고? 쟤

가?'

"야. 진짜야? 잘못 본 거 아냐?"

"맞아요! 야, 바보. 너 송우문 맞지?"

송우문은 슬슬 화가 치밀어 오르고 있었다.

'저놈의 바보 소리. 지겹다 지겨워.'

화난 마음을 억누르고 송우문이 웃으며 대답했다.

"응, 맞아. 근데 바보 소리는 좀 빼지?"

맞다는 말에 방무심은 아까 자신이 잘못 본 것이 아닌가 생각하였고 채오철은 자신이 아까 방심하여 어처구니없는 실수를 저질렀다 생각하였다.

"아, 아오쓰벌. 잠깐이나마 저 새끼가 고수는 아닐까 생각했었는데."

말더듬이한테도 당하고 살던 녀석한테 사기당했다는 생각에 방무심의 분노가 치밀어 올랐다.

자기가 직접 처리하고 싶은 마음도 있었으나 부하 앞에서 체면을 생각하여 소리쳤다.

"야! 씨발 저 새끼 조져!"

그러자 묵연당에서 행동대장 역할을 하는 도귀가 대답하며 부하들에게 소리쳤다.

"알겠습니다, 당주님! 애들아, 조져!"

"죽을 시간이다. 씨발 새끼야!"

"애미 씹할 새끼가 감히 형님들을 화나게 해!"

"근데 이 쌍놈 언제 들어왔어?"

각종 고함이 엇갈리며 묵연당원들이 사방에서 송우문을 향해 달려들었다.

"거참, 평생 들을 욕은 오늘 다 듣는 것 같네. 집에 가서 귓밥이라도 좀 파야겠네."

그 말이 끝날 때쯤 묵연당원들이 송우문에게 당도하여 흉악한 무기들을 휘둘렀고 말이 끝남과 동시에는 송우문의 신형이 흐릿해지며 사라졌다.

"어?"

가장 앞서서 공격했다가 헛손질을 한 녀석들이 당황하였고 송우문은 가장 먼저 아까 '애미 씹할 새끼'라고 욕설을 퍼부었던 묵연당주의 앞에 나타났다.

"다 괜찮은데, 감히 우리 엄마 욕을 해?"

송우문은 검집을 씌운 채로 길게 휘둘렀다.

빠가각!

상대의 턱과 이빨이 동시에 박살이 났다.

"우어어억!"

괴음과 함께 피를 뿌리며 그자가 나뒹굴고.

"이 새끼가!"

그 한 수를 보고 송우문의 경지를 판단할 수 없는 이들은 피를 봐서 더욱 흥분하며 거세게 달려들었다.

스슷!

"또 어디 갔어?"

그들보다 훨씬 고수라 할지라도 송우문이 펼치는 신행미종보의 변화를 제대로 따라가기란 힘들 것이다.

그러니, 그들은 오죽하겠는가.

뛰어난 기억력으로. 송우문은 아까 자신을 향해 욕을 했던 녀석들을 모두 찾아갔다.

"으아악!"

"아파아아아!"

"엄마야!"

송우문의 검집이 휘둘릴 때마다 다리가 부러지고 팔이 으스러지고 검풍에 의해 살갗이 터져나갔다.

물론, 흑연당의 인물들은 일전에 연가상단을 공격해 왔던 이들에 비해서는 전체적으로 강했다. 하지만 그래도 송우문과 비교하면 현격한 차이가 났다.

"아, 씨, 씨발. 뭐하는 거야! 왜 저런 새끼 하나 처리를 못 해!"

답답한 방무심이 소리쳤다.

아직도 그는 아까 엽지질과 송우문의 대화에서 드러난 사실에 사로잡혀서 현실을 제대로 분석하지 못하고 있었다.

'저 새끼 바보잖아!'

하고 계속해서 생각하는 것이었다.

"거기까지다, 씨불놈아!"

도귀가 호기롭게 외치며 송우문을 향해 달려들었다.

"뭐가 거기까지인데?"

빠악!

"아아악!"

달려들었던 속도보다 더욱 빠르게 도귀는 코가 부러져 피를 잔뜩 쏟아내며 뒤로 날아갔다.

한편 송우문이 일대 난장판을 만들고 있는 모습, 그것을 지켜보고 있는 한 소녀가 있었다.

바로 씩씩거리며 송우문을 쫓아왔던, 이제야 흑연당에 도착한 현유연이었다.

담장 위에 올라가 걸터앉은 그녀는 눈동자에 빛을 내며 송우문의 행동을 지켜보고 있었다.

'제법 호쾌한데? 근데 중간중간에 펼쳐지는 건, 곤륜파의 신행미종보인가?'

그는 그녀를 뛰어넘는 상당한 고수였다. 물론 그 경지가 어느 정도인지는 현유연으로서는 파악할 수 없지만 말이다.

'흥! 그래 봐야. 넌 나쁜 놈이거든!'

그렇게 생각하면서도 현유연은 눈동자를 빛내며 송우문의 활약을 지켜봤다.

"어? 어…… 어?!"

어느새 묵연당의 백이십 명에 가까운 당원들이 송우문 한 사람에 의하여 쓰러졌다.

'이게 무슨 개 같은 경우야?'

남은 녀석들이 그제야 겁을 집어먹더니 슬금슬금 송우문의 근처에서 물러나며 방무심과 채오철을 봤다.

"당주님! 부당주님! 아무래도 형님들이 나서셔야겠습니다."

"이, 이 새끼 생각보다 센데요?"

"복수를 해 주십시오, 당주님!"

하지만 중요한 건 방무심도 뒤늦게 송우문이 고수임을 깨달았다는 점이었다.

'이 새끼들아! 나더러 어쩌라고?'

속으로는 그렇게 말했지만 부하들 앞에서 쪽팔릴 수 없다는 생각이 그의 몸을 이끌었다.

"이 어린 노무 새끼가. 감히 우리 애들을 이렇게 만들어? 골빡을 부셔 주마!"

당주가 대부를 들고 앞으로 나서자 채오철은 속으로 안도의 한숨을 쉬었다.

'휴. 살았다.'

하지만.

"야 부당주! 가서 저 새끼 손 좀 봐."

'씨발 새끼!'

속으로 방무심에게 욕설을 퍼부으며 채오철이 말했다.

"제가 말입니까 당주님?"

"그래. 아직 네가 나서지도 않았는데 내가 나설 수야 없지. 네가 나서서 다 처리해 버려. 할 수 있지?"

흑도란 것은 한 번 체면을 구기면 끝장이었다.

속으로 이를 갈며 채오철이 고개를 끄덕였다.

"알겠습니다! 야, 이 개새끼야. 내 칼을 받아 봐라!"

채오철이 그렇게 외치며 송우문을 향해 달려들어 도를 내리쳤다.

"아 진짜. 이 자식들은 입에 걸레를 물었나?"

깡! 빠가각!

간단하게 채오철의 도를 맞받아쳐서 날려 보낸 후.

송우문은 칼을 들었던 그의 오른쪽 어깨를 쳐서 으스러뜨려 버렸다.

"으아아악!"

단 한 수에 채오철이 나뒹굴며 비명을 지를 때, 방무심의 얼굴도 시커멓게 죽어 갔다.

식은땀을 줄줄 흘리며 방무심이 떼이지 않는 발걸음을 앞으로 하며 짐짓 호기롭게 외쳤다.

"제, 제법이구나. 애, 애송아! 하지만 내 도끼는 그렇게 못, 못 받아낼 거다!"

'제발. 부처님, 옥황상제님, 조상님. 나에게 힘을!'

방무심은 속으로 기도하며 송우문을 향해 달려들었다.

묵연당원들과 채오철의 눈빛이 기대로 빛났다.

그래도 일류고수인 당주라면 저, 괴물 같은 바보를 처리할 수 있지 않을까하는 마음 때문이었다.

과연 일류고수다웠다.

일정 단계를 넘어서면 실력이 급진하는 무공의 수위만큼이나 방무심의 공격은 채오철과 전혀 달랐다.

훨씬 강하고 훨씬 빨랐다.

대부에는 눈으로 확연히 보이는 기운까지 맺혀져서 빛나고 있었다.

'그래, 놈을 죽여라 당주!'

묵연당의 모든 이들은 대부에 실려 빛나는 부기(斧氣)를 눈부시게 쳐다보며 강한 염원을 했다.

하지만 그때, 또 다른 빛이 밝아 왔다.

방무심의 부기를 순식간에 반딧불로 만들어 버린 보름달의 정체는 다름 아닌, 송우문의 검집에 실려서 빛나는 황금색 검강이었다.

슥—

매우 가벼운 소리가 났다.

그리고 방무심의 대부가 정확히 반으로 갈라져 땅바닥으로 떨어졌다.

"어어?"

믿을 수 없다는 눈으로 검강을 쳐다보던 방무심에게 송우문이 검강을 없애며 검집을 휘둘렀다.

뻐억!

가장 처음 송우문에게 당했던 이처럼 방무심은 턱과 이가 동시에 부서지며 피를 쏟았다.

"끝인가?"

그렇게 말하더니 송우문은 경악에 가득 찬 눈빛으로 자신을 쳐다보던 엽지질에게로 걸어갔다.

믿을 수 없는 광경에 엽지질은 처음부터 끝까지 입을 벌리고 닫을 줄을 몰랐다.

'저게 그 송우문이라고? 저게 그, 송가네 바보란 말이야?'

머릿속이 헝클어졌다.

자신이 정말로 저 송우문을 괴롭히며 놀았었나?

아니, 지금 내 눈에 보이는 것이 정말 송우문이 맞나? 누가 인피면구를 쓰고 온 것은 아닐까?

뭐지? 대체 뭐지?!

'크, 큰일 났다. 나한테 걸어오네? 나한테 복수하려고 그러나? 내가 좀 심하게 괴롭혔었는데……. 나 어떡하지? 어떡하지? 어떡해!'

송우문을 괴롭혔던 지난날을 후회하며 덜덜 떨고 있던 엽지질.

그의 앞에서 송우문이 검집을 휘둘렀다.

턱!

'응?'

고통이 없었다.

엽지질이 간신히 눈을 떠 보니 송우문이 자신의 어깨 위에 검집을 올려놓고 있었다.

"제발 똑바로 좀 살아라, 응?"

그 한마디와 함께 송우문은 몸을 돌려 채오철에게로 걸어갔다.

그의 아버지를 폐인으로 만들었던 것 때문에 왠지 미안해져서 봐준 것이었다.

"야. 일어나 봐."

고통에 몸부림치고 있던 채오철을 발로 툭툭 쳤다.

"왜, 왜, 왜 그러십니까, 대협."

호칭이 대협으로 바뀌었다.

그리고 쳐다보는 눈빛도, 말투도 바뀌었다.

'무림이란 이런 곳인가.'

실없는 생각을 하며 송우문이 물었다.

"그 독, 누가 만든 거야? 네가 만든 거냐?"

바로 그 순간이었다.

갑자기 뭔가 아주 가벼운 바람처럼 느껴지는 무언가가 그의 목에 부딪쳤다.

거기에서 뭔가가 피부 속으로 침투해 온 것도 잠깐, 갑자기 무단천사신공이 무섭게 포효하며 일어나, 송우문의 목을 통해서 침투한 무언가를 집어삼켰다.

'독!'

그때의 느낌과 미묘하게 다르긴 하지만 비슷했다. 숙수의 미음을 들고 느낀 기운과 말이다.

송우문의 눈이 차갑게 빛난 순간! 그의 몸이 쭈욱 늘어났다.

"거기 있었구나!"

몇 년 전부터 묵연방에서 지내던 독객은 채오철의 부탁에 따라 학정홍을 먹자마자 즉사하도록 더욱 강하게 하여 주었었다.

독객 성무는 실패했음을 깨닫고 도망치려다가 갑자기 눈앞에 나타난 송우문에 의해 목을 잡혔다.

"껄, 껄!"

송우문이 그를 노려보며 말했다.

"너구나. 네가 그 독을 만들었어, 그렇지? 길게 말할 것 없어. 그 독을 준 사람들이 무슨 짓을 저지를지 알고 있었겠지? 아니, 흑도방파에 들어가서 독을 만들고 있었으니 네 독에 의해 피를 토한 사람이 한둘은 아니겠지."

말이 끝난 순간.

송우문의 손이 성무의 복부를 쳤다.

"꺼어어억……!"

목이 잡혀 제대로 비명도 지르지 못했다. 단전이 파괴되는 끔찍한 고통 속에서 말이다.

"이 손으로 독을 만들었나?"

차가운 목소리와 함께 어느새 검집을 빠져나온 송우문의 검이 성무의 양쪽 팔목 힘줄을 끊었다.

그리고 그는 성무의 품을 뒤져 그가 가지고 있는 여러 가지 색깔의 병들을 모두 뺏었다.

그때서야 그를 놔준 송우문은 다시 채오철을 향해 걸어 가며 성무에게 말했다.

"네가 만든 독을 내가 아닌 우리 아버지나 동생이 먼저 접했으면 죽었을 지도 몰라. 아니, 분명 죽었겠지. 모르고 미음을 마셨을 테니까 말이야. ……마음 같아서는 너도 목숨을 빼앗고 싶지만, 그렇게 하지 않을 테니 감사해라."

숙수가 건네준 미음에 독이 들어 있음을 깨달은 후, 송우문은 이 독과 관련된 사람들을 모두 찾아내 합당한 응징을 하리라 결심했었다.

바스러진 어깨의 고통으로 괴로워하면서도 채오철은 기를 쓰고 일어나 신법을 펼쳐 도망을 치려고 했다.

하나, 어깨의 고통이 상상을 초월하기에 보통 때처럼 빠르게 신법을 펼칠 수가 없었다.

'아, 안 돼. 나도 단전이……!'

하지만 송우문이 그보다 빨랐다.

"어떻게 보면 네가 채영철보다 더 나빠. 어떻게. 자기의 일도 아닌데, 사촌의 부탁이라고 남의 가족을 모두 죽일 독을 그리 쉽게 줄 수가 있었지?"

그렇게 말하며 송우문이 발끝으로 채오철의 복부를 가격했다.

"끄아아악!"

채오철은 성한 팔로 땅바닥에 난 잡초를 쥐어뜯으며 괴로워했다. 하지만 그것으로 끝이 아니었으니, 송우문의 검이 움직여 아까 바스러뜨리지 않은 반대쪽 어깨의 힘줄을 끊었다.

"목숨은 끊지 않으마. 하나, 다시는 못된 짓 못하게 만들었으니 이제부터는 좀 똑바로 살아라. 알겠어?"

그렇게 말하고 송우문은 바닥을 나뒹굴며 괴로워하고 있는 묵연당의 사람들을 둘러보며 말했다.

"똑똑히 들어. 지금은 너희들에게 이 정도로 끝내지만 나중에 혹시나 연가상단에 해를 입히거나, 운한에 해를 입히거나 하는 경우, 내가 다시 찾아왔을 때엔 결코 이렇게 끝나지 않을 거야. 잘 들어, 내 이름은 송우문이다."

들어올 때는 담장을 넘어서 왔던 송우문이었지만 나갈 때는 묵연당의 정문을 발로 걷어차서 쪼개 버리고 당당히 나갔다.

"얼레?"

그는 나가자마자 세 명의 청년과 만났다. 하나 놀라지는 않았다. 상당한 고수 셋이 오고 있음을 이미 느끼고 있었기 때문이었다.

화려하지는 않으나 단정한 옷을 입고 있는 이들이었다.

"야. 방금 이 분이 묵연당의 정문을 부수고 나온 것 맞아?"

'누구지? 묵연당과 관계 있는 녀석들인가?'

하지만 그런 것은 아닌 것 같았다.

이들에게서는 송우영이나 다른 화산파 검협들 같은 느낌이 났다. 묵연당이나 혈운마제의 부하들 같은 어두운 기운은 느껴지지 않았다.

"어? 풍검대(風劍隊) 분들이로군요. 근데 어쩌죠? 벌써 늦어 버렸네요."

담장 위에 현유연이 있었다는 사실 역시. 송우문은 묵연당을 상대하면서도 눈치 채고 있었다.

어쨌든 현유연이 두 발을 까딱거리며 한 말에 깜짝 놀란 풍검대의 한 대원이 앞으로 달려 나가 묵연당의 내부 상황을 살펴봤다.

"어? 현 여협 말이 진짜인데요? 완전 싹 쓸어 버렸어요."

태산파(泰山派) 출신의 무비가 웃음을 억지로 감추며

말했다.

"이, 이런 젠장."

정협맹에는 서른 살 이하의 후기지수로 이루어진 하나의 단체가 있다.

정천오검단(正天五劍團).

금검대(金劍隊), 화검대(火劍隊), 풍검대(風劍隊), 목검대(木劍隊), 수검대(水劍隊)의 다섯 개 대로 이루어진 조직이었다.

각 대주 중에서 가장 실적이 좋고 뛰어난 자가 정천오검단의 단주가 되고. 오검단주(五劍團主)가 되면 큰 명성을 떨칠 수 있을뿐더러 장차 앞길은 탄탄대로가 되는 것이었다.

그렇기에 각 대의 경쟁은 치열할 수밖에 없는데 풍검대는 그중에서도 괴짜가 모인 곳으로서 다섯 개의 대 중에 가장 약체에 실적도 별로 없는 곳으로 악평이 자자한 곳이었다.

풍검대의 대원들 대부분은 실적을 쌓아서 풍검대의 명성을 드날리고 성공하는 것에 대해 별로 관심이 없었다. 그렇기에 풍검대에서 유일하게 괴짜가 아닌 풍검대주로서는 복장이 터지는 일이었다.

팽가의 망나니라는 좋지 않은 별명으로 불리는 이, 팽천호가 입가에 비웃음을 머금으며 풍검대주에게 말했다.

"이거 어쩝니까? 이런 하잘 것 없는 임무에 대주님까지 몸소 행차하셨는데 헛걸음이 되었군요."

'이 새끼가!'

내심 팽천호에 대해 이를 갈며 하후진현이 송우문을 노려봤다.

"당신이 묵연당을 공격했소?"

어쩐지 말투가 공격적이었다. 시비를 거는 것처럼 느껴지기도 했다.

송우문 역시 과히 좋은 성격은 아니었다. 자신에게 잘해 주는 사람에게는 잘해 주지만, 그게 아니라면 똑같이 대해 주는 성격이었다.

"그렇소만?"

가뜩이나 망할 괴짜들의 안 좋은 평판 때문에 풍검대에게는 임무가 잘 주어지지 않는다. 중요한 임무, 실적을 높일 수 있는 기회 자체가 별로 없었다.

사실, 묵연당 자체가 그리 큰 세력도 아니고 정협맹 내에서 하는 우스갯소리를 빌려서 하자면 그저 변방의 약소 흑도세력이다. 거기다 흑우방의 비호를 받지도 못하는 곳.

그런 묵연당을 박살 내라는 명령은 사실 이룬다고 해서 그다지 큰 실적을 거둘 수 있는 것도 아니었다.

하나, 아까도 말했듯이 풍검대에게 임무가 내려오는 것은 드물었다. 이런 작은 실적도 풍검대주 하후진현에게는 아주 중요한 것이었다.

한데 저 빌어먹을 팽천호가 말썽을 피는 바람에 늦게 도
착했더니 난데없이 얼굴도 모르는 녀석이 혼자서 묵연당
을 박살 냈다고 한다.

하후진현은 심기가 굉장히 불편했다.

"이름이 무엇이오?"

"송우문이라고 하오."

들어본 적이 없는 이름이다.

"어디 소속이시오?"

"소속? 난 아직 특별한 소속이 없소."

"없단 말이오? 그냥 혼자서 다니는 것이오?"

"……음. 얼마 전까지는 운한의 연가상단에서 짐꾼을
했소."

"픕!"

지켜보고 있던 현유연이 자신도 모르게 웃음을 터뜨렸
다.

송우문의 말이 사실이란 것을 알기에 더 웃긴 것이었다.

"푸핫핫!"

태산파의 무비가 대소를 터뜨리고 팽천호는 재밌어 하
는 눈빛으로 송우문을 쳐다봤다.

그럼 하후진현은?

"짐꾼? 지금 날 놀리는 것이오?"

혼자서 웃지 않으니 조롱당하고 있다는 기분이 더욱 강하게 들었다.

운한? 연가상단? 모두 한 번도 들어보지 못한 이름이었다. 있어도 보잘 것 없는 곳이리라. 그것보다 홀로 묵연당을 처리할 수 있을 정도의 실력자가 짐꾼을 했었다니.

하후진현은 송우문이 자신을 놀리는 것으로만 생각되었다.

'이 자식이 고작 묵연당 정도를 이길 수 있는 실력이라고 기고만장한가 보구나.'

하나 아직은 확인할 것이 남아 있었다.

"그럼 은사되시는 분은 누구시오?"

그 물음에 송우문이 살짝 인상을 찡그렸다. 전에 진원명에게는 사부가 없다 하였지만 그날 밤 꿈에서 노신선을 보고 나서는 그가 사부로 생각되었다.

"계시기는 계시는데 정확한 이름은 알지 못하오."

"사부의 이름을 모른다?"

"그렇소. 추측을 하고 있는데 아마도 삼국시대 때 근처의 분 같으시고 지금은 우화등선을 하신 것 같소."

화난 얼굴로 진지하게 물어보는 하후진현의 모습에, 그리고 송우문의 말도 안 되는 답변에 무비는 과장되게 배를 잡고 웃어 댔다.

그 웃음소리의 크기에 따라 송우문을 향한 하후진현의

분노도 커져갔다.

한데 그에 반해서 송우문도 기분이 좋지는 않았다.

다 솔직하게 대답은 하고 있는데 이거 왠지, 자신이 무슨 범죄자라도 된 기분이었다.

"근데. 당신이 뭔데 날 취조하는 것이오?"

"소속도 없고 사부도 모른다……. 이거, 내가 완전히 얕보였나 보군. 나에게 시비를 거는 것이라 생각해도 되겠지?"

송우문의 입장에서는 어처구니가 없었다.

보아하니 묵연당과 특별한 관계인 것 같지도 않은데 자기가 무슨 자격으로 자신에게 참견을 한단 말인가?

"그래. 시비인데 왜? 불만 있냐?"

내심 송우문은 이런 순간을 기다렸다. 사실을 말하더라도 하후진현은 분명 크게 분노할 테니까.

"이 자식이 아주 간이 배 밖으로 나왔나 보구나. 감히 나, 풍검대주 하후진현에게 시비를 걸다니."

"다 좋은데. 꼭 그렇게 자기가 무슨무슨 대주라느니 하면서 설명해야 돼? 자기 입으로 그렇게 말하면 쪽팔리지 않아?"

그래도 명가의 자제인 하후진현이다.

화가 머리끝까지 올라 시정잡배처럼 행동하고픈 마음도 생겼으나, 나름 훌륭한 인내력으로 숨을 몰아쉬며 말했다.

"오냐, 정 그렇다면 어쩔 수 없지. 검을 뽑아라! 날 모멸한 대가를 치르게 해 주겠다."

송우문이 검을 차고 있기에 하후진현이 그리 말한 것이었다.

하지만 송우문은 백상운을 쏙 빼닮은 상대의 속을 박박 긁는 웃음을 지으며 말했다.

"이거? 아아. 그냥 장식품이야. 적어도 너 정도를 상대할 때에는 그렇게 될 것 같아. 그러니까, 덤비세요. 사해에 위명을 떨치시는 풍검대주님?"

하후진현의 손이 부들부들 떨렸다.

세상에 그 어디에서 그가 이런 식으로 조롱을 당해 봤겠는가?

"그 이죽거리는 웃음을 고통의 표정으로 바꿔 주마."

하후진현이 속한 하후세가(夏候世家)!

유명한 것은 바로 장법이다. 그중에서도 진수는 바로 금사신장(金蛇神掌).

혹여나 망신을 당할까 하는 마음에 하후진현은 처음부터 강수를 써서 금사신장을 사용했다.

날카로운 장법이 뱀의 두 혓바닥처럼 동시에 두 곳의 방위를 점하며 날아왔다. 노리는 곳은 바로 송우문의 양쪽 어깨.

개방의 항룡십팔장(降龍十八掌)이 강맹함으로 소문나

있다면 금사신장은 극도의 유연함과 날카로움으로 정평이
나 있다.

항룡십팔장의 뜻은 용을 제압한다는 것이다. 그만큼 강
력한 장법이란 뜻.

용은 사실 뱀에 다리를 붙여 놓은 것과 비슷한 외관이
다. 또, 거대한 뱀이라 할 수 있는 이무기가 용으로 변한다
고 하지 않는가? 그런 점에서 보면 항룡십팔장과 금사신장
은 좀 우스운 관계를 갖고 있었다. 그것에 기인해서 그런
지 몰라도 하후세가와 개방은 사이가 그다지 좋지 않았다.

어쨌든 금사신장은 항룡십팔장과 함께 강호 최고의 장
법 중 하나로 손꼽히는 절기!

하지만 문제는 상대가 송우문이라는 점과 펼치는 사람
이 하후진현이라는 점 그리고 송우문의 외조부가 장법의
황제라 불리는 백상운이란 점이었다.

'외조부님의 장법과 무엇이 다른지, 일단 견식이나 해
볼까?'

송우문은 몸을 흔들흔들, 마치 풍랑에 표류하는 돛단배
처럼 하후진현의 장법을 피했다.

자칫 물길을 잘못타면 돛단배는 파도에 의해 조각이 나
거나 반대로 뒤집어져 침몰하고 말 것이다. 그와 마찬가지
로 송우문 역시 아슬아슬하게 하후진현의 장법을 피하는
모습이 극히 위태로워 보였다.

하후진현은 조금만 더 공격하면 재수 없는 녀석을 쓰러 뜨릴 수 있을 것이란 생각에 더욱 공세에 힘을 쏟았고 무비와 팽천호는 낮게 혀를 찼다.

'대체 무슨 속셈이야?'

하나 현유연은 송우문의 실력을 알고 있기에 알 수 있었다.

겉으로는 굉장히 위험해 보이나 송우문은 누구보다 여유롭게 피하고 있으며 그 눈빛이 또렷이 빛나고 있다는 것을 말이다.

송우문은 금사신장의 변화를 하나하나 살펴보며 즐거움을 느끼고 있었다.

강호일절로 소문난 장법이니만큼 거기에서 얻을 수 있는 무리도 상당했다.

'아하, 그렇군. 이 초식이 여기에서 갑자기 왼쪽으로 움직이는 이유는 상대가 자신의 의도대로 움직여서 결국 함정에 빠지게 만들게끔 하는 거구나. 즉, 뒤의 초식과 이 초식은 서로 연환된다고 볼 수 있겠군.'

무려 백여 초의 공격을 하후진현이 거듭했다.

그러면서 금사신장 전반부 초식을 두 번이나 되풀이해서 펼쳐야만 했다.

'근데, 이 자식 뭐야!'

하후진현은 무언가 틀어지고 있음을 본능적으로 깨달았

다.

그러자 짜증과 조급함, 분노가 동시에 치밀어 올랐다.

자신도 모르게 금사신장의 후반부 초식 중 첫 번째 초식을 펼치고 말았다.

그의 오른손이 밑으로 반원을 그리며 움직였다가 일순간 모인 내기를 터뜨리며 먹이를 낚아채는 뱀처럼 빠르고 유연하게 선회하며 날아갔다.

'호?!'

제법 뛰어나 보이기에 송우문은 내심 감탄했다.

'하지만 외조부의 장법에 비하면 아직도 한참 부족해!'

여태까지 펼치지 않고 있던 신행미종보를 펼쳤다.

스슷—

송우문의 신형이 흐릿해짐과 동시에 하후진현의 앞에서 송우문이 사라졌다.

"제법인데?"

바로 옆에서 송우문의 목소리가 들려오자 하후진현은 크게 놀라며 뒤로 물러났다.

곧이어 자신이 여태껏 놀림 당하고 있었음을 깨달을 수 있었다.

'내 공세에 밀려서 반격도 못하던 것이 아니라. 일부러 안 하던 것이란 거냐! 그 대단한 보법도 펼치지 않은 채, 날 곡예단의 원숭이처럼 만들고 말인가!'

대문파의 후기지수들만큼 자존심이 강한 자들이 또 어디 있으랴. 게다가 마음에 안 드는 수하들의 앞에서 이런 꼴을 당하니.

그의 분노가 폭발할 만도 했다.

얼굴이 시뻘게진 하후진현이 고함을 내질렀다.

"개새끼, 죽여 버리고 말겠다!"

결국 시정잡배처럼 욕설을 토해 낸 하후진현이 금사신장의 마지막 초식인 금사관암(金蛇貫巖)을 펼쳤다.

금사신장에서 가장 강력하지만, 또 가장 살기가 강해 여간해서는 잘 사용하지 않는 초식이었다.

그 모습을 보며 팽천호와 무비가 인상을 찡그렸다. 하후진현이 실수를 펼칠 줄은 몰랐기 때문이었다.

물론 송우문이 홀로 묵연당을 처리하는 걸 확인했다지만 그 정도는 팽천호나 무비 역시 충분히 가능한 일이었다. 하나 하후진현은 성격은 안 좋으나 어쨌든 풍검대주의 자리에 오를 정도로 실력이 있는 자였다.

게다가 여태껏 밀리고 있던 얼굴도 이름도 모르는 송우문이 저 공격을 제대로 막아 낼 수 있을 것이라 생각하지 않았다.

하후진현이야 직접 상대하며 송우문이 알고 보니 상당한 고수이며 자신을 여태껏 갖고 놀았음을 깨달았지만 옆에서 남일 보듯 지켜보던 그들은 아직도 제대로 알지 못하는 상태였다.

'쯧. 재밌는 녀석 같더니만 안 됐군.'

하지만 두 사람과 전혀 다른 생각을 하는 이가 있었으니, 바로 현유연이었다.

'흐흥, 풍검대주 하후진현. 여기서 크게 망신살이 뻗치겠는데?'

분명한 살수였다. 상대를 죽이고자 하는, 그걸 느낀 송우문이 눈빛을 싸늘하게 변했다.

'감히 날 죽이고자 한다 이거지. 좋아, 나도 장법을 보여 주지.'

내심 그렇게 중얼거리며 송우문은 광풍장을 사용했다.

"헛!"

가만히 있을 때는 몰랐다. 하나 움직이기 시작하자 송우문의 손바닥은 일진광풍을 일으키며 무엇이든 파괴할 듯 패도적이고 위맹하게 날아갔다.

깜짝 놀란 하후진현이 놀람의 소리를 낸 것도 잠시, 곧 그의 입에서는 비명이 터져 나왔다.

꽈아앙!

"으아악!"

살로 이루어진 사람의 손바닥이 부딪쳐서 났다고 믿기에는 힘든, 폭발음과 같은 굉음이 터지고 하후진현은 뒤로 부웅 떠올랐다가 땅바닥을 굴렀다.

주르륵.

내상을 입은 그의 입에서 피가 흘러내리고 그는 눈을 감은 채 더는 움직이지 못했다.

"기절했군."

"와! 귀찮아졌네. 우리가 업어가야 할 것 아냐."

자신들의 대주가 형편없이 당했건만 무비와 팽천호는 너무나 태연했다. 아니 오히려 속이 시원하다는 얼굴들을 하고 있었다.

송우문이 그들을 쳐다봤다.

"응? 아냐 아냐. 우리는 너랑 싸울 생각 없어. 그럼, 나중에 보자고 형씨."

그렇게 말하고 무비가 하후진현을 들쳐 업었다. 아무래도 팽천호보다 어린 것이 문제였다.

팽천호는 송우문을 싸늘한 눈빛으로 보다가 아주 희미하게, 잘 보이지도 않게 슬쩍 미소를 지었다.

"마음에 드는군. 처음에 나보다 아래라 생각했던 것을 사과한다. 언제고 다시 만나면 그 때는, 한 번 겨루어 보고 싶군."

그렇게 세 사람이 묵연당의 정문 앞에서 떠났다.

"흠."

이마를 살짝 긁적인 송우문은 문득 뒤를 돌아보고 아직도 담장 위에 걸터앉아 있던 현유연을 쳐다봤다.

"안녕하세요. 듣기로 제 동생과 거의 유일하게 친한 사매라고 하던데. 인사가 늦었네요, 전 송우문이라 해요."

물론 얼마 전까지는 송우영이 좋아하던 비여정도 친한 사매로서 존재했었으나 지금은 안타깝게도 아니었으니 송우문의 말이 맞았다.

동생과 친한 사람이기에 송우문은 최대한 밝게 웃으며 인사를 건넸다. 하지만 돌아오는 건.

"흥!"

냉랭한 콧방귀였다.

'엥? 내가 뭘 잘못한 게 있었나?'

아니 그런 건 없었다. 자신의 뒤를 미행해도 그냥 놔뒀고 지금도 최대한 밝게 웃으며 인사를 건네지 않았는가. 하지만 이미 송우문을 오해하고 있는 현유연으로서는 그 웃음이 가증스러울 뿐이었다.

'나쁜 자식! 날 그렇게 골탕 먹이고 저렇게 웃는다 이거지?'

현유연은 고개를 홱 돌리고 송우문을 쳐다보지 않았다.

'나와 대화도 하기 싫다는 건가? 에이, 몰라!'

동생의 친구이기에 친하게 지내야 하기는 하지만 그렇다고 자신의 자존심도 버려가며 더 말을 걸기도 싫었다.

송우문은 자신도 시원하게 현유연을 무시하고 운한을 향해 발걸음을 옮겼다.

아까 내가 골탕을 먹여서 미안하다. 뭐 이런 류의 이야기를 송우문이 할 줄 알았던 현유연이었지만 그 골탕은 현유연이 혼자 마음속으로 만들어 낸 것이었으니 송우문이 알 리가 없었다.

어쨌든 현유연은 또 부아가 치밀어 볼에 바람을 잔뜩 넣었다.

'망할 자식!'

작은 손으로 주먹을 꽉 쥔 현유연은 송우문을 또 따라가기 시작했다.

그리고 그것은 송우문도 느낄 수 있었다.

'뭐야? 아까는 날 그렇게 무시하더니.'

처음엔 걸었던 송우문은 도시를 나와 관도로 나오자마자 북풍신법을 펼쳐서 달려 나갔다.

"어? 어어? 야!"

송우문이 신법을 펼치면 현유연은 따라갈 수가 없다.

어느새 송우문의 모습이 점으로 변하여 사라지고 있었다.

괜히 분통 터진 현유연이 관도 위에서 빽 소리를 질렀다.

"야, 이 나쁜 놈아!"

그러자 주변을 지나가던 행인들이 깜짝 놀랐다.

생에 한 번도 마주쳐 보지 못한 예쁜 아가씨를 보고 넋

을 잃은 채 쳐다보고 있었는데 선녀가 얼굴을 있는 대로
일그러뜨리며 고함을 질렀다. 뭐, 그 모습 역시 예쁘긴 했
지만 그래도 놀랄 수밖에 없긴 했다.

소리를 친 후, 현유연이 주변 사람들의 시선을 의식하고
는 그들을 무섭게 노려보며 소리쳤다.

"뭘 봐!"

'이크.'

현유연의 허리에 달린 검을 보고 무림인이란 걸 안 행인
들은 얼른 시선을 딴 데로 돌렸다.

"아악, 열 받아! 송우문, 이 개자식아!"

오 일이란 시간이 후딱 지나갔다.

그사이 송대웅은 백진진과 함께 객점을 포함한 거의 모
든 가산을 깡그리 팔아 버렸다.

철검백가가 있는 곳은 안휘성. 광동성과는 매우 먼 거리
였고 그곳까지 이사를 하는데 짐을 바리바리 싸서 갈 수야
없었다.

근처 마방에서 사온 말에 가족이 모두 올라탔다.

가족들 중 말을 탈 줄 모르는 것은 오직 송우문뿐이었는
데 바보가 되기 전, 그 어렸을 때에도 사서오경(四書五經)
을 모두 떼었던 총명함과 무공을 익힘으로 얻은 놀라운 운
동신경에 의해 하루 만에 제법 능숙하게 탈 수 있게 된 상

태였다.

"가자, 우문아!"

"예, 아버지!"

마지막으로 송우문은 그간 정들었던 객점을 묘한 눈빛으로 쳐다보다가 먼저 출발하고 있던 가족들에게로 말을 몰아갔다.

운한을 빠져나왔을 때 송우영이 말했다.

"그럼, 가 보겠습니다. 먼 길, 조심해서 가세요."

떠나 있는 시간이 꽤 되었기 때문에 또 송우영은 정협맹으로 들어가서 활동하기로 했기 때문에 더는 가족과 함께 머무를 수가 없었다.

다른 가족들이 먼저 송우영과 인사를 나누었다.

"야. 어디 가서 맞고 다니지 말고 나중에 형 다시 볼 때까지 건강하게 있어. 알았지?"

"알았어, 형."

"가라, 그럼 이제."

마지막으로 한 번 더 인사를 하고 송우영은 저 멀리에서 기다리고 있던 현유연과 함께 화산파로 돌아가는 길을 나섰다.

"흥!"

물론 현유연은 송우문이 자신을 쳐다볼 때를 노려서 콧방귀 한 번 껴 주는 것도 잊지 않았다.

'대체 뭐야?!'

송우문은 그저 황당할 따름이었다.

조금 더 걸었을 때 그는 저 멀리 나무 밑에서 자신들을 기다리고 있는 낯익은 얼굴을 발견할 수 있었다.

"어?"

"안녕하세요."

바로 연미리와 조무재였다.

"왔구나."

백상운의 말에 연미리가 공손히 고개를 숙이며 말했다.

"예, 사부님."

"에엑?

그 말에 깜짝 놀란 송우문이 백상운을 쳐다봤다.

"사부라고요?"

"그래. 뭐 떫으냐? 내가 미리를 제자로 삼았다. 불만 있어?"

"아, 아니요. 그런 것은 없지만……."

백진진이 눈살을 살짝 찌푸리며 말했다.

"왜 또 생각 없이 행동을 하셨어요. 이렇게 하면 항렬이 대체 어떻게 되겠습니까?"

미리는 송우문에 비해 두 살이 어리다.

하나 백상운의 제자가 되니 만큼 항렬로 따지자면 송우문에 비해 한 단계 윗줄이 되며 송우문의 부모인 송대웅,

백진진과는 같은 항렬이라고 볼 수 있게 된다.

항렬로 인해 철검백가에서 골머리를 썩혔던 백진진이니만큼. 이런 것에 대해 민감할 수밖에 없었다. 그녀 역시, 철검백가에 있을 때 같은 나이 대의 이들에 비해 높은 위치에 있지 않았던가?

"뭐 어때. 가문의 녀석들이야 워낙 고루해서 그런 걸 다 따지지만. 우리끼리는 그러지 않으면 되지. 그냥 미리는 내 제자가 아니라 사손이라고 치면 되지. 미리야 너도 이제부터는 나를 그냥 사조라고 불러라."

그러니까.

중간 단계를 공란으로 치고 건너뛰자는 뜻이었다.

"정말이지. 어떻게 그 긴 시간이 지나도 하나도 안 변하셨습니까. 마음대로 하시지요. 마음대로."

백진진은 기분이 좀 상한 눈치였다.

"저 그럼. 앞으로 송 소협은 사형이라고 부르고. 송 소협의 부모님들께는 사숙과 사고라고 부르면 되는 것입니까 사조님?"

"껄껄! 그렇게 하면 되겠구나. 봐라, 이러면 문제가 없지 않느냐."

미리 역시 속으로 황당해하기는 마찬가지였으나 말없이 백상운의 말을 따랐다.

사실 미리가 여태까지 무공을 익히지 않았고 또 나이가

열여덟이나 되었음은 무공을 익히기에 결코 좋은 상태가
아니었다.

　이미 화기가 혈맥에 쌓여 막힐 대로 막힌 상태이니 가장
기본이라고 할 수 있는 내공을 제대로 쌓을 수가 없기에
기를 쓰고 배운다 해도 대성을 하기는 어려운 것이었다.

　하나, 그것은 무림의 일반적인 통념일 뿐, 장황 백상운
은 그것도 가볍게 뛰어넘고 손수 미리의 혈도에 쌓인 화기
를 제거하고 무공을 가르치기 시작했다.

　"하…… 참, 정말 인생을 편하게 사시는 분이란 말이야,
외조부님은. 대체 언제 또 대리상단주님과 만나서 제자로
까지 삼으셨다니."

　송우문이 절레절레 고개를 내저으며 말하자, 미리가 그
의 옆으로 다가와서 말했다.

　"아니에요. 아직도 대리상단주라 부르시면 안 되지요.
이젠 연 사매라고 불러 주세요."

　말을 끝내고 미리가 생긋 웃었다.

　면사를 쓰고 있지 않은 그녀기에 미소를 지으니 너무나
예뻐 보였다. 그저 순수하게 그 아름다움에 송우문이 미리
를 잠시 멍하니 쳐다봤다.

　그러자 미리의 얼굴이 살짝 붉어졌고 뒤늦게 자신의 실
수를 깨달은 송우문은 얼른 헛기침을 하며 말했다.

　"그, 그렇죠? 하하하. 그럼 앞으로 사매라고 부를게요."

"잠깐, 말도 낮추시고요. 세상에 사매에게 말을 높이는 사형이 어디 있겠어요?"

"아…… 그게."

'알았어, 사매.'

말해 보려고 했지만 입이 잘 떨어지지가 않았다. 결국 송우문이 머리를 긁적이며 말했다.

"아직 익숙하지가 않네요, 사매. 말을 놓는 것은 천천히 할게요."

"음……. 알겠어요. 그럼, 사형. 최대한 빨리 말을 놓아 주세요?"

"그렇게 할 수 있도록 노력할게요."

제대로 삐친 백진진이 가장 먼저 앞서서 말을 몰아갔고 그 뒤를 송대웅이 뒤따라가며 아내를 달래 주고자 노력하였다.

백상운은 그 뒤에서 콧노래를 흥얼거리며 한량처럼 갔고 그 뒤로는 송우문과 미리가 말머리를 나란히 하고 갔으며, 그 뒤로는 조무재가 미리를 멀찍이서 호위했다.

미리가 품에서 면사를 꺼내 얼굴에 썼다.

송우문이 그녀를 쳐다보자 미리는 장난스럽게 웃으며 말했다.

"얼굴이 너무 추해서, 사람들이 보면 놀라거든요. 그래서 밖에 있을 땐 이렇게 면사를 쓰고 있는 것이 습관이 되었어요."

그 말에 송우문이 피식 웃었다.

"정말 그렇다면 다른 여자들은 맨얼굴로 밖에 나가도 안 되겠군요. 다른 사람들이 얼굴을 보기만 해도 심장마비를 일으켜 급사할지도 모르니까요."

송우문의 대답에 미리도 밝게 웃었다.

갑자기 생긴 사매도 함께하는 여행, 그다지 심심하지는 않을 것 같아서 다행이었다.

"아 근데. 사매는 연가상단은 어쩌고 우리를 따라가는 거예요?"

"연가상단이 어디 남아 있긴 한가요! 장원과 그나마 남아 있던 가산들을 정리해. 그중의 반을 마지막까지 남아 준 사람들에게 나눠 주고 저희는 사조님을 따라 철검백가가 있는 안휘성 합비(合肥)에 가기로 했어요. 도착해서 어떻게 하실 것인가는 아직 사조님으로부터 아무 말도 못 들었지만 말이에요."

말이 걷는 반동을 느끼며 송우문은 미리의 옆모습을 흘 끗 봤다.

'그래도 다행이구나. 부친을 잃어버린 슬픔을 이제는 많이 이겨 낸 모습이야. 뭐…… 아직도 속에는 남아 있겠지만 말이야.'

"자! 어디 한 번 달려 볼까?"

장황의 외침이 들리고 그가 갑자기 말을 달리게 했다.

"뭐하는 거예요!"

자신의 앞으로 백상운이 쏜살같이 내달리자. 어쩔 수 없이 백진진도 말을 달렸다.

곧이어 다른 이들도 모두 백상운을 따라 질주하기 시작하였다.

말을 달리며 얼굴에 닿는 바람이 마음에 들었다. 송우문은 끊임없이 말을 채근하여 미리와 부모님을 추월하고 백상운의 옆에까지 당도하였다.

"어쭈? 이 건방진 손자! 다음 마을까지 누가 먼저 당도하나 내기다!"

"좋습니다!"

처음엔 비슷하다가 송우문이 말을 타는 기술이 빠르게 늘어남에 따라 점차 백상운이 뒤로 밀리는 듯했다.

하나, 백상운이 자신의 내력을 말에게 불어 넣으니 상황이 완전히 바뀌었다.

"이건 반칙이잖아요!"

"그럼 너도 하던가, 임마!"

"내공 싸움으로 가면 제가 어찌 이기겠습니까!"

"꼬우면 네가 먼저 태어나던가!"

"으윽!"

하루, 이틀, 사흘……. 시간이 계속하여 지나고 그들은 길을 재촉하여 강서성을 지나 안휘성의 경계에까지 당도하였다.

많이 지친 말 때문에 휴식을 좀 길게 취하기로 하고 그들은 점심때에 안경(安慶)이라는 제법 큰 도시로 들어갔다.

오랜만의 휴식에 객점을 잡아서 다들 쉬고 있을 때 송대웅은 가족과 떨어져 나와서 홀로 다른 주루에 가 술을 마시고 있었다.

"캬! 죽이는 구나 진짜. 이 맛으로 술을 마시는 거지. 아이고 좋아라~"

본래 말술이었던 그였다. 객점 일을 할 때는 그리 자주 마시지는 못하였으나 누구보다 술을 좋아하고 간혹 가다 날을 잡아서 밤새도록 술을 마셨던 그였다.

먼지를 뒤집어쓰며 말을 달려 여기까지 왔으니, 술 한잔이 생각날 만도 했다.

마침 백상운이 오늘은 미리를 중점적으로 가르쳐 줘야겠다고 송대웅에게 하루의 자유시간을 주겠다 하였으니, 안경에 들어오며 눈여겨봤던 이곳에 달려온 것은 당연지사였다.

한참동안 자음자작하며 즐기고 있는데 열다섯쯤 되어 보이는 소녀가 꽃을 한 아름 가지고 들어왔다.

"꽃 사세요~ 아저씨. 꽃 좀 사 주세요."

어느 마을에나 흔한 꽃 파는 소녀였다.

작은 마을인 운한에는 없었지만 가끔 다른 지역에서 와서 송우문의 객점에 오는 아이들도 있었다.

대부분은 고아이거나 집안 형편이 굉장히 좋지 않은 아이들이다. 마음이 약한 편인 송대웅은 저런 아이들을 볼 때마다 가슴이 찡했다.

송대웅 역시 어릴 적에 고아로 지내며 여기저기에서 멸시와 천대를 받고 구걸을 하며 연명하지 않았던가?

'자. 어서 돌고 나에게 오려므나. 내가 한 송이가 아니라 열 송이도 사 줄 테니.'

한데 그때, 송대웅의 바람을 깨뜨리는 이들이 주루로 들어왔다.

"방금 여기로 들어왔지?"

"저기 있습니다, 형님!"

번들거리는 대머리에 여섯 개의 계인을 박은 놈과 그 수하로 보이는 족제비처럼 생긴 녀석이었다.

그들이 위협스러운 표정을 지으며 소녀에게 걸어갔다.

"누, 누구세요……?"

"뭐? 누구? 네 기둥서방님이시다. 이년아!"

"낄낄낄낄."

"왜 그러세요, 이러지 마세요."

대머리 녀석이 옆에 있던 탁자를 주먹으로 내리쳤다.

"꺄악!"

"어이쿠!"

소녀가 비명을 지르고 그 탁자에 앉아 있던 중년인이 벌떡 일어나서 도망갔다.

"야 이년아! 우리 동네에서 장사를 하려면 먼저 나한테 허가를 받아야 할 것 아냐! 상도덕도 없는 년 같으니라고. 얼마나 벌었어?"

대머리 녀석은 소녀가 덜덜 떨며 품에 가지고 있던 자그마한 전낭을 낚아챘다.

"잉? 이게 뭐야. 한 냥도 안 되잖아. 에이씨. 야, 이걸로 보호비가 되겠어? 앙?"

대머리가 소녀의 팔을 우악스럽게 낚아챘다.

"죄, 죄송합니다. 처음이라 몰랐어요, 용서해 주세요……."

"뭐! 용서라고! 용서!"

대머리는 주루가 떠나가 버릴 듯 큰 고함을 내질렀다. 겁을 잔뜩 먹은 소녀는 그때마다 몸을 움찔움찔 거렸고 음식을 먹던 사람들이 하나둘 도망쳤다.

'저 새끼들이!'

송대웅도 소싯적엔 싸움도 많이 하고 성격이 불같았었다. 나중에야 부양할 가족이 생기고 객점 주인이 되어 살아가며 화를 많이 참아야 했지만 말이다.

하지만 지금은 자신을 제외한 가족들이 모두 무공의 고수에 장인은 그 이름도 무시무시한 장황이란 것도 알았고, 더는 객점 주인도 아닌 입장이었다. 한창 때와 같은 성격이 나올 법했다.

더구나! 소녀가 당하는 모습과 어릴 적에 자신이 마을 파락호들에게 당하던 것과 똑같아 보이지 않는가!

"잠깐 형님. 헤헤, 오랜만에 어린년 속살이나 보는 것도…… 헤헤."

"그래 그것도 괜찮겠구나. 흐흐, 어떠냐. 보호비를 안 받는 대신에……."

그때 대머리가 소녀를 잡고 있던 팔로 무언가가 날아왔다.

"뭐야 이건!"

의외로 재빠른 몸놀림의 대머리가 그것을 다른 쪽 팔로 쳐 냈다.

날아온 것은 바로 젓가락이었다.

"얼레?"

송대웅은 젓가락을 날려서 대머리가 알아차리지도 못할 때에 멋있게 팔을 관통시킬 생각이었다.

"왜 안 됐지? 에이씨."

멋있게 등장하려고 했는데 그게 안 됐다.

"이 무지렁뱅이 아저씨가 죽고 싶어 환장을 했나!"

그러자 송대웅의 눈에 불똥이 튀었다.

"뭐? 무지렁뱅이? 너 지금 말 다 했냐!"

"그래 말 다했다. 죽어 봐라 이 자식아!"

서로 누가 목소리 크나 대회라도 하듯, 마주 보며 고함을 질러 댄 두 사람이 동시에 달려들었다.

대머리의 주먹이 날아오자. 송대웅은 피하지 않고 자신도 주먹을 내질렀다.

두 주먹이 서로 맞부딪쳤다.

"으악!"

대머리는 주먹 끝에서부터 팔꿈치, 어깨 그리고 전신에 이르기까지 충격으로 부르르 떨림을 느꼈다.

대머리가 견디지 못하고 뒤로 쿵쿵 밀려났을 때, 송대웅이 뒤따라가 다시 한 번 주먹을 휘둘렀다.

뻐억!

"아이고야!"

구수한 비명을 내지르며 대머리는 복부를 얻어맞고 바닥을 나뒹굴었다.

"이 나쁜 놈의 자식들!"

송대웅은 겁을 집어먹고 있던 쥐상의 사내의 배도 발로 걷어찼다.

순식간에 두 사람을 쓰러뜨린 송대웅은 씩씩거리다가

문득 구석에서 덜덜 떨며 있던 소녀에게로 걸어갔다.

"쿵. 이것 받아라."

"예, 예?"

송대웅이 소녀에게 건넨 것은 객점을 팔고 남은 돈 중의 일부였다.

"왜 저한테……!"

"그냥. 나한테는 별로 필요 없을 것 같거든. 좋은 처가를 만나서 말이야 하하. 고맙다고는 안 해도 된다. 행복하게 지내라."

저 돈이 있으면 소녀도 더 이상은 꽃 파는 일을 안 해도 될 것이었다.

"자, 어서 가라!"

소녀가 떠나고 송대웅은 쿵하는 소리를 한 번 더 내더니 기절한 듯 움직이지 못하고 있는 녀석들에게 침을 한 차례 뱉었다.

"카악~ 퉤! 나쁜 놈들 같으니라고."

바로 그때.

"무슨 일이에요. 여보."

백진진이 나타났다.

"아, 아무것도 아니야. 하하, 돌아가자고."

탐탁지 않은 눈빛으로 남편을 쳐다보며 백진진은 안절부절 못하는 주루의 주인에게 돈을 건네고 송대웅과 함께 그들이 묵고 있는 객점으로 향했다.

송대웅이 시야에서 사라졌을 때, 대머리가 눈을 번쩍 떴다.

"야, 갔어. 죽은 척 그만하고 일어나!"

"예, 예 형님!"

"개새끼. 감히 이 안정에서 나를 건드려? 독사의 무서움을 보여 주마!"

"어, 어떻게 하시게요? 저놈 세잖아요."

"힘만 센 멍청이를 상대할 땐 머리를 써야지! 아까 저 계집이 부인이라고 했잖아. 기회를 봐서 잡은 다음에 인질로 삼으면 돼!"

"아하! 저놈들 외지인인 것 같은데. 얼른 따라가서 묵고 있는 객점이 어딘지 확인하겠습니다. 형님."

"그래, 어서 가라. 난 애들을 모으마."

"예 형님!"

제5화

철검백가로 가는 길에

　독사는 자신의 패거리를 전부 불러 모은 뒤, 송대웅의
가족이 묵고 있는 객점 앞에 숨어 있었다.
　아는 형님께 도움을 요청할까 생각도 하였지만 그럴 것
까지야 없어 보였다. 송대웅은 그냥 전형적으로 힘만 센
멍청이처럼 보였으니까.
　"저기, 저기 나옵니다요!"
　독사의 오른팔, 쥐새끼가 앞을 가리켰다.
　백진진이 옷을 사기 위해 홀로 객점을 나서는 모습이 보
였다.
　"와, 근데 지금 보니. 저 여자도 엄청 예쁜데요? 저렇게
예쁜 사람은 처음 보는 것 같아요 형님."

쥐새끼의 입에서 침이 질질 나올 것 같다. 그리고 그건 대머리도 마찬가지였다.

"그 빌어먹을 무지렁뱅이의 부인이 저런 미녀라니! 세상 참 불공평하군. 젠장, 더 열 받는구나."

"헤헤. 그놈을 처치하고 형님 마누라 삼으면 되죠."

"크흐흐, 안 그래도 그럴 작정이다."

내상이 낫아 점점 혈색이 돌아오고 무공을 되찾아 가며 백진진은 본래의 미색이 조금씩 살아나는 중이었다.

"어서 가죠, 형님!"

"그래. 따라가다가 덮치자!"

처음엔 옷을 사기 위해 시장으로 향하던 백진진은 갑자기 방향을 바꾸어 으슥한 골목 방향으로 들어갔다.

"으헤헤. 저년이 알아서 가주는뎁쇼?"

"일이 편하게 되었구나!"

그녀가 골목으로 들어간 것을 보고 독사는 십여 명의 패거리들을 이끌고 뛰어 들어갔다.

"으하하, 이년아! 독사님이 왔다."

당당하게 외치며 들어갔는데 갑자기 눈앞에 뭔가 희끄무레한 것이 번쩍였다.

"으아악!"

독사가 코피를 뿌리며 뒷걸음질 쳤다.

"뭐, 뭐야?"

어두운 골목에 백진진이 싸늘한 눈빛으로 서서 그들을 쳐다보고 있었다.

"이 개 같은 년이! 감히 어르신의 코를 때려!"

"어디에서 어쭙잖은 권각술 몇 개 배웠나 보구나. 애들아, 쳐라!"

독사의 졸개들이 백진진을 향해 달려들었다. 비록 독사가 갑자기 얻어맞아 코피를 흘리고 있다지만 그건 독사가 방심해서 그런 것이라 생각할 뿐, 저런 가냘픈 여자를 두려워하지는 않았다.

하나, 강호에 어린아이와 여자, 노인을 조심하란 말이 괜히 있는 것은 아니란 것. 그것을 독사 패거리는 뒤늦게 깨달아야 했다.

발이 어떻게 움직이는지도 모르겠다. 치마가 한 번 펄럭일 때마다 독사의 패거리들은 비명을 내지르며 나뒹굴었다.

"주제도 모르는 것들."

마지막 한마디와 함께 백진진이 독사의 중요 부위를 걸어찼다.

"끄어어억!"

끔찍한 비명 소리와 함께 독사가 입에 거품을 물고 쓰러졌다.

그녀가 고운 눈썹을 살짝 찡그리며 몸 여기저기를 툭툭

털었다.

"어머니, 옷은 사셨어요?"

객점 안에 있었지만 송우문은 객점 앞에서 독사 패거리
가 잠복하고 있는 것을 알고 있었다. 그리고 그들이 백진
진을 노리고 따라가는 것도 알았지만 워낙 형편없어 보이
기에 걱정은 하지 않았다. 백진진은 무공을 빠르게 되찾고
있던 중이었으니 말이다.

"아직 안 샀다. 어미는 사고 돌아가야겠구나. 너는 왜
나왔느냐?"

"그냥 바람이나 좀 쐴까 해서 나왔어요."

"그렇구나. 그럼 더 있다가 돌아오렴. 어미는 옷을 사고
돌아가겠다."

"예."

백진진이 떠나고 송우문은 독사 패거리들을 보며 낮게
혀를 찼다.

"쯧쯧. 멍청한 놈들."

그마저 떠나고 다리를 얻어맞아 퉁퉁 부어오른 쥐새끼
가 엉금엉금 독사에게 기어갔다.

"혀, 형님. 괜찮으십니까?"

"마, 마, 마마마, 말 시키지 마……."

정말 죽는 게 나을 것 같은 고통이었다. 그리고 중요한
것이 깨졌으면 어떡하나 하는 크나큰 걱정.

독사는 무려 일다향 동안이나 끙끙거리다가 겨우 부축을 받아 일어났다.

"개, 개 같은 놈들……. 감히 나 독사를 이렇게……. 내가 왜 독사인데 내가 얼마나 독한 놈인지 제대로 알려 줘야겠어. 개새끼들……."

마지막에 새파랗게 어린놈이 자신을 보며 혀를 차던 것이 떠올랐다.

'젖비린내 나는 애송이 새끼가!'

옆에서 쥐새끼가 조심스러워하며 말했다.

"혀, 형님. 괜히 더 건드리지 말고 여기서 그냥 놔두면 안 될까요? 어차피 지나가는 놈들이라 내일이면 없어질 텐데……."

"시끄러! 독기 하나로 여기까지 온 게 나야. 저 새끼들 다 골로 보내기 전에는 포기 안 해. 안 되겠다. 광력귀(狂力鬼) 형님을 만나야겠어."

"헉! 정말로요? 일이 너무 커지는 거 아니에요?"

"시끄러워!"

"찾았답니다, 형님!"

"그래? 갑시다, 광력귀 형님."

"야 이럴 필요 있냐? 그냥 바로 객점으로 가서 깨부수면 되지, 무슨 인질까지 잡아."

"광력귀 형님의 실력을 모르는 건 아니지만, 그래도 확실하게 해야죠. 그 연놈들이 제법 강하니. 우선 자식 놈을 인질로 삼은 다음에 처리해 버립시다."

졸개의 인도에 따라 독사는 광력귀의 부하 오십여 명과 함께 안위성 근처의 공터로 향했다. 달려가면서 광력귀는 중요한 부위에서 계속하여 느껴지는 고통에 복수심을 더욱 키워갔다.

송우문은 거기에 홀로 서서 수풀과 바람의 움직임을 보고 느끼며 심상 수련을 하고 있었다. 방 안에서 하는 것과 이렇게 밖에서 하는 것과는 또 다른 면이 있기 때문이었다.

"이 대가리에 피도 안 마른 새끼야! 아까 날 보며 멍청하다고 했겠다!"

독사가 그렇게 외치며 광력귀와 함께 나타났다.

"귀찮게……."

송우문이 낮게 중얼거렸다.

그 목소리를 들은 광력귀가 눈을 부릅떴다.

"뭐? 괜찮아? 독사의 말대로 아주 미친 집구석인가 보구나! 애들아, 발라 버려!"

"예, 형님!"

"정말이지. 아버지는 왜 또 사고를 쳐서 귀찮게 하는 거야."

그 말이 끝날 때, 송우문은 몸을 움직였다.

그리 빠르게 또 세게 손과 발을 놀리는 것도 아닌데 그의 공격을 맞을 때마다 광력귀의 수하들은 피를 뿌리고 뼈가 부러지고 기절을 했다.

잠시 후, 송우문이 가볍게 손을 털고 떠난 자리.

광력귀와 독사, 쥐새끼를 비롯한 모든 이들은 두 다리로 서 있지 못하고 애기처럼 네 다리로 기었다.

"도, 독사 이 개새끼야! 고수였잖아. 씨불 놈아."

"에, 에이씨. 낸들 저리 고수인지 어떻게 알았소."

"아니 무슨 저 개 같은 집구석은 대체 어떻게 된 곳이야!"

송우문을 상대하며 깨달았다.

그가 진정 무림고수란 사실을 말이다. 자신들 같은 어중이떠중이는 아니었다.

'빌어먹을! 하필이면 저딴 개 같은 가족이랑 만나서.'

하지만 여기서 포기할 순 없었다.

자신은 독기 하나로 안위에서 성공한 독사니까!

"광력귀 형님! 적호단(赤狐團)의 왕패과 호형호제하는 사이시죠?"

"뭐, 너 설마 그놈들을 끌어들이려고? 임마! 개네들은 진짜 흉악한 놈들이야."

"뭐 어때요! 저 새끼들을 조지지 않으면 내가 분통이 터져서 죽을 것 같은데."

적호단은 이 근방에서 악명을 떨치는 비적단이었다.

한 마을을 덮치면 개새끼 하나 남기지 않고 도륙하는 것으로 유명했다. 여우 호(狐) 자가 붙은 단의 이름처럼 영악하기 그지없어서 관부에서도 잡지 못한지가 벌써 몇 년이었다.

적호단은 모두 백여 명 가량이었다.

그들은 안위 근처의 수풀에 숨어 송우문 일가가 나오기를 기다렸다.

진득한 살기.

독사는 아직 피도 안 봤는데 피비린내가 나는 듯했다. 독기로 평생을 살아왔다 자부하는 그였지만 이렇게 적호단의 비적단 사이에 껴 있으니 너무나 위축되었다.

'이, 이 새끼들은 진짜 장난 아니구나. 대체 몇 명이나 죽였기에 이렇게 살벌할까.'

"어이, 너. 그래…… 독사라 했던가? 이리 와봐."

적호단주 왕패가 독사를 불렀다.

"예, 예."

"여기는 남궁세가(南宮世家)의 영향력이 조금이라도 존재하는 곳이라. 여간해서는 이쪽으로 안 온단 말이야. 네 말대로…… 그 계집이 정말 예쁘지 않으면 네 목도 따

주지. 알겠어?"

왕패가 침을 꼴깍 삼키며 대답했다.

"거, 걱정 마시오. 내 평생 처음 보는 미인이었으니까. 분명 만족하실 거요."

"단주님! 이놈이 근처를 지나다가 우리를 보고 도망쳤습니다."

붙잡혀 온 것은 삼십 대 중반의 촌부였다.

자신을 쳐다보는 비적들의 눈빛 속에서 그가 덜덜 떨며 말했다.

"사, 살려 주십시오. 여러분이 여기 계시다는 것은 절대 누구에게도 말하지 않겠습니다."

하지만 왕패가 그런 말에 자비를 베풀 리 없었다.

"죽여."

적호단이 여태껏 관부에 잡히지 않았던 것은 이렇듯 모든 목격자를 누구든 가리지 않고 죽여 왔기에 가능한 것이었다.

"히이이익!"

그 목소리에 촌부가 눈을 질끈 감았을 때, 갑자기 새로운 목소리가 들려왔다.

"얼레? 여기서 다들 뭐하시는 건가?"

건들거리는 목소리였다.

왕패는 갑자기 나타난, 눈부신 백의를 입은 삼십 대 남자를 쳐다봤다.

"넌 뭐하는 새끼냐?"

"나? 하하. 그냥 지나가던 새끼야. 너희는 뭐하는 새끼세요?"

그러자 적호단원들의 눈에서 불똥이 튀었다.

왕패의 오른팔, 추혼귀사(追魂鬼射)가 눈알을 부라렸다.

"이 미친 새끼가 어디서 그딴 말버릇을! 죽여 버리겠다."

추혼귀사가 재빠른 움직임으로 화살을 꺼내 시위를 당기려 할 때 왕패가 손을 들어서 말렸다.

그리고 천천히 눈부신 백의의 남자, 백상운을 살펴봤다.

"근데 너희들. 뭐 주워 먹을 게 있다고 여기까지 왔어? 야 너. 여기 뭐하러 온 거야?"

백상운이 물어본 대상은 독사였다.

'미친 새끼라 외치려고 했다, 한데 백상운의 웃고 있는 눈동자를 본 순간 그럴 수가 없었다. 어? 하면서도 사실대로 말했다.

"이, 이상하게 덩치가 크고 힘이 센 무지렁이와 그 가족들을 죽이기 위해 기다리고 있다."

왕패가 저 새끼는 뭔데 저리 친절해? 하는 눈빛으로 독사를 노려봤다.

"아! 그래? 흠…… 덩치가 크고 힘이 센 무지렁이라. 왠지 그거, 내가 아는 사람 같은데?"

그 사이 왕패가 백상운에 대한 탐색을 끝냈다. 아무리 봐도, 자신보다 강할 것처럼 느껴지지는 않았다.

그가 짧게 명령했다.

"죽여."

한데 거기에 대답한 건 부하들이 아니라 백상운이었다.

"응? 죽이라고? 알았어. 안 그래도 죽일 생각이었는데, 하하하."

말이 끝난 순간.

백상운이 장난치듯 손을 휘둘러 일장을 펼쳤다.

왕패의 눈이 부릅떠졌다.

상상할 수 없는 거대한 경력을 담은 장풍이 땅을 뒤집으며 날아왔다.

"피, 피해라!"

말을 함과 동시에 왕패는 내공을 십이성까지 끌어 올려서 육체적으로는 젖 먹던 힘까지 모두 끌어 모아서 피했다.

"우아아악!"

겨우 장풍을 피하고 나서 왕패는 자신의 눈을 의심할 수밖에 없었다.

자신의 부하들이 절반으로 사라져 있었다.

보이는 것은 그저 잘라진 팔다리의 파편과 핏물뿐이었다.

한 사람이, 단 한 번의 공격으로 오십 명을 격살한다? 왕패는 한 번도 그러한 무공을 생각해 본 적 없었다. 아니, 그런 사람이 있을 것이라 생각해 본 적도 없었다.

아. '혹시 그들이라면?' 하고 생각한 이들이 있기는 하다.

"설마……."

왕패가 차마 생각한 것을 입 밖으로 내뱉지 못할 때, 독사 역시 혼백이 완전히 나가 버렸다.

"사, 사람이 아니야. 사람이 어찌 저런 위력을……."

그때 재수 없게 끌려 왔던 촌부가 비명을 지르며 도망가고 독사에게는 어느 정도 낯익은 한 사람이 장내로 걸어왔다.

'저놈은!'

바로 송우문이었다.

인상을 찡그리며 걸어온 그가 백상운을 보며 말했다.

"외조부님, 여기로 먼저 오셨던 거예요? 그럴 필요까지는 없으셨는데."

수많은 사람이 죽는 것을 보았지만 딱히 충격을 받았거나 한 모습은 아니었다.

외조부가 죽일 이들이었다면, 분명 그만한 이유가 있었

을 터였다.

그리고 독사는 송우문의 '외조부' 라는 단어에 머리가 핑핑 돌고 황당함에 미쳐 버릴 것만 같았다.

"야, 야 이 개 같은! 대체 뭐하는 집구석이야!"

그러자 백상운과 송우문이 똑같이 독사를 쳐다보며 씩 웃었다.

"나도 몰라. 그냥 받아들여."

"빌어먹을 집구석!"

송대웅이란 무지렁뱅이를 봤다. 그래서 자신을 방해하기에 혼 좀 내 주려고 했다.

몇 대 얻어터졌다. 그래서 그 부인을 인질로 잡아 복수하려고 했다.

그런데 웬걸? 이쁘장하고 가냘퍼 보이던 그 여자가 알고 보니 남편보다 더 셌었다.

그래도 포기할 수가 없어서 자신을 보고 비웃었던, 새파랗게 어린놈들의 자식을 붙잡으려고 했다. 그런데 그 자식도 고수였다.

……결국. 악명이 자자한 비적단까지 끌어들였다. 근데 난데없이 나타난 자신과 비슷한 나이대의 삼십 대 놈이 한 번에 오십여 명을 죽여 버렸다.

근데 말이다.

그 말도 안 되는 인간도 그 가족의 일원이란다. 거기다.

왜 외조부라면서 저놈은 고작 삼십 대로 보이는 젊은 나이냐는 말이다.

이런 망할 집구석! 가족이 전부 괴물인 듯하다.

"쩝. 흑우방을 세운 색황(色皇) 그자식 때문에 더러운 흑도 놈들이 너무 많아졌단 말이야. 산적에 비적에 수적에 마적에… 아니 이것들은 내 평생 죽인 놈만 몇 놈인지 모르겠는데. 아무리 죽여도 또 새로 생겨, 쥐보다 번식력이 더 강한가?"

백상운이 혀를 차며 고개를 내젓고 송우문에게 말했다.

"저 비적 놈들은 다 죽여라. 몸에서 풍기는 혈향과 살기를 보아하니. 각자 한 명당 두 자리 수의 백성을 살해한 놈들이구나. 살아 있을 가치가 없는 것들이다. 죄책감 느낄 필요 없이 모두 죽여라."

"예, 외조부님."

송우문이 검을 빼들고 비적들에게 걸어갔다.

"야 너희들, 내 손자를 이길 수 있으면 살려 주마. 그러니까 지금처럼 쫄아 있지 말고 전력으로 싸워 봐."

이미 백상운이 펼쳐 낸 천외천의 무공을 본 후의 상태.

좌절을 느끼고 있었던 비적들의 눈에 독기가 감돌았다.

"아, 참. 귀찮게 또 왜 그러세요."

"욘석아. 넌 실전 경험이 부족해."

그때 왕패가 소리쳤다.

"저놈을 죽여! 그럼 살 수 있다!"

물론, 정말로 죽일 경우 송우문의 외조부라는 백상운이 그들을 용서해 줄까 하는 마음이 있긴 했으나. 어쨌든 모 아니면 도라는 생각에 비적들은 필사적으로 덤볐다.

"뭐. 내가 외조부님보다 좀 못한 것은 사실이지만 말이 야. 그래도… 너희가 희망을 가질 상대는 아닌데 말이야."

송우문의 신형이 흐릿해졌다.

쉬이익— 퍽!

한 비적이 목에서 피를 뿌리며 쓰러진다.

그와 거의 동시, 송우문의 앞과 뒤에 있던 이들도 가슴 이 함몰되어 피를 뿌렸다.

비적들의 눈에는 송우문이 어찌 움직이는지 제대로 보 이지도 않는다.

왕패가 달려들었지만 그리고 별수 없었다. 비적들 사이 에 껴서 연신 화살을 날려 대던 추혼귀사도 자신이 쏘았던 송우문을 잡아내고 던진 수전(手箭)에 이마가 꿰뚫렸다.

잠시 후, 송우문이 검을 허공에 휘둘러 핏물을 떨쳐내고 검집에 넣었다.

허탈한 백상운의 목소리가 들린다.

"쿵. 딱히 실전 경험을 쌓기에도 부족한 녀석들이었나 보군. 괴물 같은 녀석……. 그 나이에 대체 얼마나 높은 경 지까지 올라온 것이냐."

송우문의 표정은 별로 변하지 않았다.

사람을 많이 죽이기는 했으나 외조부의 말처럼 죽어도 싼 사람들이었다. 이들이 살아 있었다면 더 수많은 선량한 이들이 목숨을 잃었으리라.

그의 고향, 운한도 비적 떼의 습격을 받은 적이 있었다. 물론 오십 년 전으로 꽤나 오래전이긴 하지만, 그때 수많은 사람들이, 어린 아이들까지 참혹하게 살해당하고 많은 부녀자들이 비적 떼에게 잡혀가서 노리갯감이 되었다는 것은 들어서 알고 있었다.

그러니만큼 비적들을 죽인 것에 죄책감은 전혀 없었다.

뭐, 사실 살아 있는 생명을 끊었다는 것에 느낌이 묘해지는 것은 있었지만 말이다.

"가자꾸나. 네 아비와 진진이에게 이런 광경을 보여 줄 필요야 없지."

"예, 외조부님."

백상운이 먼저 송대웅과 백진진이 뒤늦게 출발하고 있던 객점으로 향하고 송우문은 독사의 앞으로 걸어갔다.

독사는 가슴에 피가 흥건한 채로 바닥에 누워 눈을 감고 있었다.

툭.

"야 일어나."

하지만 독사는 이미 죽은 듯. 아무 움직임이 없었다.

툭툭.

"빨리 일어나."

그래도 미동도 없다.

"후. 정말 귀찮게 하네. 이 녀석 정말 죽었나? 어디. 찔러서 확인해 볼까?"

그렇게 말한 순간, 독사가 벌떡 일어나 무릎을 꿇고 머리를 바닥에 쾅쾅 찧었다.

"살려 주십시오, 소협! 아니 대협! 제가 귀인을 몰라 뵙고 미친 짓을 했었습니다."

"에휴. 야, 다른 놈들도 일어나."

그러자 독사 패거리와 광력귀가 시체 흉내를 하다가 벌떡 일어나서 오체투지를 했다.

"살려 주십시오!"

"내가 너희들은 죽을 놈이 아니라. 손속에 사정을 두고 베지도 않았었는데 어떻게 니네들이 죽을 수가 있겠냐."

송우문이 딱한 눈빛으로 그들을 보며 말할 때, 독사가 갑자기 자신의 뺨을 손바닥으로 치며 소리쳤다.

"제가 잘못했습니다! 부디 목숨만 살려 주십시오! 야, 쥐새끼! 어서 날 때려. 날 매우 쳐라!"

"예, 예?"

"어서 치라고 이 자식아!"

"옛!"

독기만으로 안위성에서 성공한 독사가.

쥐새끼라고 놀림 받는 부하에 의해 마구 맞기 시작했다.

'독사 이 새끼!'

독사에게 당해 온 지난 날 때문일까? 쥐새끼의 눈빛이 어느새 살벌해졌다.

'쥐새끼 이, 이 놈. 진짜로 때리고 있잖아! 망할 녀석이.'

두 사람이 벌이는 아주 기묘한 연출을 보다가 송우문이 심드렁하게 물었다.

"살고 싶냐?"

"옙!"

"헤헤…… 세상에 죽고 싶은 사람이 또 어디 있겠습니까."

양 볼이 퉁퉁 부은 독사가 소리치고 쥐새끼는 손을 비비며 간사하게 웃었다.

빽!

"아이쿠."

"내 앞에서 간사하게 웃지 마."

"옛!"

주먹에 얻어맞은 머리를 부여잡으며 쥐새끼가 대답했다.

송우문은 독사와 쥐새끼, 광력귀를 차례로 손가락질하

며 말했다.

"너하고 너! 그리고 너. 살고 싶으면 나를 따라와. 우리가 안휘까지 가는데. 데리고 가면서 너희의 악한 마음을 내가 손수 갱생시켜 줘야겠다."

"예?"

"예에? 너희들 다 내 앞으로 와 봐. 나머지는 당장 꺼져!"

"네!"

수하들이 신나하며 걸음이 나살려라 도망가는 것을 보며 독사와 광력귀는 큰 배신감을 느꼈다.

'나쁜 자식들. 살아도 같이 살고 죽어도 같이 죽자는 건 언제고!'

뚜둑.

갑자기 송우문이 주먹에서 소리를 냈다.

'왜, 왜 그러지?'

불안한 눈빛으로 독사와 광력귀, 쥐새끼가 송우문을 쳐다봤다.

"그렇게 맞아도 정신을 못 차리고 결국엔 비적단까지 끌어들였다 이거지. 너희들의 그 썩은 정신을 지금부터 개조시켜 주마."

'뭐?'

퍼퍼퍼퍽!

송우문의 주먹에서 폭우권이 쏟아져 나왔다.

그 이름만큼 주먹들이 정말 수도 없이 발출되어 세 사람을 동시에 후드려 팼다.

"으악!"

"어이쿠!"

정말 끝장나게 아팠다.

어떻게 때리는 것인지 평생 이렇게 아픈 적은 없었던 것 같았다.

물론, 일전에 백진진에 의해 중요부를 격타당했던 독사는 그나마 그때보단 덜 아프구나 했지만 '그나마' 인 것이지, 안 아픈 건 절대 아니다.

"그, 그만 때, 때리세요!"

"시끄러. 입 열면 백 대 추가야."

수도 없이 맞으며 광력귀는 속으로 이를 갈았다.

'이게 다 독사 저 새끼 때문이야! 그러니까 그 꽃 파는 계집애는 왜 건드려서!'

송우문의 의견에 따라 안위에서 마차를 하나 샀다.

그래서 백상운과 송대웅, 백진진, 송우문, 미리는 마차를 타고 쾌적하게 여정을 즐겼고. 조무재는 자신의 의사로 밖에서 말을 타고 갔다.

마부는 바로 쥐새끼였다.

그리고 조무재의 뒤를 졸랑졸랑 따라가며 솥과 이불 등을 한보따리 사서 따라가는 건 광력귀와 독사였다.

충실한 하인이 생겼다는 말에 백진진과 송대웅이 각기 이불과 요리도구를 사서 맡긴 것이었다.

상대적으로 쥐새끼가 힘이 부족하기에 그를 마부로 썼다.

쥐새끼는 내심 기분이 좋았다. 자신의 윗사람들이라 할 수 있는 광력귀와 독사가 힘들게 걸어가는데 자신은 마차를 몰면서 쾌적하게 갈 수 있었다.

'이러니까 힘이 좋다고 다 좋은 게 아니야. 암 그렇고말고.'

산속 오솔길을 지나고 있을 때였다.

"으하하, 이놈들! 살고 싶으면 당장 갖고 있는 재물을 모두 놔두고 몸뚱이만 가지고 꺼져라!"

강호엔 참 산적도 많다.

그래도 다행인건. 송우문 일가의 규모가 그리 크지 않아서 산적들도 대부분 열 명 이하 정도만 나타났다. 뭐 그 정도면 충분하다는 뜻이겠지.

"야, 뭐하냐!"

귀찮다는 듯 송우문이 소리치자.

뒤에 있던 광력귀와 독사가 얼른 메고 있던 짐을 던지듯 내려놓고 앞으로 달려갔다.

"지금 치우겠습니다!"

두 사람이 마차의 앞으로 가서 산적들의 앞에 섰다.

"뭐야 이놈들은?"

산적들이 눈을 부라렸다.

그리고 독사와 광력귀는 아직도 뒤의 마부석 위에 앉아 있는 쥐새끼를 쳐다보며 눈을 부라렸다.

"너도 나가. 이 자식아!"

갑자기 마차 안에서 송우문이 쥐새끼를 걷어찼다.

"어이쿠! 예, 예. 아하하…… 죄송합니다, 형님들."

자신을 죽일 듯 노려보는 독사와 광력귀의 시선을 느끼며 쥐새끼가 굽실거렸다.

"빨리 처리해라."

송우문의 음성이 또 들렸다.

'개새끼!'

속으로 송우문을 욕하며 세 사람은 산적들을 노려봤다.

"이, 이 새끼들 뭐야?"

독사와 광력귀의 눈 깊숙이 담긴 울분과 앙심을 본 것일까 산적들이 기세에서 벌써 밀리기 시작했다.

세 사람의 몸에는 흉터가 여기저기에 있었으니 여태껏 만난 산적들을 그들이 전담해서 처리했기 때문이었다.

독사와 광력귀의 무공이 약하다고는 하나 그래도 한 도시의 밤거리를 주름잡았던 이들이니만큼 어중이떠중이 산적들은 대충 상대할 수 있었다.

"이 개새끼들아!"

"왜 우리 앞을 가로 막아!"

그들은 상처가 생기든 말든 몸을 날려서 산적들과 싸웠다.

그렇게 하지 않고 몸을 사리면 송우문에게 또 언어맞기 때문이었다.

혈전은 빠르게 끝이 났다.

싸움은 끝났지만 독사와 광력귀는 멈추지 않고 산적들을 마구 때렸다. 아까 다른 산적에게 언어맞은 쥐새끼는 바닥에 큰대자로 누워서 몸을 부르르 떨고 있었다.

"야! 너희들이 산적을 때리는데 왜 내가 아픈 것 같지? 너네들 나 생각하면서 패고 있지?"

'귀신 같은 자식!'

'악마 같은 놈!'

실제로 산적들을 송우문으로 보며 혼을 담아 패고 있던 두 사람은 소스라치게 놀랐다.

"어? 왜 이리 놀라? 진짜인가 보네? 간만에 매타작 좀 할까?"

"아닙니다! 절대 아닙니다!"

"그래? 흠……. 난 또 그런가보다 하고… 그러면 죽는다, 알지?"

"옙!"

"어서 치워. 그리고 다시 출발하자. 목적지가 멀지 않았어."

"네!"

"야 쥐새끼. 그만 엄살떨고 일어나. 마부석에 앉아."

언제 몸을 부르르 떨고 있었냐는 듯, 쥐새끼가 초인 같은 정신력으로 벌떡 일어나 마부석에 앉았다.

"출발!"

그 모든 모습들을 지켜보며 백상운은 어쩐지 대견스러운 눈빛을 하고 있었고 송대웅은 졸고 있었으며 백진진은 한숨을 쉬었다.

그리고 미리는 송우문을 보며 생각했다.

'점점 닮아가고 있어 성격이 ……사조님이랑 으음, 전에는 착하고 순한 것 같았는데.'

다시 한참을 가다가 식사 시간이 되었을 때 광력귀와 독사가 익숙한 몸놀림으로 주변의 평평한 곳을 찾아내더니 곧 그들이 갖고 다니던 삽을 꺼내 바닥의 튀어나온 돌들을 치우고 높은 곳의 흙을 깎아내어 낮은 곳에 뿌리며 바닥을 더욱 평평하게 만들었다. 아주 익숙한 몸놀림이었고 열정적인 움직임이었다.

"빨리빨리 해라."

뒤에서 지켜보는 송우문 때문이었다.

"요새 애들이 너무 굼떠지는 것 같아."

옆에서 백상운이 추임새를 넣었다.

"그래요? 아무래도 한 번 두들겨 패야겠죠?"

광력귀와 독사의 움직임이 더욱 빨라졌다.

그 사이 쥐새끼는 식사를 만드는 송대웅의 옆에서 끊임없이 머리를 쥐어 박히고 있었다.

"이 자식아! 벌써 며칠째 가르쳐 주고 있는데 아직도 이거 하나 못 해! 소금을 그때 넣으면 어쩌겠다는 거야!"

나름 손재주가 있는 쥐새끼였기에 송대웅이 요리를 만들 때 보조로 쓰고 있었다.

그들 세 사람이 가장 서러워하는 것 중의 하나는 짐승인 은검조차 송우문의 가족들과 함께 식사를 하는데 자신들은 따로 모여서 말소리도 못 내고 조용히 먹어야 하냐는 점이었다.

'우리가 저 호랑이 새끼보다 못하냐!'

더 열 받는 것은 은검의 행동이었다.

그들이 관찰한 바로 은검은 일행들을 철저히 계급으로 나누어서 분류하고 거기에 맞춰서 행동했다.

먼저, 가장 위는 송우문이다. 다른 누구와 놀더라도 어디에 있더라도 송우문이 부르면 득달같이 달려가서 애교를 떨었다.

그 다음은 백상운과 백진진, 미리. 전체적으로는 송우문에게 대하는 것과 비슷하나 어쨌든 송우문의 행동이나 말을 더 우선시하는 것이 달랐다.

그 다음이 송대웅. 송대웅이 먼저 건드리지 않으면 자신도 송대웅을 건드리지 않고 무시하며 생활했다.

조무재는 항상 따로 있으니 제외, 은검과 마주칠 시간이 아예 거의 없다.

그럼 은검이 나눈 계급에서 가장 마지막은? 당연히 광력귀, 독사, 쥐새끼다.

예를 들어 은검이 배를 까고 수풀 위에 누워서 햇빛을 쬐고 있을 때. 누군가가 그림자를 드리워 햇빛을 가리면 우선 그 상대가 누군지 확인을 한다.

송우문이면 갸르릉하며 펄떡 일어나서 그에게 몸을 비비고 백상운, 백진진, 미리면 기분에 따라 애교를 부리기도 그냥 가만히 있기도 한다.

송대웅이면? 고개를 휘휘 저으며 다른 곳으로 가서 햇빛을 다시 쬐었다.

그럼 우리의 독사 삼인방이 햇빛을 가릴 때면 어떨까.

캬아아앙!

날카로운, 자기 딴에는 포효라고 지르는 고양의 울부짖음을 하며 무섭게 세 사람을 노려봤다.

마치, 너 따위는 저리 비켜! 하듯이.

그러면 세 사람은 화가 나면서도 다른 이들의 눈치를 보며 슬슬 피해 준다.

어디 이것뿐인가? 은검이 어딜 지나갈 때 그들이 앞을 가로막고 있으면 역시 울면서 비키라고 협박을 했다.

'이 쪼그만 게 진짜!'

삼인방의 속에서 분노가 치밀어오를 수밖에 없다.

아무리 그래도 자신들은 사람이 아닌가! 어찌 짐승에게 이런 대우를 받고 살겠는가.

그래서 그들은 기회를 노렸다. 은검이 밤에 홀로 어디론 가 걸어갈 때를 말이다.

'지금이다!'

은검은 똑똑해서 용변을 아무데나 하지도 않았다.

꼭 노숙하는 장소나 사람이 있는 곳 근처가 아닌, 멀리 까지 가서 해결하고는 돌아왔다.

모두 잠들었을 때. 세 사람이 그 기회를 포착한 것이었 다.

"이놈의 새끼 백호. 아주 혼쭐을 내 주마!"

볼일을 보러. 작은 발로 수풀을 헤치며 통통 뛰어가던 은검은 뒤에서 세 사람이 따라오는 것을 느끼고 멈춰 서서 돌아보며 으르렁거렸다.

캬아앙……!

아직은 그다지 날카롭지도 크지도 않는 송곳니가 빛난 다.

한 마리의 새끼 은모백호와 안위 밤거리를 주름잡던 세 사람이 마주했다.

스산한 밤바람이 그들의 사이로 불고.

"이 망할 호랑이!"

"너 오늘 손 좀 봐주마!"

세 사람은 그렇게 외치며 은검에게 달려들었다.

일단 붙잡고 때릴 생각이었다.

한데 갑자기 그들의 눈앞에 있던 은검이 흐릿해지며 번쩍 뛰어올랐다.

가장 먼저 광력귀의 눈앞으로 은검이 날아올랐다.

"어쭈, 이게!"

이 작은 호랑이 따위라고 하며 손으로 쳐 내려고 하는데 극심한 고통이 느껴졌다.

"으아악!"

광력귀의 얼굴에 네 줄기의 상처 자국이 생겨났다.

은검이 계속해서 양발로 할퀴자 광력귀의 얼굴이 그물처럼 변해 갔다.

"이, 이놈이!"

광력귀를 구하기 위해서 독사가 뒤에서 주먹을 휘둘렀다.

하지만 은검은 어떻게 그걸 알아차렸는지 공중에서 몸을 비튼 뒤에 주먹을 발로 밟고 도약했다.

"헉?"

은검의 작은 몸이 쭉 뻗은 독사의 팔을 타고 달려가 그 대로 뺨을 물어 버렸다.

"우아아악! 사람 살려!"

물렸다는 생각에 독사가 꼴사나운 비명을 지르며 발작을 했다.

"제, 제가 구해 드리겠습니다!"

어느새 주운 나무 몽둥이로 쥐새끼가 안간힘을 다해 은검을 향하여 휘둘렀다.

하지만 이번에도 은검은 예민한 귀를 통해서 파공성을 느끼고 번개 같이 몸을 날려서 피했다.

"이 미친 새끼야아아아!"

독사의 고함과 함께 쥐새끼의 나무 몽둥이가 독사의 머리를 강타했다.

"죄, 죄송합니다!"

쥐새끼가 깜짝 놀라서 그렇게 말할 때 그제야 공중에서 땅바닥에 착지한 은검이 용수철처럼 몸을 낮게 깔았다가 다시 부웅 날았다.

뻐어억!

"커억!"

은검은 포탄처럼 날아가 자신의 머리로 쥐새끼의 복부를 강타했다.

토끼보다도 못한 그 작은 몸에 어찌 이런 힘이 숨어 있는 것일까?

쥐새끼는 입에서 침을 질질 흘리며 뒤로 넘어졌다.

순식간에 세 사람을 모두 처리한 은검이 뽐내듯 고개를 치켜 올리고 세 사람의 면전을 당당하게 걸어 다니더니 아까 쥐새끼가 주워서 사용했던 나무 몽둥이를 발로 찍었다.

쩍!

작게만 보였던 은검의 발톱이 나무에 세게 박혔다.

그것을 들은 은검이 입을 크게 열어 한 번에 물어 버렸다.

콰드득!

그리 작은 나무 몽둥이도 아니었다.

하나, 아직 새끼인 은검의 이빨에 의해 산산조각이 나 버렸다.

"헉……."

그제야 세 사람은 느낄 수 있었다.

은검이 오히려 그들을 봐 주며 싸웠다. 만약 진짜로 했으면 목숨을 부지하기도 힘들었을 것이었다.

캬아아앙!

은검이 그들을 향해 마치 서열을 재확인하듯 길게 울고 아까의 그 고개를 한껏 치켜들고 뽐내는 자세로 발걸음도 뻣뻣하게 걸어가며 노숙하는 장소로 돌아갔다.

"이럴 수가……."

"허, 허허. 으허허허헝."

망연자실한 세 사람은 마지막 자존심까지 모두 무너져 버렸다.

'우리 그래도. 아무리 파락호라도 한때는 안위를 주름 잡던 놈들이었는데!'

화려했던 과거가 떠올랐다.

마음에 안 드는 놈은 별 같잖은 이유를 대면서 마음껏 두들겨 패 주고 그래도 후환 따위는 걱정하지 않아도 되고 힘들여 일할 필요도 없었다.

그냥 적당히 행인의 돈을 강제로 빌리면 되고 주루에서 마음껏 웃고 떠들며 즐기다. 돈도 안 내고 그냥 나오고 뭐, 기타 등등.

이젠 새끼 호랑이한테도 당했다는 생각에 쥐새끼가 구슬프게 울었다.

이제 화려했던 과거는 없었다. 그저, 짐승에게도 무시받는 인생이 되었을 뿐이었다.

뭐. 이럴수록 송우문에 대한 분노는 더욱 커져갔다.

'악마 같은 자식!'

단 하나 송우문의 가족을 잘못 건드렸기 때문에 광력귀과 독사, 쥐새끼 삼인방에게는 지옥과 같던 그리고 그들로 인해서 송우문의 가족들은 매우 쾌적했던 여정이 계속되고 이윽고 송대웅의 가족은 철검백가가 위치한 안휘성 합비에 당도할 수 있었다.

합비성 앞에서 송우문은 독사, 광력귀, 쥐새끼를 불렀다.

"여기까지 오는데 나름대로 수고했다."

"아닙니다! 저희는 정말 하늘에 감사하며 대협들께 진실한 마음으로 봉사를 했습니다."

"대협의 시중을 들은 건 정말 영광이었습니다!"

세 사람이 하는 말을 듣고 송우문이 고개를 갸웃하며 말했다.

"응? 왜 다 작별 인사를 하고 그러냐?"

"예, 예……?"

"저희는 여기서 돌아가는 것…… 아닌지요. 하하하."

방금 그렇게 말했던 광력귀에게로 송우문의 주먹이 날아왔다.

뻑!

"어이쿠야!"

"너희는 아직 제정신을 못 차렸어. 아직도 그 썩은 근성이 고쳐지려면 멀었단 말이야. 그러니까 나와 함께 철검백가로 들어간다."

그러자 독사와 광력귀는 눈앞이 껌껌해짐을 느꼈다.

'저 악마와 또 얼마 동안 같이 지내야 된단 말인가!'

그때 독사가 슬쩍 물어봤다.

"한데 대협의 가족 분들은 어떤 분이신지요. 철검백가의 분들이신가요……?"

'아마. 저 분이 장황이다! 하고 말한다면 이들은 깜짝 놀라겠지?'

재밌을 것 같기도 했으나. 귀찮았다.

"응. 그냥 그렇게만 알고 너희들! 지금부터 내가 하는 말 잘 들어."

"옙!"

"이제부터 너희는 뒷골목 파락호였던 게 아니야. 음…… 이렇게 하자. 너희는 그냥 낭인이었는데 적호단에 잘못 걸려서 죽을 위험에 처한 걸 우리가 구해 줘서. 그 은혜에 보답하기 위해 자진해서 우리의 하인이 된 거야. 알겠지?"

왠지…… 이들이 그냥 뒷골목 파락호 출신이라고 하면 철검백가 내에서 그것을 안 좋게 보는 이들이 나올 것 같았다.

"알겠습니다!"

가장 먼저 대답한 것은 독사였다. 다른 두 놈은 송우문이 말하는 것을 외우는 데에 정신이 없는데 말이다.

"야 독사, 내가 뭐라고 했었는지 다시 말해 봐."

"예? 아 그게. 우리는… 우리는……. 끙! 으악!"

송우문이 발로 걷어차자 독사가 땅바닥을 굴로 걸

"야 이 멍청한 놈아! 그 짧은 것도 제대로 못 외워? 머리가 나쁘면 옆에 놈들처럼 노력이라도 하던가! 무턱대고 대답만 하면 다야?"

"죄, 죄송합니다!"

"너희는 다 머리가 나쁜데 독사 너는 유독 심해. 조심해라, 알겠어?"

"옛!"

"셋 다, 제대로 외워 놔. 안에 들어가서 한 번이라도 실수하면 진짜 비오는 날 먼지 나도록 맞는 거다. 알겠냐?"

"각골명…… 명, 명생하겠습니다!"

송우문이 이번엔 쥐새끼를 걷어찼다.

"모르면 문자를 쓰지 마! 안에서도 그런 짓 하면 죽는다. 진짜!"

"아, 안 쓰겠습니다!"

"자, 가자. 울상 짓지 말고 웃어라. 웃으라고."

세 사람이 억지로 웃었다.

이윽고 송우문 일가가 합비성 안으로 들어갔다.

"와!"

송우문이 숨기지 못하고 감탄을 내뱉었다.

합비는 정말 대도시였다. 운한과 같은 촌과는 비교할 수도 없었다.

"저쪽으로 가자."

송우문은 자신이 마부를 하겠다 하였으나 조무재가 극구 반대하며 자신이 직접 마부석에 앉은 상태였다.

합비성의 드넓은 시장 거리를 지나가며 송대웅과 송우문이 연신 주변을 둘러보며 감탄을 터뜨렸다. 영락없는 촌놈의 모습이었다.

한편 백진진은 어쩐지 어두운 표정이었다.

'돌아가면 그 마녀들도 여전히 있겠지.'

그때 백상운이 마차를 멈춰 세웠다.

본래 송대웅이 운영하던 등평객점과는 비교도 안 될 커다란 객점의 앞이었다.

백상운이 마차에서 내리며 송우문과 미리, 조무재에게 손짓을 했다.

세 사람과 함께 객점 안으로 들어서며 백상운이 말했다.

"미리는 일단 여기에서 묵도록 하여라."

"알겠습니다."

미리 역시 이쪽이 편했다. 불편하게 굳이 철검백가로 자신도 따라갈 이유는 없었다. 그녀는 장황의 제자인 것이지 철검백가의 식솔인 것은 아니기 때문이었다.

"우문이 너는 혹여 내가 없더라도 자주 여기에 들리며 사매를 챙겨 줘야 해. 알겠어?"

송우문이 대수롭지 않게 생각하며 대답했다.

"알겠습니다."

미리와 조무재가 객점의 방으로 올라가고 백상운과 송우문이 다시 마차에 올라탔다.

잠시 후, 철검백가(鐵劍白家).

커다란 현판이 걸려 있는 대장원의 앞에 마차가 멈춰 섰다.

말이 대장원이지 이건 하나의 성이라고 해도 과언이 아닐 정도였다. 능히 만 명도 넘는 사람을 수용할 수 있을만한 크기였다.

하나의 가족이 커지면 대가족이 되고 그 대가족이 커지면 가문이 된다. 그리고 '가(家)'로써 가장 최종적이고 거대한 형태가 바로 세가였다.

세가가 되면 단순히 혈족들의 숫자만 해도 어마어마해지지만 거기에 딸리는 하인이니 숙수니 무사니 해서 그 세가에 소속된 사람들의 숫자는 엄청나게 많았다.

그렇기에 한 지방의 패주로서 군림하고 있는 철검백가라는 거대세가 역시 성과 같은 커다란 장원을 소유하고 있는 것이었다.

현판이 있는 곳 아래에는 철검을 든 무인을 조각한 석상이 위풍당당하게 서있었다.

장원 대문의 앞을 지키고 있던 두 사람의 무사 중 한 명이 달려왔다.

"잠깐! 철검백가에는 어쩐 일로 오셨습니까?"

"흠……."

백상운이 낮게 소리를 내고 송우문에게 눈짓을 했다. 내리라는 뜻으로 밖을 보니, 하인 세 사람은 철검백가의 위용과 무사들의 기도에 압도되어 어쩔 줄을 모르고 있었다.

'에이 진짜…….'

송우문이 마차에서 내렸다.

그리고 수문장의 일을 하는 무사에게 포권을 취하며 말했다.

"안녕하십니까, 송우문이라고 합니다."

'송우문……?'

처음 듣는 이름이었다. 무사가 마주 포권을 하며 말했다.

"철검백가의 용화평이라고 합니다. 무슨 용무로 찾아오셨습니까?"

그때 갑자기 정문이 열리며 화려하게 치장한 마차가 안에서부터 나왔다.

하나 정문의 크기가 마차 한 대가 지나갈 정도기에 송우문 일가가 탄 마차의 앞에서 더는 나아가지 못하고 멈출 수밖에 없었다.

"뭐야!"

신경질적인 여자의 목소리와 함께 마차 안에 타고 있던 사람이 밖으로 고개를 빼꼼 내밀었다.

　눈꼬리가 위로 확 치켜 올라가 성격이 안 좋아 보이는 중년 여자였다. 그 미색은 나름 출중했다.

　어쩐지 촌사람 같아 보이는 송우문의 모습과 그저 평범하고 허름해 보이는 마차를 확인한 중년 여자가 빽 소리를 질렀다.

　"저 마차는 뭐야! 왜 내 앞길을 가로 막는 것이냐! 저 쓰레기 같은 마차를 당장 치워! 빨리 연회장으로 가야한단 말이다."

　"아, 알겠습니다. 부인!"

　수문장들의 움직임이 빨라졌다.

　마차를 호위하고 있던 무사들도 우르르 달려와 송우문의 일가가 탄 마차 앞에 섰다.

　"어서 마차를 옆으로 돌려라!"

　중년 여자의 호위대장이 마치 자기 수하를 부리듯 수문장들에게도 명령을 내렸다. 두 수문장, 특히 용화평은 인상을 찡그렸으나 어쩔 수 없다는 듯 참았다.

　'한데 너무하지 않은가. 이들이 먼저 당도했으니 들어간다고 해도 먼저 들어가야 할 텐데.'

　하나 그 말을 할 수야 없었다.

　"흠?"

무사들이 와서 마차 앞에 늘어서자 송우문이 꼬운 눈빛으로 그들을 노려보며 마차를 뒤로하고 섰다.

새파랗게 젊은 애송이가 자신들의 앞을 가로막자.

호위대장이 가소로운 눈빛으로 송우문을 보며 말했다.

"마차를 좀 치워 줘야겠소."

반말을 안 했다 뿐이지 반말에 가까운 어조였다.

그가 모시는 여자와 마찬가지로 겉으로 보이는 것만으로 송우문 일가를 판단하는 것이리라.

"싫은데요?"

당연히 송우문의 말도 삐딱하게 나올 수밖에 없다.

호위대장이 용화평을 싸늘한 눈동자로 보며 말했다.

"아까 이분의 이름이 뭐라고 했더냐?"

"송우문이라고 했었습니다."

생각 안 나는 이름이다. 눈치를 보니 그가 모시는 중년 부인, 철검백가주의 첫 번째 첩실 서청청도 전혀 모르는 이름인 듯싶었다.

'그렇다면…….'

서청청의 호위대장.

막위지가 자신의 부하들에게 명령을 내렸다.

"권주를 마다하고 벌주를 마시겠다니. 강제로라도 마차를 비켜 세워라."

"옛!"

마차 안에서 백상운과 백진진은 그들의 행동을 조소하고 있었다.

송대웅은 사돈집에 오자마자 이런 일을 겪으니 어찌할 줄을 모르고 당황하고 있었다.

'똑똑한 우문이 녀석이랑 여보야가 알아서 하겠지.'

그렇게 생각하니 마음이 편했다.

어머니와 외조부가 나서지 않는 다는 것에 그들의 목적이 무엇인지를 상기해내고 송우문이 행동했다.

마부석으로 뛰어올라 가려는 호위무사를 손으로 잡아 강제로 잡아끌어 바닥에 패대기쳤다.

호위무사는 이류 정도의 실력을 지니고 있었다. 분명, 묵연당 등에 비해서는 훨씬 나은 수준이었다. 하나, 송우문의 일수도 피하지 못하는 것은 똑같았다.

막위지가 송우문을 노려보며 말했다.

"감히! 철검백가의 앞에서 우리를 공격하다니, 죽고 싶은가 보구나."

송우문이 비웃음을 터뜨리며 말했다.

"반말? 이제 아주 막나가는구나. 철검백가에서는 가문을 찾아온 손님을 이렇게 대접하는 것이냐?"

그 말에 서청청과 막위지가 동시에 움찔했다.

확실히 이 사실이 밖으로 알려지거나 가주와 정실들이 알게 되면 좋은 꼴을 당할 리는 없을 것이었다.

보통은 서청청이 이렇게 행동하면 상대가 알아서 비켜 주기 마련이었다. 이곳 합비성에서 철검백가는 왕부와도 같은 위치이기 때문이었다. 그렇기 때문에 이번에도 이렇게 행동한 것이었는데……. 조금 꼬이는 듯했다.

'이 저급한 놈들! 분수도 모르고 날뛰는구나.'

하나 내친걸음이다. 여기서 먼저 사과를 하거나 양보를 하면 분명 뒤에서 첩실이라고 수군거리는 이들이 비웃을 것이었다.

서청청이 표독스러운 표정을 지으며 말했다.

"너희가 손님인지 아닌지 어찌 알겠느냐? 우리 철검백가가 아무나 이름을 대면 손님으로 대접 받을 수 있는 곳인 줄 알았더냐? 호위대장! 어서 저 마차를 치워."

"알겠습니다!"

그때 송우문의 눈이 막위지의 손으로 갔다.

그의 손은 어느새 차고 있던 도의 손잡이를 잡고 있었다.

"그 칼, 뽑으려고? 정말 그런 거야? 그러면 후회할 텐데, 뽑아도 되겠어? 응?"

그렇게 말하며 송우문은 백상운에게 전음을 보냈다.

"안 말려요? 저 이대로 깽판 칩니다? 괜찮아요?"

백상운은 대수롭지 않다는 듯 전음으로 대답했다.

"손주님 마음대로 하세요."

"그럼 어디까지가 괜찮은지 정도만 말해 주세요. 죽이는 건 당연히 안 되는 거고 중상을 입혀도 돼요? 아니면 더 약하게?"

"허, 마음대로 하라니까 귀찮게. 처음부터 소란을 너무 피워도 좋지 않을 테니 뼈 정도만 부러뜨려."

"좋아요. 전 시키는 대로 하는 겁니다."

마치 놀리는 듯한 송우문의 말투.

거기에 자극 받은 막위지가 시원스레 도를 뽑아내며 말했다.

"그래 뽑았다, 어쩔 거냐! ……헉?"

갑자기 송우문의 얼굴이 빠르게 커져 갔다.

막위지와 송우문의 거리가 약 삼 장이었다. 하나 송우문은 단 한 번의 도약으로 낮게 날아가며 눈 깜빡할 새에 그의 앞까지 당도하였다.

콱!

서청청의 호위대장, 막위지의 얼굴을 손을 넓게 펼쳐 통째로 잡았다.

그리고 그대로 자신이 날아가는 방향으로 끌고 갔다.

부웅—

송우문에게 얼굴을 잡힌 채로 막위지가 일장가량을 날았다.

바닥에 착지하고, 송우문이 손아귀에 힘을 가하며 말했

다.

"내가 칼 뽑지 말라고 했지? 그랬지!"

손을 크게 떨치니 막위지의 몸이 바닥을 형편없이 굴렀
다.

"무슨 짓이냐!"

단 일수에 막위지를 제압한 송우문의 무위에 경악하며
호위무사들이 그를 둘러싸서 포위했다.

서청청은 표독스러운 표정을 더욱 표독스럽게 하며 송
우문을 손가락질했다.

"너, 너, 너! 감히 대 철검백가의 호위대장을 공격했겠
다! 살아서 나갈 생각은 하지 마라!"

"싫은데요, 아줌마?"

그때 마차 안에서는 백진진이 물끄러미 아버지를 쳐다
봤다.

"크흠! 왜. 왜, 그렇게 쳐다보느냐."

"일 더 커지기 전에 그만 나가시죠?"

"허…… 내가 여기서 나갈 연배는 아닌데."

"나가시죠?"

"허… 쟤는 아마 내 얼굴도 모를 텐데 너도 알다시피 내
가 철검백가에 없었잖느냐."

"나가세요."

"아, 알았다."

이죽거리는 송우문의 표정에 서청청은 평소 첩실이라 가지고 있던 피해의식이 대폭발 함을 느꼈다.

"뭐해! 빨리 공격해서 내 앞에 무릎을 꿇려라!"

무사들이 그녀의 명을 받아 송우문을 공격하려고 할 때였다.

"흠. 오랜만에 집으로 돌아왔더니, 개 짖는 소리가 너무 심하구나."

그렇게 말하며 백상운이 마차 밖으로 여유롭게 나왔는데.

호위무사들과 서청청은 순간 가슴이 철렁하고 내려앉음을 느꼈다.

'뭐, 뭐냐 이 느낌은?'

백상운이 아주 짧게 절대지기를 발현했다가 거둔 것이었다.

"아이야. 네 이름이 무엇이지?"

호위무사들은 송우문을 공격하지 못하고. 그저 백상운을 주시했다.

그가 자신을 향해 한가로이 걸어오며 말을 걸자 서청청이 이건 또 뭐야 하는 표정으로 말했다.

"넌 또 누구이길래. 나이도 나와 비슷해 보이는 작자가 아이타령이냐?"

그러자 백상운이 씩 웃었다.

"그렇지? 내가 좀 젊어 보이지? 어때, 좀 멋있는 것 같진 않아?"

"미, 미친 작자가 어디서 수작질이냐!"

"얼쑤! 미친 작자까지 나왔구나. 얼굴만 반반하지 머리 나쁜 여아가 나중에 후회할 일만 골라서 하는구나."

"뭬얏!"

"더는 재미없으니까 말해 주마. 내 이름은 백상운이다."

장난기 어린 표정으로 말하는 장황.

크게 화를 내려던 서청청은 그 이름이 주는 충격에 잠시 놀랐다가 말했다.

"분수도 모르는 작자가 이젠 헛소리까지 하는 구나!"

그때 백상운의 몸 주변의 대기가 미세하게 떨리더니 그의 손바닥에서 밝게 빛나는 구슬이 생겨났다.

송우문에게 내동댕이쳐지며. 팔이 부러져 쓰러져 있던 막위지가 경악으로 눈을 부릅떴다.

"서, 설마. 장환(掌丸)?!"

장환의 경지는 쉬이 볼 수 있는 것이 아니다.

아직 도강(刀罡)도 만들어 내지 못하는 수준의 철검백가 첩실의 호위대장인 막위지는 꿈도 못 꿀 경지였다.

막위지의 말에 모두의 표정이 경악으로 물들었다.

백상운이 만들어낸.

밝게 빛나는 장환의 주변으로 알 수 없는 서기가 감돌았다.

'…… 끝내 준다!'

송우문의 눈이 몽롱해졌다.

백상운은 손바닥을 하늘로 향하고 장환을 발출하였다.

휘이이잉!

갑자기 거센 바람이 불어 백상운을 중심으로 하여 사방으로 불어 닥쳤다.

창공으로 날아올라간 장환.

하늘의 새조차 닿지 못하는 곳까지 가더니 마침 지나고 있던 구름을 관통하였다.

장환의 진행방향으로 구름이 쭈욱 길게 늘어진 것도 잠깐, 구름은 산산조각 나서 사방으로 흩어지더니 곧 완전히 사라졌다.

"그리고 강호에서는 장황이라고 부르지."

믿을 수 없는 광경을 목도한 서청청.

그녀가 몸을 덜덜 떨었다.

'지, 진짜 장황! 진짜 장황이야!'

그냥 장황이란 것이 문제가 아니다.

백상운은 현재 철검백가에서 가장 웃어른이다.

쉽게 말해서 가주의 할아버지, 그러니까 전전대가주의 동생이 바로 백상운이다.

현재 철검백가의 장로들을 조카로 두고 있으니 말 다했다.

'나, 나는 망했구나……!'

그런 사람에게 막말을 해 댔다.

첩실의 몸으로 기침도 조심해야 할 사람의 마차를 치우라 평소처럼 강짜를 부렸다.

바로 그때 안에서 한 명의 미부인이 걸어 나왔다.

"돌아오셨군요. 오랜만입니다, 종조부(從祖父)님."

미부인.

철검백가의 당대 가주 백무훈의 큰 누나이자, 현재 철검백가의 실세 중 하나인 백혜령이 따뜻한 미소를 지으며 백상운에게 인사를 했다.

종조부 바로 할아버지의 형제를 부르는 호칭이었다. 촌수로 하는 호칭은 사촌 할아버지.

그녀를 보자 백상운이 웃으며 말했다.

"그래, 너로구나. 이름이…… 혜령이 맞지?"

"기억해 주시다니, 감사합니다. 종조부님."

예전에는 작은 종조부님하고 불렀으나 현재는 그럴 필요가 없었다.

백혜령은 서청청에게는 눈길 한 번도 주지 않았다.

서청청은 자신이 나락 끝으로 떨어져 내리는 기분을 느끼며 아무 말 없이 고개를 푹 숙이고 있었다. 그리고 그것은 그녀의 호위무사들 역시 마찬가지였다.

"한데 항상 홀로 다니시는 종조부님께서 저 소협은 또 누구기에 함께 다니십니까? 그리고 저 마차에는……."

그녀가 거기까지 말했을 때 마차의 문이 열리며 송대웅이 먼저 내리고 뒤이어 백진진이 내렸다.

잠시 백혜령은 백진진의 얼굴을 눈을 가늘게 뜨며 쳐다 봤다.

어딘가에서 본 것 같은 얼굴이라 열심히 생각을 하는 것이었다.

"아!"

이내 생각이 난 그녀가 놀람의 탄성을 지르더니. 곧 백진진에게 한걸음에 달려가 그녀의 손을 잡으며 말했다.

"종고모(從姑母)님!"

백혜령의 눈에서 눈물이 글썽거렸다. 그리고 곧, 얼굴을 타고 주르륵 흘렀다.

"돌아가신 줄로만 알고 있었습니다. 살아계셨군요, 정말 다행입니다!"

종고모, 아버지의 사촌 누이를 부르는 호칭이었다.

백혜령은 이제 마흔이 되었고 백진진은 올해로 서른여덟이었다. 나이로만 따지면 백혜령이 언니였으나 항렬 상 백진진이 위였다.

백진진이 희미하게 웃음 지으며 말했다.

"예··· 운이 좋아서 목숨을 구할 수 있었습니다. 그러다 보니 이렇게 혜령 종질녀(從姪女)도 만날 수 있게 되었네요."

"그간 대체 어디에 있었던 것입니까? 왜 진작 돌아오지 않으셨어요. 저희가 얼마나 슬퍼하였는데······."

"아시다시피 사정이 좀 있었답니다."

백혜령이 송대웅 쪽을 보며 말했다.

"그럼 혹시 저 분이······?"

"예. 제 지아비가 되는 분입니다."

그러자 송대웅이 인사를 꾸벅하며 말했다.

"아, 안녕하십니까."

백진진이 살짝 인상을 썼다.

'진작 교육을 좀 해 놨어야 하는데. 왜 자기가 고개는 숙여? 말은 또 왜 더듬고.'

"반갑습니다, 종고모부(從姑母父)님. 풍채가 아주 좋으시군요."

"하하하. 제가 좀 그렇습니다."

백혜령은 사실 가장 궁금했던 것을 물었다.

그녀가 송우문을 가리키며 말했다.

"그럼 저 소협은······?"

백진진이 미소 지으며 대답했다.

"제 첫째 아들입니다."

순간 백혜령의 눈이 차갑게 빛났다가 이내 풀렸다.

"그렇군요! 그럼 제 재종제(內再從弟)가 되겠군요."

촌수로는 육촌형제가 되는 송우문과 백혜령이었다.

그녀가 송우문에게 걸어가 스스럼없이 그의 손을 잡으며 말했다.

"반갑구나, 우문아. 내가 네 외재종자(外再從姉)가 되는 백혜령이라고 한단다. 편하게 외육촌 누나라고 불러도 되겠구나."

'편하게라고? 설마 그게 편할까······.'

외재종자하고 격식을 갖춰서 불러도 불편할 텐데 누나라는 호칭까지 쓴다면 아마 같이 밥을 먹을 땐 제대로 넘길 수도 없을 듯싶었다.

송우문이 고개를 살짝 숙이며 대답했다.

"예, 반갑습니다. 외재종자님."

인자한 웃음을 지으며 잠시 송우문을 쳐다보던 백혜령은 곧 백상운을 보며 말했다.

"한데, 어떻게 오신 것입니까?"

"어떻게 오긴. 이제부터는 여기에서 살려고 왔다."

백혜령이 놀란 표정을 지으며 말했다.

"그렇습니까? 그럼 일단 들어가서 잠시만 기다려 주십시오. 가주님께 말씀드리겠습니다."

"그러려므나."

"저 마차를 옆으로 치워라."

백혜령의 명령에 서청청의 마차가 아주 빠르게 비켜섰
다.

철검백가로 들어가며 독사가 광력귀에게 말했다.

"드, 들으셨습니까, 형님?"

"들, 들었, 들었다."

"저 분이 장황이셨다니, 허……."

놀람이 큰 만큼 절망도 그에 비례하여 커졌다.

'마, 망할. 장황과 그 손자라니. 도망치는 건 꿈도 못 꾸
게 되는 건가.'

독사는 진정 하늘을 원망하고 싶은 심정이었다.

제6화
장황. 그리고 또 다른 장황?

장황 백상운의 귀환!

검가(劍家)인 철검백가에서 태어나 스스로 검을 버리고 장을 선택한 뒤 장법으로 절대고수가 된 무인의 귀환에 철검백가 전체가 술렁거렸다.

송대웅과 백진진, 송우문 등은 객당에서 쉬고 있었고.

백상운은 홀로 재빠르게 소집된 철검백가의 회의에 참석했다.

그가 들어서자마자 먼저 자리해 있던 가주 유정만리(有情萬里) 백무훈과 장로들 그리고 백무훈의 형제들이 동시에 일어나 백상운에게 고개를 숙이며 예를 표했다.

"가문의 큰 어른을 뵈옵니다."

백상운은 항상 밖으로 나돌았기에 철검백가 내에서 어떠한 직위나 직책도 없는 상태였다.

아무리 백상운이라 하여도 가주를 무시할 수는 없기에 백무훈을 향해 마주 고개를 숙인 백상운이 곧 자리에 앉으며 말했다.

"됐다. 앉아라."

모두가 앉고 나서 백상운의 근황과 안부를 묻는 상당히 형식적인 말들이 오고갔다.

어쩔 수 없이 백상운의 표정이 점차 똥 씹은 그것으로 변해갔다.

'진짜 아무리 시간이 흘러도 이 빌어먹을 세가 회의는 적응할 수가 없어. 뭐가 이렇게 고리타분하냐는 말이다. 쯧쯧, 이 녀석들은 전부 나보다 어린데 어찌 저럴 수가 있나.'

백상운이 굉장히 불편해할 때 그제야 백무훈이 본론으로 들어갔다.

"한데 종조부님. 듣자하니 종고모님 가족과 함께 세가로 돌아오실 의향이라 하셨다 들었습니다. 맞으신지요?"

하지만 백상운은 혼잣말하듯 딴소리를 했다.

"아까 보니까. 세가의 기강이 해이해져도 단단히 해이해져 있더구만. 손님을 외모로만 판단하고 막말을 하며 이래라 저래라하고 말이야. 나 참, 내가 집에서 '작자' 란 말을 들을 줄은 꿈에도 몰랐는데 말이야. 첩실의 잘못은 누가 책임을 져야 하나?"

백무훈의 얼굴이 붉어졌다.

비록 백상운은 혼잣말하듯 했지만 그것이 백무훈이 들으라 한 것임을 모를 리 없었다.

"정말 죄송합니다, 종조부님. 차후에 가법에 따라 엄중히 혼을 내겠습니다."

"응? 아. 난 혼잣말을 한 거였는데 그 여자아이가 가주의 첩실이었어?"

백무훈의 옆에 앉아 있던 철검백가의 장로들 중에서 가장 연배가 많은 노파가 미간을 찡그리며 말했다.

"숙부님, 항렬에서 낮다고는 하나 가주님입니다. 반말은 삼가해 주시지요."

하지만 백상운이 어디 그런거에 신경 쓸 위인인가?

세가 회의에 참석해 주는 것만 해도 고마워해라 이것들아! 하고 외치고 싶은 걸 참고 있는 그였다.

"근데 뭐? 내가 쟤 아버지. 그러니까 전대 가주가 바지에 똥을 지린 것도 본 사람인데 쟤한테 가주님, 가주님하며 존대를 해야 한단 말이냐? 명주 너 오랜만에 볼기짝 좀 맞아 볼래?"

흰 머리가 성성한 노파, 이제 칠십을 넘어 팔십에 가까워지고 있는 나이의 백명주가 얼굴을 확 붉히며 말했다.

"아니, 숙부님은 어찌 외모처럼 성격도 하나 변하시지를 않으셨습니까! 세가의 가장 웃어른이 가법을 그리 무시하면 어찌하시겠다는 겁니까! 그리고 어린 시절의 얘기는 왜 꺼내신단 말입니까."

그녀가 아주 어려서 말썽쟁이였을 때, 잘못하여서 백상운이 아끼는 도자기를 박살 낸 적이 있었고 그때 사람들 보는 앞에서 엉덩이를 깐 채로 볼기를 맞은 기억은 아직도 생생했다.

요새도 가끔 악몽으로 꾸고 있으니 어제와 같이 생생할 수밖에 없다.

"어린 시절이라니. 지금 내가보기에 넌 아직도 어려 그리고 내가 나이 안 먹는 걸 내가 뭘 어쩌겠냐. 워낙 잘나서 그런 건데."

"숙부!"

두 사람이 서로를 노려볼 때 가주 백무훈이 사람 좋은 웃음을 지으며 말했다.

"괜찮습니다, 장로님. 종조부님이야 본래 허례허식에 구애받지 않는 바람 같은 분 아닙니까. 굳이 우리의 틀에 맞출 생각은 없습니다."

"크흠. 가주께서 그리 말씀하신다면야."

가주까지 저렇게 말한다면 백명주도 한 수 접어줘야 할 시기였다.

"그러니까, 우리 딸아이가 살아 있었으니 다시 철검백가로 돌아와서 살아야겠다는 소리야. 됐지? 그럼 나 나간다."

더 이상 이 재미없는 세가회의에 있고 싶지 않은 백상운이 그리 말하며 일어나려 할 때 백명주가 다시 한 번 딴죽을 걸었다.

"비록 살아 돌아와서 다행이라지만, 진진이 그 아이는 우리 가문의 얼굴에 먹칠을 하고 혼례식 바로 전날에 도망을 쳤었습니다. 어찌 아무런 처벌도 없이 받아들인단 말입니까?"

그녀의 외침에 모두들 깜짝 놀랐다.

최대한 그 얘기는 하지 않고 그냥 조용히 백진진을 받아들이고 넘어가야지 하고 있었는데 예전부터 백진진을 싫어하던 백명주가 참지 못하고 터뜨린 것이었다.

그녀의 말을 듣고 백상운이 피식 웃었다. 그리고는 천천히 백명주를 돌아보며 말했다.

"살아 돌아온 것만으로 된 것 아닌가?"

"아까도 말했듯! 진진이가 살아서 돌아와 줘서 저도 기쁩니다. 하나! 그때 그 아이가 도망침으로 인해서 철검백가가 강호의 웃음거리가 되었고 남궁세가와의 사이도 틀어졌었음에 대한 대가는 치러야 합니다."

"너희가 그새 까먹었나 보구나. ······나 백상운이다. 형님과 아버지가 살아 있을 때도 마음에 안 들면 세가를 엎어 버렸던 게 나다. 한데 너희가 자꾸 날 자극하는구나."

회의장의 앞쪽, 가주의 자리 뒤에는 철검백가라고 쓰여 있는 거대한 강철 액자가 걸려 있었다.

갑자기 백상운의 모습이 사라지더니 그 앞에서 나타났다.

"이형환위(移形換位)……."

장로 한 명이 신음을 하듯 말했다.

이들 중의 적지 않은 수도 이형환위를 펼칠 수 있다.

하나, 저리도 깔끔하게 또 저렇게 먼 거리를 이형환위로 움직일 수 있는 사람은 전무했다.

어렸을 때에도 뼈저리게 느낀 것이었지만 다시 만난 백상운의 무위는 모골이 송연할 정도로 강했다.

백상운은 철검백가의 현판을 손으로 매만졌다. 그의 몸에서 거미줄과 같은 무형의 기운이 흘러나와 회의장 안의 모든 사람들을 감쌌다.

모두의 안색이 창백해졌다.

절대지기의 발현 앞에 그 누구도 평정을 유지할 순 없었다.

"내가 왜. 그렇게 오랫동안 세가로 돌아오지 않았고 단한 번 들리지도 않은 것인지 아느냐?"

그의 물음에 아무도 대답하지 못했다.

죽음과 같은 정적이 흘렀다. 침 삼키는 소리조차 나지 않았다.

"다른 이유도 있긴 하였지만. 이십일 년 전의 그 날 이후, 내가 돌아오지 않았던 이유는 이거였다. ……여기 와서 너희의 얼굴을 보면 내가 나의 이 지랄 맞은 성격을 주체 못하고, 너희 모두를 쳐 죽일까 봐 걱정되었거든. 그래서 일부러 돌아오지 않았었다."

결코 거짓이 아니었다.

백상운은 실제로 백진진이 도망을 쳤다가 철검백가의 추격을 받아 실족사했다는 말을 듣고, 거기에 연관된 이들을 모두 죽이고 싶다는 생각을 수도 없이 했었다.

딸이 싫다고 하는 정략결혼을 명한 이도, 딸이 도망쳤다고 추격대를 보낸 이도, 딸을 궁지에 까지 몰아 결국 절벽에서 떨어지게까지 만든 이도 말이다.

"내 딸이 내가 시킨 결혼도 아닌, 세가에서 시킨 결혼이 싫어서 도망친 것이. 그 알량한 세가의 명예가… 나 백상운의 딸이 목숨을 잃어야 될 만큼의 중대한 것이냐? 내가 드높인 세가의 명예가 고작 그 정도의 가치뿐이던가?"

장황 백상운.

그가 있음으로 인해 철검백가는 신주삼대검가에 들어갈 수 있었다.

비록 그는 검과 상관없는 장법으로 절대고수가 되었지

만 천무팔황 중의 일인, 장황의 존재 그 자체는 철검백가가 몇 단계나 성장할 수 있는 기틀이 되었다.

"하, 하지만…… 우리는 결코 백진진 그 아이를 죽이고자 한 것이 아니었습니다. 그저 가문의 명예를 위해 잡아오려 했을 뿐……."

"정말 그렇더냐?"

백상운이 조소를 머금으며 장내의 사람들을 한차례 훑었다. 그러자 몇몇이 몸을 움찔하며 시선을 돌렸다.

"하늘에 감사해라. 진진이가 살아 있음에 대해서 말이다. 너희는, 실수로 위장하면 내가 아무리 그래도 가족들에게 실수를 쓸까 생각했나 본데. 크게 잘못 생각한 것이다. 그리고 더는 내 앞에서 그 누구도 개 방귀 뀌는 소리하지 마라. 내가 왜 예전에는 장황이란 별호 앞에 혈수라는 단어가 붙어 있었는지 가르쳐 주지."

혈수장황(血手掌皇).

그가 한창 천마신교, 잔풍사 등등의 세력들과 싸울 때 얻은 별호였다.

백상운이 물끄러미 백무훈을 쳐다봤다.

무언의 압박 속에서 백무훈이 말했다.

"……비록 백진진 종고모님이 남궁세가와의 혼사를 피해 도망쳐 세가의 명예에 누를 끼쳤다고는 하나. 그로 인해 목숨을 잃을 뻔 하셨고 또 그 오랫동안 밖에 지내시며 고생하셨던 것을 생각해서 그때의 잘못에 대한 것은 더 이상 문제시하지 맙시다."

그렇게 해야지 하는 뜻을 내포하고 백상운이 고개를 끄덕였다.

"그럼 잘 되었구나. 남는 처소가 있을 텐데 어서 청소하고 딸 내외와 손자에게 줘라."

"알겠습니다."

그리고 백상운은 휘적휘적 회의장을 빠져나갔다.

"휴우……."

폭풍이 지나간 후 남은 것은 한숨뿐이었다.

하지만 아직 모든 폭풍이 끝난 것은 아니었다. 단 한 사람, 서청청에게는 말이다.

백혜령이 차가운 눈동자로 그녀를 쳐다보며 말했다.

"네 어찌 가문의 가장 큰 어른에게 그런 행동을 보일 수 있다는 것이냐?"

서릿발 같은 백혜령의 말에 서청청이 덜덜 떨며 대답했다.

"모, 몰라서 그랬습니다. 부디 용서하여 주십시오."

거기에 반응한 것은 백혜령이 아니라 그녀의 여동생 또 하나의 실세, 백주령이었다.

"몰라서? 호오. 그거 말뜻이 참 묘하구나. 모르면 그런 행동을 해도 된다는 것이냐? 가문을 찾아온 손님의 행색이

장황, 그리고 또 다른 장황? 279

추레하면 막돼먹은 짓을 저질러도 된다는 뜻이냐! 언제부터 우리 명문 철검백가가 이리도 무례해졌단 말이더냐!"

"죄송합니다, 부디 용서를……."

"가주님! 이번 기회에 단단히 혼을 내야 합니다. 집안에서 내쫓아도 시원치 않을 잘못을 저질렀습니다!"

"크음……."

백무훈이 침중한 신음성을 냈다.

가장 최근에 들여, 지금 그가 가장 총애하는 첩실이었다. 평소 그 행태가 지나친 감이 있어 불안했더니만 결국 사고를 치고야 말았다.

입맛이 쓰지만 어쩔 수 없었다.

"세 달간 처소에 연금을 시키고 곤장 오십 대를 때리는 것으로 따끔히 혼을 내는 것은 어떻겠소?"

조심스레 한 백무훈의 말에 백주령이 코웃음을 치며 말했다.

"겨우 곤장 오십 대란 말입니까? 그런 중대한 죄를 저지른 첩실에게 말입니까? 그 분께서 알면 또 뭐라 하시겠습니까?"

"그, 그러면 백 대는 어떻겠소? 저 아이가 원체 몸이 약해서 이것도 위험한데……."

"어찌 가주님은 나이가 들어도 철이 들지를 않으십니까! 그리도 여자가 좋습니까?"

백주령이 호통을 치자, 어린 시절부터 무공이 세고 나이 많은 누나들에게 눌려 살던 백무훈은 고개를 푹 숙이고 말했다.

"죄, 죄송합니다……."

그렇게 가법, 가법을 타령하던 이들이 그 광경을 보고는 아무 말도 하지 않았다.

그저 쯧쯧하고 혀를 찰 뿐이었다.

그리고 이때서야 서청청은 확실히 깨달았다. 백무훈의 자신의 보호막이 결코 될 수 없다는 사실을 말이다.

결국 서청청은 세 달 간의 연금에 연금 시작하는 날과 마지막 날에 나눠서 곤장 백 대씩을 맞기로 하였다.

꽤 큰 객당 안에 독사와 광력귀, 쥐새끼는 최대한 불쌍하게 보이고 싶은지 구석에 셋이서 옹기종기 모여 낮게 대화를 나누고 있었다.

한때 안위의 거리를 지배했던 이들이라고 보기에는 힘든 모습이었다. 그도 그럴 것이 흑도의 인물들이었기에 정파의 거두 중 하나인 철검백가의 장원 안에서 한없이 위축될 수밖에 없었다.

송대웅은 객당 내부를 둘러보고 연신 감탄하며 시비가 내오는 값비싼 차를 계속해서 마시고 있었고 백진진은 송우문을 데리고 여러 가지 교육을 시키고 있었다.

세가 내에서의 예절과 어떻게 행동하면 되는지 등등, 주로 자질구레한 것들이었다. 남편인 송대웅은 머리가 나쁘고 원체 예의와는 거리가 먼 사람이라 가르쳐 주려면 긴 시간을 두고 해야 하기에 우선 송우문을 붙잡고 있는 것이었다.

"알겠습니다, 예 ……예. 어머니."

확실히 송우문은 똑똑해서 그녀가 말하는 것을 한번에 알아듣고 기억했다.

"진진이에게는 비밀로 하고 밖으로 나와라!"

외조부의 전음이었다.

송우문은 대충 뒷간에 가고 싶다며 둘러대고 밖으로 나왔다.

전음을 따라 백상운이 위치한 철검백가의 장원 뒤편으로 간 송우문이 말했다.

"왜 그러십니까?"

"네 어미가 내상을 왜 입었었는지, 그 이유를 알고 있느냐?"

"누군가에게 직접적으로 얘기를 들은 적은 없지만 전에 외조부님과 어머니가 대화하던 것을 얼핏 들어 정략결혼을 피해 도망치시다 얻은 것이라 알고 있었습니다."

"그렇구나. 사실 네 어미는 철검백가에서 죽은 사람으로 알려졌었다. 실제로 장례도 치렀었고, 아마 지금도 위패가 존재하고 있을 것이다."

그 말을 듣고 송우문의 눈이 번쩍였다.

죽은 것이라 철검백가에서 생각했을 정도라면 분명 무언가 큰일이 있었다는 뜻이었다.

"내가 알고 있기로 추격대는 네 어미를 집요하게 쫓았고 그것은 진진이가 자칫 잘못하면 떨어져 죽을 수도 있을 천 길 낭떠러지로 들어갔음에도 멈추지 않았었다. 결국, 내상까지 입었었던 네 어미는 거기서 버티지 못하고 떨어졌었다."

송우문의 눈빛이 싸늘해졌다.

세가에서 교육 받고 자란 것이 아닌 그저 집에서 자라왔던 그이기에 가문에서 정한 혼사를 강요하며 그것을 지키지 않고 도망쳤다 해서 추격대까지 보내 잡아오려고 하는 것이 도통 이해가 될 리 없었다.

더구나 그로 인해 자신의 어머니가 그렇게 오랫동안 내상을 입은 채로 힘들어 했고 죽을 뻔했었음에야……!

"네 어미가 그렇게 된 후, 난 남몰래 어떻게 된 일인가 조사했었다. 그리고 알 수 있었지… 그 추격이 어떤 종류였었는지. 그날 절벽에서 무슨 일이 생겼었는지 말이다. 네 어미는 끝까지 사실을 말해 주지 않지만 난 이미 알고 있다."

"일부러 죽이려 한 것입니까?"

송우문의 음성에 분노가 실려 있었다.

백상운이 거기에 대한 대답과 그에 연관된 자들, 추격대를 이끌고 있던 자와 추격대에 구성된 철검백가의 무력 집단에 대해서는 전음으로 말하였다.

송우문의 눈빛이 더욱 차가워졌다.

"내가 직접 혼쭐을 내 주려 했으나, 그것보단 네가 직접 하는 것이 더욱 낫겠구나. 게다가 나는, 그보다 더 중요한 일이 생겨서 떠나 봐야 한다."

"……혈운마제를 부려서 외조부님을 살해하려한 이들에 대한 것입니까?"

백상운이 고개를 끄덕였다.

"잘 맞췄구나. 맞다. ……느낌이 좋지 않다. 어서 그놈들이 누구인지 알아내고 목적이 무엇인지 파악해야 할 것 같다."

"알겠습니다. 저희 일은 심려치 않으셔도 됩니다. 제가 알아서 하겠습니다."

손자의 자신감에 찬 말에 백상운이 피식 웃으며 말했다.

"이곳 철검백가에서 네 앞을 가로막을 자는 얼마 안 될 것이다. 그러니 내 안심하고 길을 떠나는 것이다. 현명하게 또 확실하게 일을 처리할 수 있겠느냐?"

"저를 못 믿으시겠습니까?"

"응."

"……. 삐딱해진 손자의 모습을 보고 싶으십니까?"

"지금보다 더 삐딱해질 수 있는 거냐?"

"예. 보여 드릴까요?"

"아니, 꿈에 나타날까 두렵다. 미안하구나, 난 우문이 널 철썩 같이 믿는다."

"감사합니다."

죽이 잘 맞는 조손지간이었다.

"그럼 이제 떠나마. 네 부모와 네 사매인 미리를 잘 챙겨라 알았지?"

"알겠습니다."

그렇게 말하고 백상운은 손자에게 손을 흔들어 인사하며 떠나갔다.

송우문도 시원하게 뒤돌아서 돌아가려고 했는데 왠지 모르게 외조부의 뒷모습이 눈에 밟혔다. 기분이 이상했다.

꼭 지금 헤어지면 다시는 못 볼 것만 같은 느낌이 들었다.

"조심하십시오. 혹시 위험하면 도망치시고요."

"푸하하! 세상에 나, 장황 백상운에게 그렇게 말하는 건 너밖에 없을 것이다. 대체 어디에 나를 곤경에 빠뜨릴 자가 있겠느냐…… 라고는 해도 다른 절대고수들이 연합해서 날 공격하면 위험해지겠지? 그럼 도망가마. 껄껄껄. 내가 괜히 여태까지 살아 있는 줄 아느냐?"

백상운이 그리 말하자 송우문은 적잖이 안심하였다.

"알겠습니다. 다녀오십시오, 외할아버님."

하지만 이때 송우문은 장황의 신화에 대해 아직 잘 모르는 것이 있었다.

임전무퇴(臨戰無退).

그 어떤 상대를 만나도 그 어떤 중상을 입고 곤경에 빠져도 절대 상대에게 등을 보이지 않는, 누구보다 강한 자존심을 가진 이가 바로 그의 외조부였다.

창공을 향해 날아가며 장황 백상운이 송우문을 향해 자그만 주머니를 던졌다.

"명심해라! 꼭 한 방울만 먹어야 한다."

그건 바로 공청석유였다.

"여기가 이제 우리 가족이 거할 곳인가?"

철검백가의 대장원 한 켠에 위치한 세 채로 이루어진 소장원이었다.

다행히 겉보기에 이상한 점은 보이지 않았다.

송우문이 가장 작고 허름해 보이는 곳을 골라서 손가락질하며 말했다.

"야! 너희는 이제부터 저기에서 살아, 알겠냐?"

"옛!"

뭐 그래도 그중에서 허름한 곳이지 독사 삼인방이 처소

로 삼을 채도 상당히 훌륭해 보였다. 방도 두 개에 넓었고 고풍스러운 문양이 새겨져 있으며 지붕엔 기와까지 깔려 있었다.

"와, 대단하다."

"과연 철검백가구나."

세 사람은 정말 소박하게 감탄하고 좋아하며 방 안으로 들어갔다. 그래도 이제 자신들만 살 수 있는 곳이 생기니 감격이 차오를 지경이었다.

'그래도 이제 저 악마와 대면하는 시간이 줄긴 하겠구나.'

송대웅과 백진진이 가장 큰 가운데 채로 들어가고 송우문이 남은 중간 크기의 채로 은검과 함께 들어갔다.

그렇게 철검백가에서의 첫째 날 밤이 왔다. 누가 부르거나 손님이 오지도 않았기에 송우문은 밤늦게까지 소장원 뒤편 연무장에서 무공을 수련하다가 잠에 들었다.

다음날 아침.

식사를 하기 위해 식당을 향해 가면서 느낀 것인데 송우문네 가족처럼 저 정도 크기의 소장원에서 기거하는 식솔은 매우 드물었다. 그 점이 송우문을 나름 만족시켰다.

'괜찮은데? 밤에 이상하게 추운 것이 좀 마음에 걸리지만 말이야.'

꼭 어딘가에서 바람이 들어오는 것 같았다.

뭐, 한기가 오자마자 무단천사신공이 더욱 강하게 돌며 열기를 내뿜었기에 별 상관은 없었지만 말이다.

아침식사를 끝내고 소장원으로 돌아왔는데 낯선 사람들이 먼저 와서 기다리고 있었다. 모두 열 명의 사람들을 데리고 있던 무사가 포권을 취하며 말했다.

"가주님께서 명하셔서 백진진 장로님 일가를 위한 호위무사들을 뽑아서 데려왔습니다."

백진진이 의아해하며 물었다.

"장로? 내가 장로란 말이냐?"

"예. 백주령 둘째 대부인께서 강력하게 요청을 하셔서 연배에 맞춰 오늘 아침 회의에서 장로가 되셨습니까."

장로가 되었다지만 어찌 된 게 백진진을 불러서 한 것도 아니고 자기들끼리 결정한 것이었다.

'어찌 됐든, 저 자는 백주령 외재종자님의 사람인가 보구나. 저렇게 미리 외워 놓듯이 백주령 외재종자님의 공치사를 하는 것을 보니 말이야.'

어쨌든 가족을 위한 호위무사라고 하니 송우문이 천천히 그들을 살펴봤다.

'뭐야 이건?'

상태가 안 좋아도 너무 안 좋았다.

술에 찌들어 사는 듯 황달기가 보이는 이도 있었고 어찌나 태만한지 허리에 검을 차고도 손에 굳은 살 하나 없는 자도 있었고 무공을 얼마나 잘못된 버릇으로 배웠는지 몸 전체의 균형이 무너진 자도 있었다.

'이건, 아예 무공을 모르는 사람들 데려다가 처음부터 가르치는 것이 사람 만들기 쉽겠군. ……잠깐, 직접 가르친다고?'

송우문은 곰곰이 생각해 봤다.

자신이 앞으로 철검백가에서 얼마 동안을 지낼지, 또 호위무사를 들여서 그들을 직접 가르친다고 쳤을 때 어느 정도의 시간을 투자해야 할지.

'좋아 괜찮겠어. 그리 많은 시간이 필요하지야 않겠지. 흐흐, 우리를 물 먹이려고 일부러 저런 자들을 보내셨나 본데. 어디 두고 보자고.'

"잠깐, 우리끼리 얘기를 좀 나누고 오겠소."

송우문의 말에 그들, 상태가 아주 나쁜 열 사람을 데리고 왔던 무사가 겉으로는 매우 공손하게 대답했다.

"예. 기다리겠습니다."

부모님을 모시고 밖으로 나온 송우문은 자신이 생각하고 있는 바를 말했다.

먼저 송대웅이 탐탁지 않은 표정으로 말했다.

"큼. 정말 그게 되겠어? 그냥 저놈들이라도 데리고 있는 게 낫지 않을까?"

"어차피 형편없어요, 있으나마나한 존재들인걸요. 게다

가 저놈들은 철검백가에서 꽤 지낸 모양인데, 다른 쪽 사람들이랑 더 친해서 나중에 뒤통수를 칠지 누가 알아요?"

백진진은 아들의 의견에 찬성했다.

"그래, 내가 보기에도 저들은 이미 글러먹었더구나. 그럼 네 하고 싶은 대로 해 봐라."

아내와 아들이 같은 편이 되니 송대웅이 더는 반대할 수도 없었다.

다시 장원 안으로 들어간 송대웅은 필시 백주령의 수하일 것이 분명한 무사에게 말했다.

"우리는 저들이 필요 없소. 대신, 근처의 빈민촌이나 고아촌에 가서 열 명의 아이들을 데려오려고 하오. 괜찮겠소?"

"왜 그러는 것입니까?"

"하하. 우리 아버지가 바라는 일이라 그렇소. 항상 불쌍한 아이들을 도와주고 싶어 하던 분이라. 어차피 이 위명이 자자한 철검백가에 있으면서 위험한 일은 또 어디에 있겠냐며. 차라리 저들 대신에 불쌍한 고아들을 데려와서 보살펴 주는 게 낫지 않을까 하셔서 그렇소."

"그렇습니까…… 예. 그럼 일단 이들은 돌려보내겠습니다. 그리고 외부 사람을 들여오는 것에 대해서는 상부에 얘기를 하고 다시 찾아오겠습니다."

"그렇게 하시오."

무사는 상태가 영 별로인 이들 열 명을 데리고 소장원을 나갔다.

반 시진 후, 예의 그 무사가 다시 찾아왔다.

이름을 물어보니, 세가의 무력 집단 중 하위에 속하는 철검사수단(鐵劍四獸團)의 호아대 부대주였다.

철검사수단은 각기 용맹한 짐승의 이름을 따 조아대(雕牙隊), 용아대(龍牙隊), 사자대(獅子隊), 호아대(虎牙隊)의 네 개 대로 이루어져 있었다.

호아대 부대주 윤하온이 송우문에게 말했다.

"예, 그렇게 해도 된다고 결정이 났습니다. 하나 딱 열 명까지만 입니다."

"하하. 알겠소. 그럼 내 당장 나가서 살펴보고 오겠소. 들어올 때는 수문장에게 내 이름을 말하면 되겠소?"

"예. 미리 근무자들에게 일러 두겠습니다."

"알겠소."

부모님 역시 그 일에 대해서는 송우문에게 일임을 해 둔 상태이기에 그는 거침없이 철검백가의 밖으로 빠져나갔다.

은검은 집에 남겨서 마음대로 뛰어 놀 수 있게 하였다. 이제 덩치가 제법 있어져서 품안에 넣으면 밖으로 너무 드러나 슬슬 보이는 것이 문제였다.

'은검 녀석을 넣고 다니면 꼭 내가 가슴이 나온 것 같단

말이야.'

　물론 송우문과 헤어지기 싫은 은검이 계속해서 떼를 부렸음은 당연했다.

　쥐새끼는 부모님 시중을 들라고 놔두고 송우문은 광력귀와 독사와 함께 시장에 가서 근처에 고아촌이나 빈민촌이 어디 있냐고 물은 뒤 그들이 가르쳐 주는 방향으로 길을 걸었다.

　합비성의 시장에는 사람이 정말 많았다.

　인해를 가르며 나아가고 있는데 누군가가 그를 지나가며 툭하고 부딪쳤다. 뭐 워낙에 사람이 많기에 이런 일은 비일비재했다.

　송우문과 부딪치고 지나간 것은 열여덟 정도 나이의 소년, 그는 자신이 소매 속에 숨겨 놓은 전낭이 생각보다 두둑함에 만족했다. 하나 그 표정 속에는 알 수 없는 자괴감도 스며들어 있었다.

　"이놈! 내가 모를 줄 알았지?"

　그 소리가 들림과 동시에 어느새 앞에 서 있던 송우문이 소년의 팔을 잡으려 했다.

　소년의 몸에 내공이 밤알 한 톨만큼도 없다는 것을 알고 있기에 송우문의 손속은 매우 느긋했다.

　하지만 소년의 눈이 사납게 빛나는 순간, 소년은 양손을 교차로 움직이며 재빠르게 송우문의 팔을 쳐 내고 그것으로도 모자라 송우문의 멱살을 잡으며 넘어뜨리려 했다.

그렇게 하고 도망치겠다는 속셈이었다.

'어쭈?'

하지만 내공이 전혀 들어 있지 않은 그저 체술 뿐인 소년의 공격에 송우문이 당할 리 없었다. 처음엔 방심했기에 그런 것뿐이었다.

'무림인!'

소년의 눈에 절망감과 함께 왠지 모를 분노와 앙심이 깃들었다.

"제법인데? 눈도 살아 있고. 어때, 나와 함께 갈 테냐?"

어느새 소년의 완맥을 잡고 완전히 제압해 버린 송우문의 말이었다.

"뭐? 무슨 개소리냐. 어서 이것부터 놔!"

"난 철검백가의 송우문이라고 해. 우리 집에 호위무사가 없어서 찾고 있는데. 네가 제격인 것 같아서. 어때, 함께 가지 않겠어?"

호위무사?

"미친놈! 누가 호위무사를 이렇게 정한단 말이냐. 당장 놓지 못해!"

"허. 어린놈의 입이 아주 더럽네. 뭐, 살아온 환경 때문이니 어느 정도는 용서해 주겠어. 하하하, 어쨌든 난 네가 마음에 드니 데려가야겠다. 야, 독사. 애 못 도망가게 잘

감시해."

"옙!"

이 아이를 놓치면 송우문에게 대체 어떤 짓을 당할지 모르는 일이었기에 미리 준비해 온 밧줄로 소년을 묶고 그 끝을 붙잡았다. 자신의 선견지명에 내심 감사하는 독사였다.

'이러면 문제없지! 하하하.'

"이것 놔! 뭐하는 짓이야, 당장 밧줄 안 풀어. 씨발 새끼야!"

주변 사람들이 쳐다봤지만 별로 걱정은 없었다.

큰 도시이니만큼 부랑자나 고아도 많고 또 소매치기(배수)도 많았기에 모두 알아서 납득하는 눈빛이었다. 게다가 인상 흉악한 광력귀와 독사기에 누구도 참견하고 싶지 않아 했다.

"짜식들. 참 편하단 말이야. 그때 안 놔주고 잡아 놓길 잘했어."

송우문의 중얼거림을 들은 독사와 광력귀.

'개새끼! 언제는 우리를 갱생시켜 주려고 데려 다니는 거라며!'

송우문은 우선 가까운 빈민촌으로 향해 가고 있었다. 그때 눈길을 끄는 한 아이를 발견했다.

꾀죄죄한 옷차림에 열심히 우물물을 긷고 있는, 방금 잡

은 소매치기와 비슷한 나이 때의 소년이었는데 유독 팔이
길고 근육이 우람했다.

'활! 활을 쓰기에 제격인데? 저건 천품이다, 천품.'

백상운이 준 무학총해에는 물론 궁술에 대한 것도 담겨
있었다. 워낙에 만능인 백상운이기에 무학총해도 '총해'
란 이름답게 안 담겨 있는 것이 없을 지경이었다.

"이봐, 소년."

송우문이 가까이 가서 말을 걸자 물을 길던 소년은 경계
심이 깃든 얼굴로 송우문을 쳐다봤다. 그도 그럴 것이 송
우문은 허리에 검을 차고 있었으며 그의 뒤에는 한 소년을
겁박하고 있는 흉악한 인물 둘이 있었다.

"왜 그러십니까?"

"나는 호위무사를 찾고 있다. 한데 네 힘이 쓸 만해 보
여서 말이야. 널 고용할까 하는데, 어떠냐?"

잠시 생각하던 소년. 이내 조심스레 말했다.

"그건 저 혼자서 결정할 수가 없습니다. 우선 부모님의
허락을 받아야……."

"알겠다. 네 집으로 안내해라."

사실 이건 흔치않은 기회였다.

철검백가로 들어가며 다른 이들에게 기죽지 말아야 한
다고 백진진이 송우문의 옷을 새로 사준 상태라 팔이 긴
소년이 보기에 송우문은 부잣집의 아들 같아 보였다.

그런 집의 호위무사로 들어갈 수 있다면 지금과는 비교도 안 될 만큼 사정이 좋아질 것이었다.

합비성은 대도시이다.

그만큼 화려하고 잘 사는 사람도 많다. 하지만 본래 어느 곳이든 가장 밝은 곳 옆에 가장 어두운 곳이 존재하는 법. 합비성의 빈민촌은 거대했으며 또 굉장히 열악했다.

팔이 긴 소년의 집으로 간 송우문은 안에 들어가서 부모와 잠시 이야기를 하다가 은자 열 냥 정도를 건네주고 밖으로 나왔다.

"됐구나. 넌 이제부터 철검백가에서 살면 된다."

"아, 알겠습니다."

철검백가란 말을 들은 소년의 가슴이 두근거렸다.

이제 부모님과 헤어져야 한다는 생각에 가슴이 좀 아프기도 했으나 그것보단, 자신이 이제부터 철검백가에서 산다는 사실이 더 중대했다.

이때부터는 팔이 긴 소년이 큰 도움이 되어주었다.

그는 유독 던지기를 잘하는 이, 발이 빠른 이, 힘이 센 이에 대해 추천을 해 주었고 모두 송우문의 마음에 들었다.

처음 송우문이 잡은 배수와 활을 쏘게 만들 요량으로 데려온 아이가 열여덟의 나이로 소년에서 청년의 중간쯤 되는 사실 겉으로만 보면 청년과 다를 바 없는 덩치였다면이다음에 데려온 세 명은 스물한 살짜리 한 명과 열일곱 살, 열아홉 살이었다.

너무 어린 아이는 필요 없었다. 송우문이 직접 손을 대서 속성으로 무공을 가르친다 한들 나이가 너무 어려 신체적인 면이 딸리면 문제가 많이 생길 테니 말이다.

빈민촌을 한 바퀴 돌며 괜찮아 보이는 아이를 한 명 더 데리고 온 뒤, 이제는 독사와 광력귀를 포함하여 아홉 명이 된 일행을 끌고 송우문은 고아촌으로 향했다.

고아촌에는 주로 어린 아이들이 있기에 송우문의 마음에 드는 아이는 별로 없었다. 오히려 기분만 무거워졌다.

'불쌍하구나……. 도와줄 수 있으면 좋으련만.'

애석하게도 고아촌에서는 호위무사로 데려갈 아이가 아무도 없었다.

"돌아가자 이제."

열 명을 채우지 못했지만 그거야 나중에도 가능한 일이니 송우문은 굳이 큰 심려를 쓰지 않았다.

'무엇보다 내 예상보다 훨씬 좋은 자질의 애들이 많았어. 괜찮겠는데?'

진흙 속에 파묻혀 있어서 아무도 모르고 있었던 이들이지만 잘만 닦으면 모두 옥이 되어 빛날 수 있을 것 같았다.

"잠깐! 나도 누이동생이 있다. 보고 갈 수 있게 해 다오. 그리고 저놈들처럼 나도 정당한 대가를 치러라."

유독 건방지고 공격적인 말투의 소년은 처음에 잡았던 소매치기였다.

"그래? 그럼 진작 말하지. 알았어, 안내해 봐."

소년이 동생과 함께 살고 있다는 곳은 고아촌에서 가장 변두리에 있는 판자도 아닌 천막으로 이루어진 집이었다. 땅도 너무 안 좋아서, 바닥이 진흙투성이였다.

'이런 곳에서 잠을 자며 지냈단 건가?'

"소혜야, 소혜야!"

"오라버니?!"

안에서 반가워하는 목소리가 들리고 원래 그런 건지 안 씻어서 그런 건지 얼굴이 까무잡잡한 아주 왜소한 소녀가 뛰어나왔다.

"아?"

소녀가 붙잡혀 있는 오빠를 보고 깜짝 놀랐다.

툭!

소녀가 들고 있던 책이 진흙바닥으로 떨어졌다. 그걸 본 송우문의 눈이 빛났다. 그것은 바로 오경 중의 시경(詩經)이었다.

어렸을 때 산수화에 빠지기 전에 사서오경을 보며 공부했던 기억이 났다.

'분명, 이 아이들 형편에 저 책은 아주 힘들게 구한 귀한 것이겠지.'

송우문이 걸어가 책을 들어서 백진진이 사 준 옷에 닦아서 진흙을 털어내 주고 다시 소녀에게 건넸다.

"소중한 책일 텐데, 아껴야지."

자신이 놀라게 만든 바람에 책이 떨어졌기에 송우문은 좀 미안한 감정이었다.

유독 심약해 보이고 또 낯을 많이 가리는 것 같은 소녀가 얼굴을 푹 숙이고 책을 받았다.

그리고 곧 용기를 잔뜩 내서 송우문을 쳐다보며 말했다.

"저, 저희 오빠를 왜, 왜 잡은 것이죠? 부디 놓아 주세요……. 잘못한 건. 밖에서 일도 못하고 오빠의 보살핌만 받는 저니까요."

목소리가 아주 작아서 귀 기울여 듣지 않으면 못 알아들을 정도였다.

"어서 동생에게 돈을 줘! 그럼 따라가 주겠다."

소년의 음성이었다.

그 말에 소녀가 깜짝 놀라며 말했다.

"그게 무슨 말이에요?"

송우문은 자신이 호위무사를 구하고 있음을 그래서 소년을 거기에 쓰고 싶어서 데려간다는 말을 했다.

그제야 소녀의 눈에 안도의 기색이 생겨났다.

곧 소녀가 결연한 모습으로 말했다.

"그, 그럼. 저도 데려가 주세요! 비록 어린 여자애지만 정말 열심히 해 볼게요."

소녀의 말에 잠시 감동한 표정을 짓던 소년은 곧 송우문을 노려보며 말했다.

"내 동생도 함께 데려가자! 그렇지 않으면 당장 이 자리에서 혀를 끊고 죽을망정 너를 따라가진 않겠다!"

"거참. 참 극단적인 놈이네. 근데 일단은 살아야 네 마음속에 있는 그 커다란 원한도 갚고 하는 것 아니겠어?"

"뭐, 뭐?"

송우문의 말에 소년이 당황했다. 그가 어찌 그것을 알아차렸는지 혼란스러운 모습이었다.

"야 독사! 이 아가씨도 함께 데리고 가자. 잘 챙겨서 따라와. 허튼 짓하면 죽는다."

"옙!"

"짐을 좀 챙겨야겠지? 그 아저씨가 잘 봐줄 테니. 철검백가로 따라와. 우린 천천히 갈 테니까 말이야."

"철검백가……."

잠시 중얼거리던 소녀가 이내 고개를 꾸벅 숙이며 말했다.

"감사합니다, 정말 감사합니다!"

소년은 흥! 하고 콧방귀를 뀌며 말했다.

"고맙기는 무림인은 다 악마들일 뿐이야. 이놈도 언제고 그 본색을 드러내겠지."

송우문이 피식 웃으며 말했다.

"오늘까지는 봐 주마. 네 마음대로 행동해라. 야, 광력귀. 가자!"

만족해하며 송우문은 철검백가로 돌아갔다.

송우문의 능력을 누구보다 잘 알고 있고, 철검백가가 이 근방에 가진 영향력을 대충 짐작할 수 있는 독사는 도망칠 엄두도 내지 않았다.

돌아오니 벌써 저녁이었다.

뒤늦게 도착한 소녀를 부모님이 묵는 채의 조그마한 방에 기거할 수 있게 해 주고 나머지 아이들은 모조리 삼인 방의 방으로 몰아넣었다.

그렇게 되니 이제는 어깨를 맞대고 자야 할 만큼 방이 좁아졌다. 삼인방의 표정이 울상으로 변한 것은 당연지사였다.

'악마 같은 송우문! 씹새끼! 자기는 그 넓은 채에 혼자서 지내면서!'

하지만 그들과 다르게 호위무사로 들어온 이들은 자리에 누워서 잠을 청하며 기쁜 기색이었다.

이렇게 따뜻하게 또 푹신한 이불을 덮고 제대로 된 지붕이 있는 집에서 잠을 잔다는 것 자체가 그들에게는 호사와 다름이 없었다.

한편 처음엔 송우문이 데려온 이들을 보고 눈살을 찌푸렸던 송대웅과 백진진이었고 숫기가 없이 굉장히 왜소한 소녀를 보고 더욱 그러했다. 하나, 소녀를 데리고 얘기를 나누며 또 백진진이 직접 목욕을 시켜 준 후로는 달라졌다.

원래 딸이 없던 그들 부부였기에 더욱 그런지도 몰랐다.

게다가 목욕을 시키고 보니 피부가 정말 하얗고 이목구비도 뚜렷하였다.

하지만 여전히 낯을 많이 가리고 부끄러움이 많아서 제대로 이야기하기에는 좀 더 많은 시간이 필요할 것 같았다.

밤이 되기 전에 송우문은 다시 철검백가를 나와서 미리와 조무재가 묵고 있는 객점으로 향했다.

백상운은 떠나기 전에 그들에게도 한 번 들렀던 모양이었다.

"여기에서 무공 수련을 하며 상단을 하나 만들어 볼 생각이에요, 사형."

"상단을요?"

"네. 그게 저희 집안의 가업이었으니까요. 연가상단의 이름으로 이곳 합비에서 다시 시작해볼 생각이에요. 물론 사부님의 허락도 받아 놨어요."

잠시 빛을 잃었던 것 같았는데 미리의 눈과 표정에서 다시 앞날의 꿈을 향한 빛이 나고 있었다.

'그래, 이래야 그날 봤던 행수님의 모습답지.'

"알겠어요, 사매. 제가 되는 대로 사매를 도와줄게요."

"그래 주시겠어요? 정말 고마워요……."

"상단을 만들려면 우선 자금이 필요하겠네요."

그러자 미리가 품에 간직하고 있던 조그마한 함을 꺼내어 열었다.

조그마한 구슬이 하나 들어 있었는데 그것이 뭔지 모르는 송우문이 물었다.

"이게 뭐예요?"

"야명주예요. 엄청난 고가의 물건이죠. 나중에 저와 함께 처리하러 가 주실 수 있으시겠어요?"

야명주는 엄청난 탐욕을 부르는 물건이었다. 사실 조무재와 미리 둘이서 낯선 이곳 합비에서 처리하기에는 힘들었다.

"알겠어요, 사매. 그렇게 할게요."

"거듭 감사해요, 사형."

"뭘요. 사매를 위한 것인데 괜찮아요."

미리의 낯이 살짝 붉어졌지만 송우문은 그런 것을 느끼지 못하고 일어났다.

"그럼 이만 가 볼게요. 밤이 늦었네요."

"네. 살펴 가세요, 사형."

철검백가의 집으로 돌아와 잠을 청하고 송우문은 아침 일찍부터 호위무사들에 대한 교육을 시작할 생각으로 그들이 자고 있는 방문을 열었다.

한데 그들이 너무나 행복한 표정으로 옹기종기 잠을 청하고 있는 모습을 보니 마음이 약해졌다.

'오늘까지는 봐 줄까? 뭐, 대신 내일부터 더욱 빡세게 굴리면 되겠지.'

그렇게 송우문은 다시 방문을 닫고 밖으로 나갔다.

앞날에 어떤 먹구름과 고난과 역경이 드리웠는지도 모른 채. 송우문이 데려온 호위무사들은 곤히 잠들어 있었다.

"으아아악!"

"송우무우우운!"

간혹 가다, 끔찍한 악몽을 꾸며 비명을 지르는 삼인방만 제외하면 말이다. 소매치기 소년을 제외한 나머지는 어찌나 둔한지 깨어나지도 않았다.

그저 소매치기 소년만이 이를 갈며 생각했다.

'대체 어떤 짓을 하고 사는 것이기에 저들이 이리도 악몽에 시달리는 거지? 나야 괜찮다. 하나 만약 동생에게 해를 끼친다면 반드시 죽여 버릴 테다!'

다음날.

딱히 할 일이 없기에 잠시 방 안에서 무공 수련을 하다가 송우문은 밖으로 나가 호위무사를 열 명으로 채워 놓기 위해 돌아다녔다. 삼인방은 그저 하인일 뿐, 뒷골목을 전전하며 악행을 저지르던 녀석들을 호위무사로 쓸 생각은 없었다. 아직도 호위무사를 열 명으로 맞추려면 두 명이 부족했다.

하지만 더는 그의 마음에 드는 사람을 발견할 수가 없었다.

결국 저녁 무렵에야 송우문은 철검백가로 돌아와 자신의 집으로 향했다.

근데 뭔가 분위기가 이상했다.

"커, 커흠. 우문이 왔냐……."

송대웅이 어쩐지 송우문의 시선을 교묘히 피하며 맞이했다.

"잠깐, 정지. 아버지 그게 뭡니까? 한쪽 눈이 부어오른 것 같은데요?"

"아, 아니다. 부어오르긴 뭐가 부어올라."

송우문이 달려가 얼굴을 가려 놓은 송대웅의 손을 치웠다.

"것 봐요! 이거 누구한테 맞은 것 같은데 누구한테 맞았어요?"

송우문의 눈에 불똥이 튀었다.

'어떤 새끼가 감히 우리 아빠를!'

"맞은 건 맞긴 한데 뭐라고 하면 안 된다. 정당한 비무였으니까 말이다."

송대웅의 말이었다.

"비무? 아버지가 무공을 배운지가 대체 언제라고 비무를 했다는 거예요. 누구랑 했는데요? 아버지가 먼저 하자고 한 건 아니었죠?"

"맞다. 네 아비가 먼저 하자고 했다."

방 안에서 잠자코 듣고 있던 백진진의 말이었다.

"아버지가 먼저 하자고 했다고요?"

"방으로 들어오너라, 우문아."

"예, 어머니."

송대웅이 송우문을 따라 들어가려는데 백진진이 나직하지만 힘 있게 말했다.

"당신은 좀 더 밖에 있으세요."

"으응, 알았어."

송대웅이 반쯤 몸을 들이밀었다가 다시 군말 없이 나가고 백진진이 송우문에게 말했다.

"백주령이 어제 우리 집에 방문했었다."

백주령? 저번에 대책 없는 녀석들을 호위무사랍시고 데려온 녀석의 상관인 이름이었다.

그리고 전에 들은 지식으로는 당대 철검백가주의 둘째

누나라고 들었다.

"그 여자 짓입니까?"

"아니. 그 남편이 네 아비와 비무를 벌였지."

"아니! 아버지는 대체 무슨 깡으로 그런 일을 벌였답니까?"

밖에서 듣고 있던 송대웅이 움찔했다.

백진진이 한숨을 내쉬며 말했다.

"네 아비를 탓할 것 없다. 다 나 때문이니……."

"예? 어머니 때문이라니요?"

"아주 예전부터 백주령 그 계집은 내 심기를 은근히 박박 긁는데 선수였지. 이번에도 그렇게 나와 네 아비를 무시하며 얘기를 하고 있었는데…… 결국 참지 못한 네 아비가……. 옆에 있던 전윤성에게 비무를 신청했다."

전윤성.

백주령의 남편으로 소림사의 속가제자였는데, 데릴사위로 철검백가에 들어온 이였다.

"그래서 아버지는 얻어 터진 거고요?"

"커흠, 큼!"

밖에서 송대웅이 헛기침을 했다.

속이 부글부글 끓어오른 송우문은 백진진과의 이야기가 끝나자마자 밖으로 나와 송대웅을 데리고 안채의 가장 깊숙한 방으로 갔다.

"아버지! 이거 마시세요."

송우문이 품에서 공청석유가 든 병을 꺼냈다.

"그게 무엇인데 그러냐?"

"일단 입부터 벌리세요! 제가 도와줄 테니까 걱정은 하지 마시고요."

"아니 그러니까 그게 뭔데?"

"아들 말 좀 들어요!"

아들이 워낙 박력 있게 말하자, 결국 아까부터 의기소침해 있던 송대웅이 입을 벌렸다.

송우문은 양을 잘 조절해서 송대웅에게 공청석유를 딱한 방울 먹여 줬다.

"에이. 나도 아직 안 먹었는데 아버지부터 드리네."

그렇게 송우문이 중얼거리고 송대웅이 '그러니까 이게 뭐냐고.' 하고 말하려던 찰나.

송대웅은 갑자기 몸 안에서 엄청난 기운이 일어남을 느꼈다.

"어?"

"입 벌리지 마요! 영약 기운 다 빠져나가니까요. 자, 제가 불러 주는 대로 내기를 움직여요."

송우문이 송대웅의 뒤로 움직여 그의 등에 양쪽 손을 갖다 대고 아버지를 도왔다.

단 한 방울이었지만 역시 공청석유는 대단했다.

송우문은 그가 조금의 누락도 없이 공청석유를 흡수할 수 있도록 전심전력을 다해서 도와주었다.

한 시진 가량이 흐른 뒤 송대웅이 눈을 떴다. 그리고 자신의 몸을 신기한 듯 쳐다보며 말했다.

"오오오! 내공이 전에 비해서 비교도 할 수 없을 만큼 커졌다. 이제는 그 누구든 다 이길 수 있을 것 같구나!"

"어휴. 아직 그 정도는 안 되거든요? 전윤성이랑 싸우면 예전보다는 다르게 잘 싸우겠지만. 그래도 아직은 안 돼요. 일단 초식 운용도 그렇고 내공도 딸릴 테니까요. 우선은 공청석유의 기운을 더 받아들이는 것과 원래 아버지 몸속에 있던 영약 기운을 흡수하는데 주력하세요."

"크흠. 그, 그러냐? 아직 못 이겨?"

"네, 절대로요."

"알았다. 오늘부터 열심히 한 번 해 보마."

"네, 농땡이 부리지 말고 하세요. 다음에 또 누구한테 맞으시면 안 돼요! 알았죠?"

"알았다, 이놈아."

밤이 늦었기에 송우문은 자신의 집으로 돌아갔다. 뭐 그래봤자 바로 옆, 같은 소장원의 안이지만 말이다.

중간중간 쥐새끼한테서 자신이 데려온 호위무사들이 어떻게 지내고 있는지에 대해서 들었는데 철검백가의 모습에 감탄하고 또 놀라면서 더러는 자기들끼리 싸우기도 하면서 나름대로 잘 지내고 있다는 말을 들었다.

'내일부터는 아주 악소리가 나오게 해 주마!'

다음날 아침.

송우문은 소매치기의 동생만 제외하고 이름만 호위무사인 뜨내기들을 전부 소집했다.

"야, 너! 나와 봐."

송우문이 지적한 것은 유독 팔이 길고 우람하여 활을 잘 쏠 것 같은 소년이었다.

"예!"

씩씩하게 대답하며 그가 앞으로 나왔다. 밥을 잘 먹어서 그런지 전에 비해서 얼굴이 피고 윤기가 돌았다.

'다들 제 나이 또래에 비해서 덩치가 작긴 하지만 여기에서 잘 먹고 하다보면 다들 정상 체격으로 돌아가겠지.'

비록 송우문 자신은 외공단련보다 내공단련을 먼저 시작하였고 지금도 내공을 더 단련하고 있다지만 전에 운한에 있었을 때에는 외공단련에도 큰 공을 들였었다.

그렇기에 무공의 기본은 내공이 아니라 외공, 즉 육체단련임을 잘 알고 있었다.

"이 자세를 따라해 봐."

그리고 송우문은 마보를 취했다.

백상운에게 무공의 기틀을 닦는 데에는 마보가 최고라는 말을 듣긴 하였으나 자신은 그 단계를 건너뛰었기에 직접하기는 지금이 처음이었다.

그래도 본 것이 많았기에 그 자세만큼은 깔끔했다.

마치 투명한 의자에 앉은 것 같은 어정쩡한 모습에 팔은 앞을 향하게 쭉 펴서 들어 올린, 무릎과 팔은 땅바닥과 수평이 되게 유지하여야 한다.

마보는 다른 운동에 비해서 훨씬 힘들지만 휴식을 취할 때에 얻을 수 있는 회복력이 빠르며 자동적으로 균형감각과 인내력, 근력의 세 가지를 모두 얻을 수 있는 훌륭한 자세였다.

'나도 잠깐 해 볼까?'

하는 마음으로 송우문은 가볍게 내공을 사용하지 않고 근력으로 버텨 봤다.

그리고 일각(15분)의 반의 반도 지나기 전에 일어났다. 옆에서 안간힘을 쓰고 버티고 있는 팔이 굵은 소년보다도 일찍이었다.

"크흠. 자, 이런 식으로 해서 쭉 같은 자세를 유지하고 있으면 된다. 쉽지? 시간은 점심을 먹을 때까지다. 농땡이를 피우거나 넘어지거나 하면 내가 한 대씩 때릴 것인데 모두 다섯 대를 맞으면 점심은 없다. 알겠나?"

"옙!"

아직 마보를 경험하지 못해 본 이들이 우렁차게 대답했다.

하지만 소매치기 소년은 그렇게 하지 못했다.

'아, 악마 같은 새끼! 마보를 그렇게 오랫동안 하고 있으라고? 자기는 잠깐만 하고 힘들어서 일어났으면서?'

다리가 땡겨 왔다. 송우문은 괜히 마보했네 하고 속으로 생각하며 호위무사들이 마보를 취하게 했다.

효과는 빠르게 나타났다. 처음엔 가볍게 봤던 이들의 얼굴에서 땀이 비 오듯이 쏟아지더니 다리가 후들거리는 이들이 몇몇 생겼다.

하나 빈민촌과 고아촌에서 자라온 아이들이니만큼 인내심과 독기가 대단하여 각자 꽤나 오랫동안 버텼다.

"거기 너! 팔 제대로 안 들어?"

송우문은 그 앞에 있는 의자에 앉아서 딴 생각을 하는 듯싶다가도 누가 잘못하면 귀신 같이 알아챘다.

'비, 빌어먹을. 이건 너무 힘들잖아!'

몇몇이 넘어졌고 그들을 향해 송우문이 들고 있던 나무 막대기가 날아갔다.

뻐억!

"아야야야."

"빨리 원 위치 해!"

"예!"

그래도 송우문은 자신들을 여기까지 데려와서 봉급까지 주며 고용한 은인이다. 군소리를 내는 녀석들은 별로 없었다.

그렇게 한 시진쯤이 지났을까?

유독 체력이 약하던 발이 빠른 녀석이 실신해서 쓰러졌을 때쯤 손님이 찾아왔다.

"어머. 이 아이들이 바로 그. 거지들인가?"

백혜령과 전체적으로 외모가 닮았으나 백혜령보다 더 사납게 생긴 부인이었다.

'백주령이겠구나.'

뒤에는 그녀의 독해 보이는 눈매를 고대로 닮은 청년이 서 있었다. 송우문보다는 네다섯 살 정도 많아 보였다.

'제 어미를 닮아 재수 없게 생겼구나.'

백주령이 어제는 남편인 전윤성을 데려오고 오늘은 아들인 백헌원을 데려온 것이었다.

어쨌든 손윗사람이기에 송우문이 고개를 숙이며 말했다.

"백주령 외재종자님을 뵙니다."

마치 이제야 송우문을 발견했다는 듯이 아까까지 무시하고 있었던 게 아니란 듯이 백주령이 딴에는 화사하게 웃으며 말했다.

"어머. 네가 거기 있었구나. 내 육촌동생 우문아, 실제로 보기는 처음이로구나."

송우문은 왠지 피부에 온갖 두드러기가 생겨나는 기분

이었다.

"하하, 예. 반갑습니다."

"네 어머님은 계시더냐?"

"예. 지금 안에 계십니다."

다행히 송대웅은 출출하다며 식당에 가 있었다.

송우문은 백주령을 데리고 어머니의 방으로 향했다.

가는 도중 아들인 백헌원이 수련하고 있던 송가의 호위무사들에게 조금 가까워지자. 백주령이 호들갑을 떨며 말했다.

"어머! 가까이가지 마세요, 아드님. 그러다가 전염병이나 이라도 옮으면 어쩌십니까."

'같이 사는 우리는 그럼. 벌써 전염병이 다 옮았겠구나? 망할 년아.'

하나부터 열까지 마음에 안 들었다. 송우문이 속으로 욕을 할 때.

백헌원이 입가에 비웃음을 매달고 말했다.

"알겠습니다, 어머님. 요새는 삼류무사도 잘 하지 않는 마보를 취하고 있기에 신기해서 그만."

아들도 송우문의 속을 박박 긁기는 마찬가지였다.

'내가 시킨 거다! 죽고 싶냐 진짜. 내 조카뻘 되는 자식이 말이야.'

속마음과 다르게 송우문은 환히 웃으며 백주령에게 방

문을 열어 주었다.

"어머, 종고모님!"

"아. 오셨습니까, 주령 종질녀."

이미 밖에서 나던 소리를 듣고 그녀가 어제에 이어 또 찾아왔음을 알고 있던 백진진이었다. 부글거리는 마음을 속이고 반갑게 웃었다.

자리에 앉으며 백주령은 깨끗한데도 괜히 손에 들고 있던 부채로 땅바닥을 더럽다는 듯 몇 번 쓸고 앉았다.

'네년 엉덩이가 더 더러워! 나가면 박박 닦아 놔야겠다.'

송우문이 또 속으로 욕할 때 백주령이 말했다.

"한데 종고모부님께서는……?"

백진진이 속으로 칼을 갈며 미소로 대답했다.

"잠시 식당에를 다녀온다 하였습니다."

"아! 전 또⋯ 어제의 격한 비무 중에 불의로 입게 된 상처 때문에 의약당에라도 가셨는 줄 알았습니다. 호호호호."

'격한 비무? 내가 듣기로는 우리 아버지가 거의 놀림을 당했다고 하던데?'

송우문의 속에서 분노가 들끓어 올랐다.

필시 다시 이야기를 꺼내어 어머니의 속을 긁는 것이 틀림없었다.

"아. 종고모부님께서 전에 어떤 일을 하셨다고 했었죠?"

저것도 분명 알고 있을 것이었다. 철검백가에서 송가에 대한 조사를 여태껏 안 했을 리가 만무하니까.

"객점을 운영했었습니다."

백주령은 노골적으로 무시하는 표정을 지으며 말했다.

"아! 사업을 하셨었군요. 정말 대단하십니다. 분명 규모가 아주 큰 곳이었겠습니다. 종고모님의 남편쯤 되는 분의 객점이라니. 호호호."

"아니요. 시골 마을의 아주 작은 객점이었습니다."

"어머! 제가 말실수를 했네요. 죄송합니다."

"아니 괜찮습니다. 저는 그것에 대해 조금도 부끄럽지 않으니까요."

하지만 백주령은 그렇게 생각하지 않았다.

'깔깔깔. 꼴 좋다, 이 계집아. 젊었을 때 그렇게나 잘난 체를 하더니 결국 그 모양 그 꼴로 별 쓰레기 같은 남편을 만나 살고 있구나.'

백혜령과 백주령은 백진진이 아버지와 함께 철검백가로 들어왔을 때부터 그녀를 싫어했었다.

자신들보다 나이도 어린데 윗사람으로 대해야 하는 것도 싫었고 그럼에도 자신들보다 무공이 훨씬 높음은 물론, 미모로도 비교가 안 될 만큼 아름다웠던 것이.

그래서 다른 세가의 남자들이 백진진만 보면 넋을 잃었 던 것을 너무나 질투하고 또 미워했었다.

"같이 온 청년은, 종질녀의 아드님입니까?"

백진진의 물음에 백주령이 간드러지게 웃으며 대답했 다.

"호호호. 예. 제 부군께서 저 소림사의 속가제자이지 않 습니까. 게다가 속가 중에서도 손에 꼽힐 정도의 고수시 라. 소림사에서 가만두지를 않아서 오늘 아침에 외유를 나 갔답니다. 호호. 아, 이 아이는 제 아들입니다. 아직 많이 부족한 아이지요."

"백헌원이라고 하옵니다."

백진진이 인자하게 웃으며 인사를 받을 때 백주령이 또 그 악질적인 입을 열었다.

"아직 철검십삼세(鐵劍十三勢)를 팔성 정도까지 밖에 익히지 못하였으니. 정말 너무나 부족하지요. 어디 그것뿐 입니까? 백린신공(白燐神功)은 이제 겨우 사성에 머무르 고 있으니. 쯧쯧."

혀를 차고 있지만 그 표정에는 무한한 자부심과 함께 내 아들이 이렇게나 대단하다하는 표정이 깃들어 있었다.

철검십삼세는 철검백가를 대표하는 검법 중의 하나였고 백린신공은 세가에서 제일가는 내공심법이었다.

철검십삼세를 팔성에 백린신공을 사성까지 익혔다니 백

헌원의 나이를 생각하면 정말 엄청난 것이었다. 능히 수재를 넘어 천재의 소리도 들을 수 있을 정도였다.

"아. 이런, 제 얘기만 하고 있었네요. 우리 육촌동생 우문이에 대한 이야기도 안 할 수 없죠. 한데…… 제가 종고모님께 아주 불경스러운 이야기를 들었는데 저 영민해 보이는 우문이가 어릴 적에 동네에서 바보…… 소리를 밥 먹듯이 들었다는데 설마 그게 진짜입니까? 역시 헛소문이지요?"

'저놈의 바보소리 또 듣게 생겼네. 아 진짜 지겹다. 당장 운한으로 돌아가서 어렸을 때 나한테 바보라고 했던 놈들 싸그리 찾아내서 두들겨 패고 싶구나!'

마음은 그렇지만 송우문이 웃으며 어머니 대신 대답했다.

"제가 많이 부족해서 어렸을 때 동네 친구들에게 바보소리를 많이 들었었습니다, 헤헤."

송우문은 일부러 바보처럼 보이게 웃으며 말했다.

그러자 백주령은 백진진을 곁눈질하며 티나게 웃음을 참으며 말했다.

"감히, 품. 감히 어떤 녀석들이 이 영민한 우문 동생에게 그런 소리를 했단 말이냐. 그래, 무공은 좀 익혀 두었느냐?"

"예. 헤헤, 적당히……."

"오냐. 그러면 내 아들, 그러니까 네 칠촌조카가 요새 비무 상대가 없어서 그러는데 비무를 한 번 해 줄 수 있겠느냐?"

말을 하며 백주령은 백진진을 또 곁눈질했다.

'거절해도 망신스러울 테고 허락하면 자기 아들이 걱정스러울 테니 난감하겠구나, 백진진. 깔깔깔.'

백주령은 백헌원이 송우문을 이길 수 있으리라 굳게 믿고 있었다.

꼴 같지도 않게 주제에 신화삼매라고 불리는 송우영이 아닌 그의 바보 형이라면 자신의 아들이 확실히 이길 수 있지 않은가?

'백진진 이년의 둘째 아들이 어찌 화산파 제자란 말이더냐. 게다가 신화삼매라고 불린다고? 흥. 그거야 허명일 뿐이다. 우리 헌원이라면 신화삼매도 우습게 볼 실력이야.'

물론, 강호의 평가는 그렇지 않았지만 백헌원이나 백주령은 전부터 그렇게 생각하고 있었다. 실제로 그럴만한 근거도 갖고 있었다.

철검십삼세와 백린신공의 성취가 그만큼 뛰어나니까.

"괜찮을까요, 어머니?"

"그래. 받아 주도록 하여라."

"네."

백진진이 허락하고 송우문이 동의하자 그들은 송가의 소장원 뒤편에 있는 널찍한 연무장으로 이동했다.

연무장 위에서 백헌원은 예의 그 비웃음이 섞인 웃음을 지으며 송우문에게 말했다.

"먼저 검을 뽑으시지요."

"헤헤, 알겠네 칠촌조카."

송우문은 검집에서 검을 빼내려다가 제대로 하지 못하고 낑낑거렸다.

"어? 이거 왜 제대로 안 뽑혀? 왜 이래 이거. 그새 녹이 슬었나?"

백주령이 깔깔대며 웃었다.

백헌원의 비웃음이 더욱 진해지고 결국 송우문이 고개를 절레절레 내저으며 말했다.

"안 되겠어. 그냥 검집째로 할 테니까. 너는 검을 뽑아."

"정말 괜찮으시겠습니까?"

"응. 괜찮아."

"알겠습니다, 그럼."

백헌원이 자신의 검을 뽑았다.

"제가 후배이니만큼 선수를 취하겠습니다."

"응, 와 봐."

하지만 이때 자만심과 송우문을 우습게 보는 마음에 취

한 백주령과 백헌원은 눈치채지 못했다. 어느새 송우문의 바보 같은 말투가 변해 있었고 그 눈빛이 얼마나 서늘하고 예리하게 빛나고 있는지 말이다.

백헌원의 검이 호선을 그리며 날아왔다. 경시하는 마음에 그리 최선을 다하지 않은 공격이었으나 어쨌든 철검백가의 자랑 철검십삼세이니 만큼 꽤나 강력한 공격이었다.

'귀찮아. 조금만 놀다가 끝내자.'

송우문은 간단히 검집을 움직여서 백헌원의 검을 막았다.

첫 번째의 일검에 송우문을 끝장 내거나 크게 허둥대게 만들 수 있을 것이라 생각했던 백헌원의 눈썹이 살짝 꿈틀했다.

'어쭈? 요것 봐라. 바보 주제에 제법.'

아까보다 더욱 강하게 백헌원이 검을 휘둘렀다.

샤악—

검이 대기를 가르는 소리가 알싸하게 울려 퍼졌다.

깡!

하지만 이번에도 너무나 수월히 움직인 송우문에 의해 막혀 버렸다.

'…… 열받게 하는데?'

그렇게 생각하며 백헌원이 더욱 광포하고 빠르게 철검십삼세를 펼쳐 냈다.

까가가강!

계속해서 검이 막혔다.

여전히 송우문은 여유로웠다. 백헌원의 눈에서 불길이 일어나고 그는 전력을 다해서 검을 휘둘렀다.

까가가가가강!

하지만 이번에도 역시나!

송우문이 여유롭게 움직이는 저 검집을 뚫을 수가 없다.

그때 백헌원의 눈에 송우문의 표정이 보였다.

'웃고 있어? 비웃고 있어! 나를!'

한편 아들이 비무를 하고 있지만 백진진은 처음부터 지금까지 조금의 걱정이나 불안도 존재하지 않았다.

자신의 아들, 송우문이 누구인가?

혈운마제와 일수를 겨루고도 살아남았고 장황인 자신의 아버지가 괴물이라고 부르는 아들이다. 절대적 신뢰가 안 생겨 있을 리 없었다.

이상하게 흘러가는 비무의 상황과 평화로워 보이는 백진진의 표정이 백주령의 심기를 자극했다.

"호호, 아드님. 이제 장난은 그만하시지요."

하지만 이미 백헌원은 단 한 마디의 말도 할 수 없는 상태였다.

당연했다. 전력을 다해 철검십삼세를 펼치고 있는데 한 숨의 호흡이라도 대화에 쏟을 수가 없는 상황이었다.

"아아. 아직은 장난이신 겁니까?"

어쩐지 비아냥대는 송우문의 목소리, 그걸 듣자마자 백주령은 소스라치게 놀랐다.

똑같지 않은가!

그 빌어먹을 장황이라고 불리는 종조부의 말투와!

'설마……?'

놀람은 백헌원도 그에 못지않았다.

자신이 사력을 다해서 공격을 하고 있는데 여전히 수월하게 막는 것은 물론, 입을 열어서 말을 할 여유까지 있다.

그때 갑자기 송우문이 검집을 움직였다.

뻐억!

"어이쿠! 이거 미안해서 어쩌나. 그냥 옆에 휘두르는 시늉만 하려고 했는데 우리 귀여운 칠촌조카가 맞아 버렸네?"

송우문의 검집에 의해 뺨을 얻어맞고 벌려진 입에서는 부러진 어금니 하나가 튀어나왔다.

"이……!"

백헌원이 뭐라고 말을 하려는 때 송우문의 검집이 계속해서 움직였다.

"아핫! 자꾸 검집이 제멋대로 움직이잖아! 어이쿠 큰일이다."

퍽, 퍽, 퍽, 뻐버버벅!

장황. 그리고 또 다른 장황? 323

"으악! 아프지 칠촌조카? 미안하네, 미안해. 어이구 미안해. 미안해요! 용서해 줘!"

송우문의 검집은 보이지도 않을 정도로 빠르게 움직여 백헌원의 전신을 두들겨 팼다.

끔찍한 고통이 전신을 치달렸다.

반격을 해 보려 했지만 검을 쥔 팔에 힘을 주려고 할 때마다 검집이 날아와 혈도와 근육을 동시에 강타했다.

쨍그랑!

결국 백헌원은 손에 쥐고 있던 검사의 생명과도 같은 철검을 놓치고 말았다. 백헌원이 일생 그 어디에서 이만큼 얻어 터졌겠는가. 그것도 반항도 못할 정도의 압도적인 무력 차이에서!

기겁한 백주령이 소리쳤다.

"그, 그만두지 못하겠느냐!"

"어? 그만둬요?"

송우문이 비아냥거리며 대답하고 그제야 말할 여유라도 찾은 백헌원이 송우문을 노려보며 소리쳤다.

"이, 이 개새끼가 감히 이 몸을!"

그걸 듣자마자 송우문은 속으로 환호했다.

'아싸 걸려들었구나!'

싸늘한 눈빛으로 송우문이 백헌원을 노려봤다.

"감히 지금 욕설을 한 것이냐? 네 어머니와 같은 연배인

나에게!"

짝—

뺨을 한 번 치며 소리쳤다.

"못된 것!"

짝— 짝— 짝!

"못된 것, 못된 것, 못된 것!"

다시 세 번을 연달아 치고.

마지막으로 여태까지와는 차원이 다른 강도로 뺨을 쳤다.

짜아아악!

"쿠헉!"

억눌린 비명과 함께 입에서 피를 토하며 백헌원이 부웅 날아 비무장을 굴렀다.

"이, 이노오오옴!"

눈이 벌게진 백주령이 송우문을 노려보며 소리쳤다.

어느새 그녀의 전신에서는 막대한 내기가 뿜어져 나온다.

철검백가주보다 높은 무공을 지닌 실세답다.

하나 송우문은 그녀의 살기와 내기의 폭풍에 아랑곳하지 않고 걸어갔다.

그리고 면전에서 씩 웃으며 말한다.

"왜 그리 화내십니까? 격한 비무 중에 불의로 입게 된 상처일 뿐인데 말입니다. 아, 혹시 아드님과 함께 의약당에라도 가 보셔야 하는 것 아닙니까?"

고대로 말을 돌려 주는 모습까지 장황을 쏙 빼닮았다.

아니, 이건 더 얄밉고 더 속을 박박 긁는 것 같다.

그렇게 생각하며 백주령은 몸을 바들바들 떨었다.

하지만 사실 송우문은 하고 싶은 말을 아끼고 있던 중이었다.

속마음은 이러했다.

'감히. 우리 어머니를 실수인 척 죽이려고 했던 네년에 대한, 가장 약하고 기본적인 복수다! 장차 더욱 기대해도 실망하지는 않을 거야.'

송우문은 이미 외조부인 장황을 대신하여 어머니의 복수를 하고 철검백가를 송두리째 뒤흔들 결심이 서 있었다.

'모두 기다려라! 이건 시작일 뿐이야!'

『불패검선』다음 권에 계속…

불패검선

1판 1쇄 찍음 2010년 4월 8일
1판 1쇄 펴냄 2010년 4월 12일

지은이 | 이기헌
펴낸이 | 정 필
펴낸곳 | 도서출판 **뿔미디어**

기획 | 이주현, 한성재
편집책임 | 심재영
편집 | 장상수, 권지영, 조주영, 주종숙
관리, 영업 | 김미영
출력 | 예컴
본문, 표지 인쇄 | 광문인쇄소
제본 | 성보제책사

출판등록 | 2002년 9월 11일 (제1081-1-132호)
주소 | 부천시 원미구 중3동 1058-2 중동프라자 402호 (우)420-023
전화 | 032)651-6513 / 팩스 | 032)651-6094
E-mail | BBULMEDIA@paran.com
홈페이지 | www.bbulmedia.com

값 8,000원

ISBN 978-89-6359-378-4 04810
ISBN 978-89-6359-376-0 04810 (세트)

열혈 총관

熱血總管

천호장 신무협 장편 소설

오랫동안 기다렸다!
문피아를 경동시킨 흑도식 명문 정파 재건

사부에게 속아 십 년을 고생한 끝에 하산히
된 전직 뒷골목 두목 진자강 그간 미뤘던 닉
주먹가를 일통하고 편하게 쉬려 했으나……

"파황무를 얻고 싶다면
쫄딱 망해 버린 단목세가를 재건하라!"

빌어먹을! 사부의 유언!
망해도 단단히 망해 버린 명문 정파.
이름만 남은 이걸 어떻게 다시 세워?!

3권 발행 예정